THOMAS DRIMM **

La guerre des arbres commence le 13

Didier van Cauwelaert est né à Nice en 1960. Depuis ses débuts, il cumule prix littéraires et succès publics. Il a reçu plusieurs prix parmi lesquels le prix Del Duca en 1982 pour son premier roman, *Vingt ans et des poussières*, le prix Goncourt en 1994 pour *Un aller simple* et le Grand Prix des lecteurs du Livre de Poche pour *La Vie interdite* en 1999. Les combats de la passion, les mystères de l'identité et l'irruption du fantastique dans le quotidien sont au cœur de son œuvre, toujours marquée par l'humour. Ses romans sont traduits dans le monde entier et font l'objet d'adaptations remarquées au cinéma.

Paru dans Le Livre de Poche :

L'APPARITION

ATTIRANCES

CHEYENNE

CLONER LE CHRIST ?

CORPS ÉTRANGER

LA DEMI-PENSIONNAIRE

L'ÉDUCATION D'UNE FÉE

L'ÉVANGILE DE JIMMY

HORS DE MOI

KARINE APRÈS LA VIE

LA MAISON DES LUMIÈRES

LA NUIT DERNIÈRE AU XVe SIÈCLE

LE PÈRE ADOPTÉ

RENCONTRE SOUS X

LES TÉMOINS DE LA MARIÉE

THOMAS DRIMM

1. La fin du monde tombe un jeudi

2. La guerre des arbres commence le 13

UN ALLER SIMPLE

UN OBJET EN SOUFFRANCE

LA VIE INTERDITE

DIDIER VAN CAUWELAERT

La guerre des arbres commence le 13

Thomas Drimm **

ROMAN

ALBIN MICHEL

ISBN : 978-2-253-17412-7 – 1re publication LGF

AVERTISSEMENT DE L'AUTEUR

À destination des jeunes lecteurs

Votre attention est attirée sur les effets secondaires éventuels de ce livre.

En premier lieu, si vous le laissez à portée de vos parents, sa lecture peut, dans certains cas, modifier profondément leur vision du monde et leur comportement à votre égard. À vous de savoir s'il est souhaitable ou non, pour vous, de les protéger en les maintenant dans l'ignorance.

D'autre part, certaines scènes d'intelligence adolescente et végétale sont susceptibles de choquer les adultes mal élevés, mais, là, c'est leur problème.

Enfin, pour ceux qui pensent que les arbres ont de bonnes raisons de se révolter contre nous, je tiens à préciser que le papier de ce roman provient de forêts à développement durable totalement inoffensives. C'est du moins ce que m'a dit mon éditeur.

Dans le doute, mettez vos masques, et bonne lecture.

JEUDI

La fin du monde est annoncée avec un léger retard

1

— À présent, nous dit le prof d'instruction civique, vous ne risquez plus rien.

J'ajuste l'élastique au-dessus de mes oreilles, et je me retourne. La salle de cours ressemble à une école de hold-up, où nous serions en stage intensif d'apprentis braqueurs. M. Katz ôte le masque du visage de Jennifer, lui fait constater qu'il est à l'envers, le lui met dans le bon sens et enchaîne :

— Surtout, n'oubliez pas de changer tous les matins le filtre antipollen entre les deux couches de biopolyamide, sinon la protection est inefficace. Et de toute manière, vous ne devez pas dépasser le seuil d'exposition d'une heure par jour à l'extérieur. Les activités sportives et les récréations dans la cour sont suspendues jusqu'à nouvel ordre. C'est clair ?

Tout le monde dit oui, mais ça ne s'entend pas à cause du masque. L'avantage, c'est qu'on aura moins besoin de réviser : les contrôles-surprises à l'oral, c'est fini.

— Bien entendu, tout cela est une simple alerte, ajoute M. Katz d'un ton aussi faux que son regard en biais. Le danger n'est pour l'instant qu'une hypothèse, connue sous le nom de grippe V. Le virus de la grippe végétale peut très bien ne pas muter, mais nous devons tous nous protéger au nom du Principe de précaution. Qui peut nous rappeler ce qu'est le Principe de précaution ?

Jennifer lève le doigt, soulève un coin de son masque et répond :

— Quand on a peur de se faire tirer dessus, on tire le premier.

La classe rigole. Ça fait pffrrtt à travers le tissu. M. Katz pousse un soupir de retraite anticipée, s'abstient de tout commentaire et nous distribue des kits de vaccination. Ça se présente sous la forme d'un stick marqué Antipoll. Mode d'emploi : on le débouche et on se l'applique à l'intérieur du bras. Il y a une aiguille à tête chercheuse qui repère la veine, pique et désinfecte.

— Vous vous vaccinerez tout à l'heure, à l'interclasse.

Il ajoute d'un ton rassurant qu'ainsi nous pourrons respirer du pollen par inadvertance, si jamais on nous vole notre masque.

— Et vous, monsieur, reprend Jennifer, pourquoi vous n'en portez pas ? Y a un problème avec les masques ? Un effet secondaire ?

Le prof coule un regard hostile vers ma seule copine de classe. Depuis qu'elle a perdu douze kilos en deux jours, grâce à mon action sur ses cellules graisseuses, Jennifer n'est plus la même. Elle est devenue acide et cassante, comme pour faire payer aux autres l'image de boudin qu'ils lui renvoyaient depuis toujours. Ou alors c'est sa nature profonde, qu'elle a découverte en même temps que sa beauté cachée par les kilos. Quand on est moche, on fait semblant d'être gentil pour être aimé tout de même. C'est ce qu'elle m'a dit ce matin, lorsque je lui ai reproché son agressivité. Elle a ajouté : « T'as qu'à les agresser toi aussi. »

Elle pense que je fonctionne comme elle. La semaine dernière, j'étais encore un préobèse qui s'excusait d'exister, c'est vrai. Mais là, je continue à tout faire pour qu'on m'oublie. Pendant qu'elle, s'affichant en minijupe et top moulant, allume les garçons pour mieux les doucher ensuite, je flotte d'un air absent dans mes fringues trop grandes. Il faut dire que j'ai un terrible secret à protéger, sous peine de mort. Jennifer, elle, n'a que du temps perdu à rattraper.

— Vous êtes déjà vacciné, monsieur ? insiste-t-elle.

— Je suis traité directement par ma puce, réplique le prof. La fréquence des molécules de l'Antipoll est envoyée par micro-ondes pulsées au cerveau des plus de treize ans. Comme 70 % de la population, j'ai été radiovacciné pendant la nuit.

— Et qu'est-ce qui vous le prouve ? sourit Jennifer, suave. À la fin de l'année vous prenez votre retraite : ça fera faire des économies au gouvernement s'il vous laisse crever de la grippe V.

Un murmure de ricanements chuinte sous les masques. M. Katz se contente de répliquer que le ministère de la Santé ne fait aucune différence entre les citoyens face à la maladie. Le genre d'énormités qu'on a tout intérêt à déclarer quand on a plus de treize ans, vu que la puce cérébrale permet d'être espionné par le gouvernement vingt-quatre heures sur vingt-quatre. Espionné dans l'intérêt général, naturellement. Ça sera notre cas dans trois mois, à Jennifer et moi. Sauf si la fin du monde arrive d'ici là.

— Et pourquoi d'un coup on serait devenus allergiques aux arbres ? réattaque Jennifer.

Le prof d'instruction civique détourne son regard et abaisse les stores. Avec des gestes lents de vieillard avant l'âge, il fait descendre l'écran plat par-dessus le tableau où il a inscrit le problème du jour : *Comment l'homme doit-il réagir si la nature se révolte contre lui ?*

— Vous allez écouter ce que vous devez savoir, laisse-t-il tomber, neutre, et nous reprendrons ensuite le cours du programme. Il n'y a pas lieu de dramatiser la situation, ni de la prendre à la légère.

Et sa télécommande lance le clip officiel que j'ai déjà vu trois fois à la maison.

Ministère des Espaces verts
Ordre de mobilisation citoyenne.

Le drapeau des États-Uniques apparaît en flottant au ralenti sous l'intro de l'hymne national, et on se lève. C'est obligatoire, sinon c'est trois heures de colle. *L'États-Uniquaise* s'interrompt à la troisième mesure, remplacée par une musique d'angoisse. Les basses du synthé pulsent avec insistance sur les images d'une belle forêt paisible, qui soudain se colore en rouge et se met à clignoter. En haut de l'écran à droite scintillent dans un rectangle les mots « Exercice d'alerte ».

Fondu enchaîné sur le visage lugubre du ministre des Espaces verts, un chauve au crâne en pointe qui est devenu en vingt-quatre heures le personnage le plus en vue du gouvernement. Tout le monde attend de lui la solution de la crise, alors que la semaine dernière il était encore ministre du Hasard. Il n'a peut-être pas eu le temps d'étudier le dossier, en revanche il prononce son discours avec beaucoup de naturel, comme s'il n'était pas du tout en train de le lire sur un prompteur.

— Citoyennes et citoyens des États-Uniques, l'heure est grave, mais le gouvernement contrôle la situation. Tous les moyens sont mis en œuvre pour que la menace soit jugulée. Pour une raison encore inconnue, certains végétaux sont susceptibles de transmettre par leurs pollens des virus hautement toxiques. Le port systématique du masque de protection respiratoire, combiné à l'autovaccination immédiate et gratuite par Antipoll, obligatoire de zéro à treize ans, vous met à l'abri des dangers de contamination.

Sous sa cravate à rayures défilent les sous-titres de la version destinée aux collèges dans notre genre :

Gaffe aux arbres, mon frère !
Respirer sans masque, c'est le plan pourri de la mort qui tue !
Si tu kiffes ton pays et ta santé, antipolle-toi !
La grippe V ça craint : moi j'assure en vaccin !

— Néanmoins, poursuit le ministre, tout arbre suspect dégageant un pollen allergène doit être dénoncé sur-le-champ auprès des services compétents, en appelant le numéro vert qui s'inscrit sur l'écran.

Les chiffres se mettent à scintiller en même temps que le sous-titre :

Contre la grippe V, tu dois cafter !

— Tout acte de non-délation face à une menace écologique sera puni d'un emprisonnement de quatre à six mois, conformément à la loi sur la Solidarité nationale, achève le ministre en pointant l'index. Santé, prospérité, bien-être !

— Santé, prospérité, bien-être ! répète notre prof, au garde-à-vous sur l'hymne national qui conclut le clip.

La lumière se rallume. Je regarde les visages autour de moi. Personne n'a écouté. Certains ont enlevé le masque de leur nez et l'ont placé sur leurs yeux, pour pouvoir mieux dormir. Les autres se sont mis de la musique dans l'oreille. Ils sont tellement habitués aux messages d'alerte dont le gouvernement nous matraque à longueur d'année, pour nous abrutir par la trouille, que ça ne leur fait plus ni chaud ni froid. Danger représenté par les obèses, les dépressifs, les non-pratiquants du tri sélectif, les alcooliques, les tabagiques, les malchanceux… Trop de peurs tuent la peur. Je suis le seul à savoir que, cette fois, le risque est réel, et que d'ici quelques jours, en dépit des masques et des vaccins, les arbres auront sans doute exterminé l'espèce humaine.

Je le sais d'autant mieux que c'est à cause de moi.

2

Je m'appelle Thomas Drimm, j'ai treize ans moins le quart, et je suis classé danger public numéro un par le ministère de la Sécurité. Heureusement, c'est un secret d'État, alors personne ne se méfie de moi dans la classe.

Après le sabotage que j'ai commis hier matin, au Centre de production d'antimatière de Sudville[1], l'hélicoptère de Lily Noctis m'a ramené au collège pour assurer ma couverture. Lily Noctis, c'est mon alliée clandestine ; c'est la plus belle femme du monde et la nouvelle ministre du Hasard. Évidemment, il y a Brenda, aussi, l'ancien médecin top model au chômage que j'avais engagée comme assistante. Mais depuis que Lily Noctis compte sur moi pour déclencher la révolution, je trouve Brenda un peu moins sexy. Et puis, avec Jennifer qui est tombée raide amoureuse de moi parce que je l'ai fait maigrir, je suis un peu en surdose de femmes, cette semaine. Et ce n'est vraiment pas le moment.

— Tu crois qu'on va tous mourir ? me demande Jennifer à travers son masque, avec une sorte de gourmandise inquiète.

---

1. Voir *La fin du monde tombe un jeudi*, Albin Michel, 2009 ; Le Livre de Poche n° 32798.

Je lui réponds que je suis là. Elle prend discrètement ma main sous la table. Pour elle, ma phrase doit signifier que je ne l'abandonnerai pas en cas de fin du monde. Mais ce que j'ai voulu dire, c'est que, par tous les moyens possibles, j'arrêterai la catastrophe que j'ai déclenchée.

— Revenons à nos moutons, déclare le prof d'instruction civique. Nous avons commenté hier les Trois Commandements du Citoyen, qui sont… ?

Il balaie la classe d'un regard circulaire chargé de points de suspension. Jennifer et quelques nuls autour de moi désignent leur masque avec un air éloquent : il serait dangereux et pas vraiment utile de l'ôter pour répondre à une question dont il connaît la réponse.

— Jouer, gagner et reverser, soupire M. Katz. La plupart d'entre vous auront bientôt treize ans, la cérémonie de l'Empuçage marquera votre entrée dans le monde des citoyens actifs, et vous devrez alimenter l'énergie de votre puce cérébrale en jouant une heure par jour au casino. La volonté de gagner, le lien vibratoire avec les circuits des machines à sous, la puissance mentale décuplée par les victoires feront de vous des adultes responsables, fiers de reverser après leur mort le gain énergétique de leur puce à la collectivité. C'est clair ?

Tout le monde acquiesce, sauf moi. En détruisant hier matin le Bouclier d'antimatière au-dessus des États-Uniques, j'ai rendu sans objet le recyclage des puces. C'est la souffrance des âmes qu'on recyclait après le décès, pas simplement le gain de leur puce. J'ai libéré les morts – mais, du même coup, j'ai peut-être condamné les vivants.

Je réentends la voix narquoise d'Olivier Nox, le ministre de l'Énergie :

« Vois-tu, cher Thomas, le Bouclier d'antimatière ne servait pas seulement à retenir les âmes pour en faire une source d'énergie. Ça, c'était la conséquence, pas la cause. Non, la raison d'être du Bouclier, c'était d'empêcher l'invasion des pollens et des ondes électromagnétiques, au moyen desquels la forêt a détruit l'homme sur le restant de la planète. Demain jeudi, les arbres étrangers auront diffusé leur ordre d'attaque à toute la végétation des États-Uniques. »

La population n'est pas encore au courant : officiellement il n'est question que d'un éventuel virus de grippe végétale, et Lily Noctis m'a fait jurer de garder le secret, dans l'hélicoptère. Elle dit que l'effondrement de la société est la seule manière de lancer la révolution, mais si les gens apprennent que les arbres ont éliminé l'espèce humaine dans tous les autres pays et que, maintenant, c'est notre tour, la panique générale empêchera d'organiser le renversement du régime. Il faut laisser s'achever la campagne de vaccination, d'après elle, puis dévoiler progressivement la vérité à dose homéopathique.

Je ne sais plus où j'en suis. J'ai été manipulé dès le début, par mes ennemis comme par mes alliés, et je suis totalement épuisé par ces mensonges, ces stratégies, ces catastrophes qu'on m'a fait déclencher pour le bien de l'humanité. Je n'ai rien demandé, moi. J'étais tranquille dans ma petite vie minable, avec un horizon bouché et des rêves en panne, mais au moins ce n'était pas de ma faute. Et puis le professeur Pictone est entré dans mon existence, dimanche dernier. À cause de lui, en moins d'une semaine, j'ai quitté l'enfance, j'ai perdu dix kilos, je suis devenu un super-héros clandestin et j'ai vécu deux histoires d'amour. Si seulement je pouvais revenir en arrière...

Quand on m'a évacué du Centre de production d'antimatière, hier matin, la dernière chose que j'aie vue par les vitres de l'hélicoptère, c'est l'arrestation de Brenda en état de choc. Elle se cramponnait à la première victime des arbres, le vieux collègue de Léo Pictone qui nous avait aidés à saboter le Bouclier, et sur lequel une énorme branche était tombée comme par accident. Elle criait qu'elle était médecin, que cet homme avait besoin d'elle… Les soldats l'ont engouffrée dans un fourgon, et depuis je n'ai plus de nouvelles.

« Ne t'inquiète pas, m'a dit Lily Noctis. On la met au secret, c'est tout, dans son propre intérêt. Dans le tien, aussi. Je sais qu'elle ne te déplaît pas, mais tu mérites mieux, non ? Et désormais, elle ne peut plus t'aider en rien. Au contraire. Tu le sais bien, n'est-ce pas ? »

Je n'avais pas répondu. À la fois j'étais flatté que la ministre du Hasard soit jalouse de sa rivale, et je lui en voulais de cette réaction de mépris. Brenda Logan est la première femme qui a fait battre mon cœur, et je me rends compte que je l'aime encore plus depuis que je suis attiré par une autre. C'est compliqué, l'amour. Surtout quand on a le sort du monde entre ses mains, et qu'on ne sait plus à qui se fier.

— Qu'est-ce que tu en penses ? murmure Jennifer, en bombant sa poitrine qui a fondu avec le reste.

Elle m'a parlé du coin de la bouche, sans cesser de regarder M. Katz qui continue à causer tout seul. Je réponds que le cours est aussi rasoir que d'habitude.

— Je parlais de mon top, réplique-t-elle entre ses dents. Je l'ai acheté en pensant à toi.

Je lui réponds qu'il ne fallait pas. Elle hausse les épaules, vexée, et éloigne sa chaise. Je suis désolé de ma gaffe, mais d'un autre côté ça m'arrange. Je n'ai pas le droit de la mettre en danger en lui faisant des confidences. Pourtant, un peu de compassion dans l'admiration qu'elle me voue, ça m'aurait fait du bien. C'est lourd, un secret, et ça n'a d'intérêt que si on le partage avec une personne de confiance. Encore faut-il être sûr d'être cru, et de ne pas aggraver la situation en se libérant d'un poids.

Non, le seul à qui j'aurais envie d'avouer toute la vérité, c'est mon père. Mais il était dans un demi-coma, hier, quand l'hélico m'a déposé sur le terrain vague derrière la maison. Ma mère m'a dit qu'il était si inquiet pour moi qu'il s'était collé vingt patchs, pour ne pas noyer son angoisse dans le whisky. Résultat, il a fait une overdose d'anti-alcool.

Elle est très remontée contre lui ; elle dit qu'il veut inconsciemment saboter notre seule possibilité de nous élever dans la société, elle et moi. Officiellement, la ministre du Hasard m'a pris sous son aile pour que je sois la mascotte d'une campagne sur les bienfaits du jeu, et par ricochet elle a confié à ma mère, en tant que psychanalyste de casino, une mission d'étude nationale. Pour elle, c'est la chance de sa vie ; du coup elle considère plus que jamais mon père comme un boulet fatal, et c'est une crise de plus que je dois gérer. Au lieu de quoi je me retrouve au collège, anonyme au milieu d'une masse de nuls qui me prennent pour un nase, à côté de Jennifer qui tire la gueule parce que je ne fais pas assez attention à elle.

Une fatigue gigantesque me tombe sur la nuque. Au bout du compte, une bonne fin du monde, ça ne serait pas plus mal. Ça m'éviterait de devoir toujours choisir, agir pour les autres, avoir des remords et leur en vouloir…

J'appuie mes tempes contre mes poings, comme pour mieux réfléchir aux questions soulevées par le prof, et je me laisse glisser par à-coups dans le sommeil.

3

Maison-Mère, résidence du Président des États-Uniques, onze heures

Autour de la longue table en verre, dans le bureau du maître du monde, les visages sont graves, livides, creusés. Seul Edgar Close, le ministre des Espaces verts, rayonne de l'importance qu'il a prise. Le dossier posé devant lui est trois fois plus épais que celui des autres, qui le regardent en biais d'un air hostile. Jack Hermak, son collègue de la Sécurité, consulte sa montre et annonce l'heure, pour redevenir un centre d'intérêt. Le Conseil des ministres aurait dû commencer depuis dix minutes, et le café refroidit dans les tasses. Deux chaises sont vides : celles du Hasard et de l'Énergie.

— Comment se porte le Président ? demande le ministre de la Santé au Vice-Président.

— Ça roule, répond d'un air sombre l'ancien jeune homme qui attend depuis vingt ans la succession de son père.

— Il a meilleure mine, ces temps-ci, flatte le ministre des Affaires courantes, avec un brin de sadisme dans son sourire lèche-bottes. Il nous enterrera tous.

La porte s'ouvre, et le chef du Protocole annonce avec solennité :

— Son Excellence le Président Oswald Narkos III.

Tout le monde se lève d'un même élan. Le fauteuil présidentiel entre dans un bourdonnement électrique, contourne les chaises pour aller se garer en bout de table. Lily Noctis le suit, en tailleur-pantalon de cuir noir, les doigts sur le boîtier rouge à double antenne. D'habitude, c'est le chef du Protocole qui tient la commande du fauteuil roulant, mais la ministre du Hasard vient de partager le petit déjeuner du Président, qui lui a confié l'honneur de le manœuvrer pour fêter sa nomination au gouvernement.

La roue gauche heurte le pied de la table. Le Président pique du nez, retenu par la ceinture de sécurité qui le renvoie cogner contre son appuie-tête. Lily Noctis présente ses excuses en souriant : elle débute.

Le vieux paralytique flottant dans son costume gris promène un regard vide sur ses conseillers. Puis il lance de sa voix chevrotante :

— Tout va bien ?

Des sourires forcés se déploient sur les lèvres ministérielles.

— Tout va bien, papa, répond le Vice-Président avec un coup d'œil inquiet vers Lily Noctis.

Elle le rassure d'un plissement de paupières : en tant qu'amie de la famille, elle a exposé les catastrophes en cours au Président pendant son petit déjeuner, pour qu'il ait l'air au courant des affaires du pays, mais il a déjà tout oublié.

— Commençons par la crise énergétique, décide Oswald Narkos Junior, qui est chargé de l'ordre du jour. En l'absence du ministre concerné, M. Olivier Nox, qui effectue une tournée dans les principaux centres de recyclage, c'est M. Jack Hermak, ministre de la Sécurité, qui va nous transmettre son rapport.

— Je contrôle la situation, attaque le nabot à moustache, qui se maintient au niveau de ses collègues par trois coussins sous les fesses.

— Pourquoi ? s'étonne le Président. Il y a un problème ?

La tablée pousse une série de soupirs éloquents, assortis de hochements de tête. Le ministre de la Sécurité enchaîne de sa voix cassante, s'efforçant de ralentir son débit pour avoir une chance d'être compris :

— Comme vous n'êtes pas sans l'ignorer, Monsieur le Président…

— « Sans le savoir », corrige la ministre de la Culture, une résignée aux cheveux carrés qui essaie de justifier sa présence à la moindre occasion, sachant très bien que sa fonction est purement décorative.

— Comme vous n'êtes pas sans l'ignorer, confirme sèchement Jack Hermak en fusillant du regard la figurante, le Bouclier d'antimatière vient de subir un sabotage terroriste.

— Ah oui ? commente le Président avec un étonnement poli. Qui a fait ça ?

Lily Noctis descend lentement de cinq centimètres la fermeture éclair de la veste en cuir qu'elle porte à même la peau, tout en prenant la parole au titre de cofondatrice de Nox-Noctis, l'entreprise qui fabrique, implante et récupère les puces cérébrales. Elle rappelle au Président que le jeune Thomas Drimm, sous l'influence du physicien Pictone réincarné dans son ours en peluche, a provoqué la destruction du Bouclier, afin de libérer l'âme des défunts utilisée comme source d'énergie[1].

---

1. Voir *La fin du monde tombe un jeudi*.

— L'âme, répète pensivement le Président, tandis que son regard vitreux essaie de se représenter la chose.

— Ce que nous appelons vulgairement « l'âme », intervient le ministre de la Science, c'est un ensemble de particules subatomiques, les photons, qui véhiculent la conscience de l'individu après sa mort. Lorsque la puce est retirée du cerveau, Monsieur le Président, elle retient l'âme prisonnière et nous la recyclons, dans la mesure où le Bouclier d'antimatière l'empêche de quitter le monde matériel.

— Ce qui n'est plus le cas depuis hier matin, coupe Jack Hermak. Conséquence immédiate de la destruction du Bouclier : l'énergie que nous tirons de la récupération des âmes a diminué de 80 %.

— Vous avez arrêté ce Thomas Drimm ? s'informe le secrétaire d'État à la Protection de l'enfance.

— Il est plus intéressant pour nous en liberté surveillée, répond Lily Noctis avec un regard en biais vers le nain de la Sécurité, qui confirme d'un sourire entendu. Nous détenons sa complice Brenda Logan, à toutes fins utiles.

— J'ai déjà mangé ? s'informe le Président.

Le Conseil des ministres acquiesce d'un mouvement unanime. Néanmoins le chef du Protocole, debout à l'entrée de la salle, lance à mi-voix une demande de croissants dans son oreillette.

— Toutes nos équipes techniques, précise Jack Hermak, sont mobilisées jour et nuit pour tenter de reconstituer le Bouclier d'antimatière, afin de stopper la fuite des capitaux énergétiques, mais nous ne pouvons pas nous permettre d'attendre la fin d'une réparation hypothétique… Nous avons donc mis en œuvre le plan d'urgence prévu en pareil cas : les énergies de substitution.

Le sous-secrétaire d'État aux Libertés baisse les yeux, pudique, pour se désolidariser du projet sans exprimer d'objections qui pourraient se retourner contre lui. Jack Hermak enchaîne avec une fluidité désinvolte :

— Quatre mille détenus de nos prisons ont d'ores et déjà été plongés dans un coma artificiel, et torturés par packs de dix dans des camionnettes servant de groupes électrogènes, afin de relayer les générateurs défaillants des centres industriels.

D'un tapotement de l'index contre le majeur, façon ciseaux, le Vice-Président l'invite à abréger l'explication technique : la paupière droite du chef de l'État s'est fermée et il dort à moitié.

— Mais c'est une solution alternative qu'on ne peut pas développer durablement, accélère le ministre en haussant la voix. La souffrance des vivants s'épuise vite ; c'est une énergie beaucoup moins renouvelable que celle des morts. Et s'ils succombent à la torture, leur âme s'échappe : il n'y a plus rien à recycler. Enfin, grosso modo, nous avons paré au plus pressé, et la population ne se doute de rien.

Lily Noctis lève les yeux vers le lustre où se situe mon point de vue. Je sentais bien qu'elle percevait ma présence ; elle me le confirme par un clin d'œil. J'ignore comment et pourquoi j'assiste à cette scène, et je m'étonne que ces gens que je ne connais quasiment pas me soient si familiers. Tout ce que je crois savoir, c'est que je suis ce Thomas Drimm dont ils parlent : ma pensée se dilate en remords dès qu'ils évoquent la destruction du Bouclier. Les raisons de mon acte étaient justes, mais les conséquences me terrifient.

— Tout va bien, alors, conclut le Président qui a relevé sa paupière droite.

— De ce côté-là, oui, s'impatiente le ministre des Espaces verts en tapotant son dossier, agacé qu'on lui vole la vedette. Mais vous devez signer la déclaration de guerre.

Un murmure choqué de l'assemblée ponctue la brutalité d'Edgar Close. Il faut quand même observer un minimum de protocole, pensent-ils : laisser au maître du monde l'impression que les idées viennent de lui.

— Ah, commente le Président. Mais déclarer la guerre à qui ? Il n'y a plus que les États-Uniques sur Terre, non ?

Des hochements de tête s'empressent de confirmer. Les ministres sont rassurés qu'il ait conservé un minimum de souvenirs. Tant qu'ils peuvent le maintenir en état de gouverner pour retarder sa succession, ils sont contents. Ils savent très bien que le Vice-Président, une fois au pouvoir, se laissera beaucoup moins manipuler.

— Déclarer la guerre à qui ? répète Oswald Narkos III.

— Aux arbres, répond solennellement le ministre des Espaces verts. Le Bouclier d'antimatière nous protégeait de l'empoisonnement végétal qui, hélas, a fait disparaître l'espèce humaine en dehors de nos frontières.

— Mensonge ! écume soudain le Président en crispant les mains sur les accoudoirs de son fauteuil, l'un des derniers mouvements qu'il puisse encore faire. C'est mon grand-père qui a déclaré la Guerre Préventive aux puissances étrangères, c'est lui et lui seul qui les a atomisées pour protéger le monde libre contre l'invasion des fanatiques religieux !

Les ministres échangent un regard compréhensif : c'est normal que, sous l'effet de la sénilité, il prenne la version officielle des livres d'histoire pour la réalité. Avec ménagement, le Vice-Président rappelle à son papa que les arbres étrangers, eux, sont toujours vivants, et qu'ils ont réussi à infecter nos végétaux nationaux.

— Les salauds ! articule le Président entre ses mâchoires tremblantes.

— Mes experts botanistes ont calculé la vitesse de propagation de l'épidémie, enchaîne le ministre des Espaces verts. D'après les premières estimations, il semble que les végétaux communiquent entre eux par un lâcher de pollens, un signal chimique et des ondes qui ont une portée maximale de six mètres. Le temps que met l'information virale à se transmettre d'un arbre à l'autre est évalué à une trentaine de minutes.

— Quels sont les symptômes ? s'informe le ministre de la Santé.

Lily Noctis se tourne vers moi, et je les ressens aussitôt : mon souffle brûle, mon cœur s'emballe, mes yeux cognent contre mes paupières. Le ministre des Espaces verts répond à son collègue, en décrivant avec des mots savants ce que je suis en train de ressentir. Il précise que les sujets contaminés meurent au bout de quelques minutes, des suites d'une infection pulmonaire foudroyante.

— En conséquence, je demande l'application de la Loi martiale et les pleins pouvoirs sur l'armée.

Le général Netter, ministre de la Paix, se dresse d'un bond dans le cliquetis de ses médailles.

— En quel honneur ? s'écrie-t-il.

— Il faut lever l'immunité des arbres, sinon la loi sur l'Écologie oblige à demander une autorisation administrative d'abattage pour chaque tronc. C'est impossible à gérer. Quant à vos troupes, général, elles sont formées pour combattre des hommes, pas des arbres. Il faut que les soldats obéissent à mes botanistes, sinon c'est la défaite assurée. Rappelez-vous ce qui s'est passé dans le reste du monde.

Les doigts se contractent sur les sous-main. Au milieu du silence, la porte s'ouvre. Un maître d'hôtel vient déposer une corbeille de croissants devant le Président, qui les regarde avec perplexité.

Sur un signe d'Edgar Close, le chef du Protocole fait monter un écran dissimulé dans le plancher. Une carte holographique s'anime, montrant le pays en 3D. Les frontières, privées de la protection du Bouclier d'antimatière, sont envahies par une marée végétale au développement spectaculaire, comme si les branches et les plantes poussaient en accéléré. L'offensive du printemps, au sens propre.

— Notre seule contre-attaque possible : le feu. En incendiant les forêts sur une largeur de sécurité de vingt kilomètres le long des frontières, nous serons à même d'enrayer l'épidémie.

— L'épidémie de quoi ? s'informe le Président.

— Le ministère des Espaces verts reçoit les pleins pouvoirs et assumera la totale responsabilité des opérations ! décide brusquement Oswald Narkos Junior. La guerre est déclarée. C'est la seule solution, papa. Tu es d'accord ?

— Tu peux finir les croissants, confirme l'intéressé.

Le Vice-Président tourne les yeux vers Lily Noctis, qui acquiesce comme pour le féliciter de son initiative. Puis elle suggère que la guerre soit immédiatement diffusée en direct vingt-quatre heures sur vingt-quatre par la chaîne d'informations nationale. Ainsi les gens paniqueront-ils en continu, et on récupérera cette peur stockée dans leurs puces comme énergie de substitution.

— On peut, concède le ministre de la Sécurité, un peu froissé de ne pas y avoir pensé le premier.

Au nom de son père qui s'est endormi, le Vice-Président adopte la suggestion à l'unanimité.

Je ne comprends pas. Lily Noctis est mon alliée. Elle m'a aidé à détruire le Bouclier d'antimatière pour libérer les âmes et, dans l'intérêt de la révolution démocratique qu'elle prépare, elle disait qu'il fallait cacher la vérité. Éviter la panique, ne pas révéler aux citoyens que les arbres avaient exterminé les humains sur le restant de la planète. C'est quoi, ce double jeu ?

Un malaise brouille ma vue, déforme l'image. Je me retrouve dans une salle de cinéma vide, en train de voir une espèce de résumé de ma vie. Un condensé de la semaine dernière, en fait : mon cerf-volant s'abat sur le crâne du professeur Pictone, je cache son cadavre, mon ours en peluche se met à parler avec sa voix pour m'obliger à continuer son œuvre – la destruction du Bouclier d'antimatière qu'il avait inventé, et dont le gouvernement avait détourné l'usage. J'aborde ma voisine Brenda Logan, en tant qu'adulte et médecin, pour qu'elle me traduise les révélations scientifiques de la peluche ; on commence à devenir complices pendant un match de man-ball, elle essaie de faire libérer mon père prisonnier de la Division 6, elle danse avec Olivier Nox pour tenter de le rallier à notre cause, elle peint sur une toile un grand chêne qui s'anime et lui tend ses branches, elle m'aide à programmer la destruction du

Bouclier[1]… Et d'autres scènes s'y mêlent, où je ne suis pas. Je ne reconnais pas mes souvenirs. Ce ne sont pas les miens, en fait : c'est sa mémoire à elle qui défile devant moi.

Je me retrouve derrière l'écran, dans une salle de torture électronique. On est en train de lui traire l'esprit, pour récupérer l'énergie de ses peurs. Mais il n'y en a pas. Un casque à électrodes autour du crâne, attachée debout sur un plateau métallique en rotation lente, Brenda lutte pour ne fournir à la machine que des souvenirs sans émotions.

— Elle est courageuse, n'est-ce pas ? commente la voix de Lily Noctis. Mais elle a tort : si ses pensées ne sont pas recyclables, on va l'éliminer. Et ce sera à cause de toi. Elle te protège, Thomas. Elle croit te protéger, du moins. Je te fais voir son supplice pour te donner envie d'aller la délivrer.

Je me retrouve dans l'obscurité, tout à coup. Seuls les yeux verts brillent au milieu du néant.

— Tu auras oublié tout le reste, à ton réveil, enchaîne la voix d'Olivier Nox. C'est la règle du jeu. Nous avons besoin d'un héros, Thomas, et c'est toi. Un héros qui déclenche les catastrophes et les aggrave à mesure qu'il les combat. Allez, retourne dans ta réalité : d'autres surprises t'attendent.

---

1. Voir *La fin du monde tombe un jeudi.*

4

Je me redresse d'un bond. Jennifer m'a donné un coup de coude, me fait signe que ce n'est pas le moment de dormir. Autour de moi, dans la salle de classe, tous les élèves ont brandi le stick d'Antipoll.

— Appliquez sur le bras ! glapit le prof d'instruction civique. À mon commandement, appuyez, pressez !

Tout le monde s'exécute. Je regarde Jennifer, désarçonné. Je croyais qu'elle était contre.

— T'as pas entendu ce qu'il a dit ? siffle-t-elle entre ses dents. Tous ceux qui refusent la vaccination seront virés du collège. J'ai pas les moyens de rater mon avenir, moi !

Je lui laisse ses illusions. On n'aura jamais d'avenir, en sortant de ce collège : c'est un dépotoir à pauvres, à malchanceux, à rebelles. En plus, avec sa mère qui s'est tiré une balle dans la tête, elle devra payer l'amende toute sa vie, parce que le suicide des parents est puni par la loi sur la Protection de l'enfance, et que son père ne gagne pas assez.

Je regarde son pouce blanchir sur le bouton du stick qu'elle presse en fermant les yeux. Rien ne bouge sur son visage. Apparemment, ce n'est pas douloureux.

— Thomas Drimm, lance le prof, on n'attend plus que vous.

Je positionne l'Antipoll, qui se ventouse au creux de mon bras. Mais, au moment où je vais activer l'aiguille à tête chercheuse, une espèce de poids à l'arrière du crâne m'empêche de continuer mon geste. Comme si je recevais un signal d'alerte.

— Grouille ! s'angoisse Jennifer. Tu vas pas te faire virer ? Tu vas pas me laisser toute seule dans cette classe de nases ?

Son cri du cœur me ressaisit. Je lui souris pour la rassurer. J'ai beau la trouver un peu gluante, ça me fait tellement de bien qu'on ait besoin de moi. C'est tellement nouveau dans ma vie, depuis cinq jours. Ça m'épuise, mais je ne m'en lasse pas.

— Bien, soupire M. Katz en regagnant sa table. Votre carte de vaccination vous sera remise ce soir, à la fin des cours. Vous ne craignez plus rien.

Mon pouce commence à presser le bouton.

— Ne fais pas ça, Thomas, c'est un piège !

Je me fige. La voix du professeur Pictone. Comme un cri de détresse qui résonne dans mon crâne. Ce n'est pas possible. Le vieux savant est mort pour de bon, hier matin, dépucé, dématérialisé. J'ai senti son âme partir sous mes doigts, quitter l'ours en peluche qu'elle avait squatté dans le but de me faire achever son travail sur Terre. Dès la destruction du Bouclier, Pictone a filé au ciel pour régler ses comptes. Pourquoi reviendrait-il me mettre en garde contre un médicament ? En quoi un stick de vaccination, spécialement conçu pour les moins de treize ans, pourrait-il être dangereux ?

Je me demande si Léo Pictone ne poursuit pas à titre posthume un autre projet tordu. Genre me faire mourir de la grippe V, pour que je monte chez les siens lui donner à nouveau un coup de main. Mais je n'ai pas fini ma vie, moi.

Le doigt crispé sur le poussoir, j'hésite. Un froid terrible grimpe le long de mes jambes.

— Ça y est, Drimm ? s'impatiente M. Katz. On vous dit que c'est indolore, demandez à vos camarades !

— Il-a-les-bou-leus ! entonnent les nases autour de moi.

— Foutez-lui la paix ! gueule Jennifer.

Pour calmer tout le monde, je pousse un « Aïe ! », et je retire vivement le stick juste avant de faire jaillir l'aiguille. Tout le monde me fixe, dans un silence goguenard. Je prends l'air honteux, et je reconnais que non, c'est vrai, ça ne fait pas mal.

— Montrez-moi, commande M. Katz en s'approchant, méfiant.

Je fais semblant de laisser tomber mon stick par maladresse. Je le ramasse et le tends au prof d'instruction civique. J'espère que l'aiguille s'est cassée et que le produit s'est barré, sinon il va se rendre compte que je ne me suis pas vacciné, et il va le faire lui-même.

Retenant mon souffle, je détourne la tête vers la fenêtre où le grand marronnier étend ses branches nues décorées de chewing-gums, chiffons, culottes et gobelets. Il est mort depuis deux ans, mais le collège n'a pas encore reçu l'autorisation d'abattage du ministère des Espaces verts, alors en attendant on le décore comme on peut, pour remplacer les feuilles. Je me dis que c'est drôle, la vie : les seuls arbres dont on ne se méfiera pas, désormais, ce sont les arbres morts.

J'ai à peine eu le temps de me faire cette réflexion qu'un craquement effroyable retentit. Le hurlement de la classe se mêle au fracas des vitres. Tandis que les murs s'effondrent autour de nous, on essaie de se précipiter vers la sortie, mais il n'y a plus de porte. Le vacarme, les cris, la poussière, le noir… Et puis le silence entre les toux, les appels, les gémissements.

Dans l'obscurité, des lueurs s'allument sous les gravats. Orange, bleues, violettes, blanches… Les portables. Je commence à distinguer les slogans lumineux sur les boîtiers : « Téléphoner tue », « Le portable donne le cancer », « Les ondes provoquent des tumeurs cérébrales »… Toutes ces menaces de mort qui deviennent des signes de vie.

— Thomas, tu es blessé ?

La voix de Jennifer est toute proche. Entre deux quintes de toux, je réponds :

— Non, je crois pas. Et toi ?

— Ça va.

— Au secours ! braille je ne sais qui.

— Silence ! glapit M. Katz d'une voix chevrotante. Pas d'affolement, c'est fini, gardez votre calme ! On va tous sortir de là sans problème, si vous restez disciplinés. À l'appel de votre nom, vous répondez « présent », et vous dites « blessé », ou « indemne », ou « je ne sais pas ». Adams !

— Mort ! répond une voix qui part d'un rire hystérique.

— Ta gueule ! J'suis vivant, m'sieur, j'suis là, présent ! J'veux sortir !

— Albertsen Éric.

— Blessé ! Au secours, j'ai mal, j'ai le bras qui saigne… !

— Du calme !

— C'est Weber, monsieur, je suis coincé !

— Une minute, Weber, je suis dans les A ! Albertsen Louise.

— J'vois pas ma sœur, m'sieur, où elle est ? Louise !

Dans la panique des cris enchevêtrés, Jennifer me supplie de la sortir de là : elle est claustro.

— J'arrive !

J'essaie de ramper dans la direction de sa voix, en vain. Mes bras sont libres, mais un poids bloque ma jambe gauche. Je ne la sens plus, je n'arrive pas à la commander.

Je me concentre pour faire revenir mes pouvoirs. Cette faculté de rentrer par l'esprit à l'intérieur de mon corps – la technique que m'a enseignée le professeur Pictone… Mais les pleurs et les appels au secours tout autour de moi m'empêchent de faire le vide.

De ma jambe libre, j'arrive à repousser les gravats.

— Cozinsky Paul. Cozinsky Paul ?

— J'suis au téléphone, m'sieur ! Oui, m'man, c'est moi ! On s'est chopé le toit sur la gueule…

— Ferme-la, Cozinsky ! Allô, vous m'entendez ? Mais qui t'es, toi ? Hein ? P'tain, mais raccroche, j'ai fait le numéro d'urgence, merde !

Dans le brouhaha des portables, M. Katz a renoncé à faire l'appel. Je dégage Jennifer, l'aide à se relever. J'essaie de tirer quelques bras autour de nous, et puis une poutre en déséquilibre s'affaisse dans une chute de tuiles.

— Viens ! crie Jennifer.

On s'est tous retrouvés à l'extérieur, plus ou moins regroupés par classes. M. Katz, complètement sonné, répète que c'est un miracle, un vrai miracle. Je suis d'accord ; il n'y a que des blessés légers et un mort pas trop grave : le directeur. Un aigri mal élevé qui ne se vengera plus sur nous de la nullité de son collège.

Les premières sirènes retentissent sur la rocade desservant notre banlieue glauque. Les conseillers d'éducation courent en tous sens, affolés, pour qu'on remette nos masques avant l'arrivée de la police, sinon ils auront des ennuis.

Jennifer serrée contre moi, je regarde le marronnier déraciné. Couché sur le toit défoncé par ses branches, il agite sous la brise son feuillage de chiffons et culottes, comme si de rien n'était. Que s'est-il passé ? Le vent n'est pas suffisant pour expliquer sa chute. Est-ce le hasard, l'effet du pourrissement naturel – ou autre chose ? La grippe végétale peut-elle se transmettre aux arbres morts ? Alors on ne sera plus en sécurité nulle part, si tout ce qui est en bois se révolte. Les portes, les fenêtres, les tables, les parquets, les charpentes…

— Et ton père ? s'écrie soudain Jennifer. Je le vois pas !

Je la rassure : il n'est pas venu en cours, ce matin. Il s'est mis en arrêt-désintox. Avec quelques verres dans le nez, il trouve encore le courage d'être prof de lettres pour analphabètes dans un collège sans livres, mais, là, les patchs anti-alcool lui ont pompé ses dernières forces.

Les ambulances et les flics arrivent devant les grilles. Des parents, des voisins, des curieux ont déjà envahi le site, et la confusion s'installe. Des disputes éclatent, des bagarres. Il y a ceux qui emportent leurs enfants sans rien écouter, refusant l'enquête, le contrôle médical, et ceux qui s'en prennent aux flics en exigeant des constats pour l'assurance.

Jennifer me désigne la dépanneuse jaune du garage Colza, qui vient de s'arrêter dans l'embouteillage. Son père descend de la cabine, l'aperçoit, fonce sur elle. Il la prend à bras-le-corps, la serre avec un bonheur désespéré qui me noue le cœur. Je ne suis pas habitué à ces démonstrations d'amour, moi. Depuis la mort de sa femme, M. Gramitz a tout reporté sur Jennifer qui n'en peut plus. Les débordements du mécano ne font que renforcer pour elle l'absence de sa mère ; elle le traite comme un chien et il en prend son parti.

— Tu n'as rien, ma poule, ça va, tu es sûre ?

— Mais oui, soupire-t-elle, agacée. Allez, on se casse.

— Tu ne veux pas voir un médecin ?

— C'est bon, je te dis. Dépose-nous au casino.

— Tu es sûre ?

— Je gagne ma vie, je te rappelle. Avec les trois heures de cours qui viennent de sauter, je vais me faire le double des autres jours.

Il la regarde monter dans la dépanneuse, avec une tristesse résignée. Je lui dis bonjour monsieur, par solidarité. Il me gratte les cheveux, en chasse quelques gravats, demande gentiment si j'ai prévenu ma maman de la catastrophe. Il a peur qu'elle s'inquiète. Je le rassure.

Ce qui est bien avec ma mère, dans les coups durs, c'est qu'elle dédramatise comme personne quand elle n'est pas concernée.

— Ça devait arriver, avec ces préfabriqués, a-t-elle soupiré, la main sur le battant de sa porte entrouverte. J'espère qu'au moins, ils reconstruiront aux normes. De toute manière, ça n'est plus ton problème. Avec notre nouveau statut social, et la ministre du Hasard qui t'a choisi pour sa campagne de pub, tu vas intégrer un collège prestigieux réservé à l'élite. Elle me l'a promis.

J'ai glissé un œil dans son bureau. Un homme entre deux âges était allongé sur son divan. Sans doute le gagnant d'un jackpot, qu'elle aidait à surmonter l'épreuve de la fortune soudaine.

— Va faire tes devoirs, j'ai un déjeuner de travail, puis j'expédie une réunion et on rentre à la maison.

Elle m'a refermé sa porte au nez. Comme la question des devoirs ne se posait plus, j'ai rejoint Jennifer qui lavait une Arachide GTO sur le parking du casino. Je l'ai aidée à rincer, à lustrer, à forcer le pourboire quand le jeune fils à papa est venu récupérer sa voiture. Elle ne m'a pas dit merci, rien. Les dents serrées sous son masque, elle a attaqué un Chardonnay, le nouveau 4×4 bio sans fumée qui roule à l'huile de pépins de raisin.

À plusieurs reprises, je lui ai demandé si ça allait. Sans cesser de briquer la carrosserie, elle a fini par répondre :

— Pourquoi ça irait ?

— Tu as mal quelque part ?

— Fais pas semblant de t'intéresser, OK ?

J'ai posé mon éponge, énervé, je lui ai répondu que ce n'était pas la peine de me faire la gueule parce que je l'avais sauvée.

— Arrête. Tu m'as pas sauvée parce que c'est moi. Juste parce que tu es un héros. T'en as rien à fiche, de moi.

J'ai commencé à protester, et c'est là qu'elle a eu un malaise. Je l'ai vue tourner de l'œil sur le capot, piquer du nez vers l'essuie-glace.

Je la rattrape de justesse, l'allonge sur un banc. Elle est toute molle, les yeux blancs. Sans doute une chute de tension. L'angoisse de tout à l'heure, les nerfs qui se relâchent… Et puis le manque de graisse, sûrement. Depuis que je l'ai fait maigrir d'un coup en activant son ubiquitine, la protéine qui brûle les kilos en trop dans l'organisme, elle est complètement détraquée et une fois de plus c'est ma faute.

— Jennifer ?

Pas de réponse. J'ôte le masque de son nez pour qu'elle puisse mieux respirer. Ses doigts se desserrent, l'éponge tombe sur le sol. Elle s'est carrément évanouie. Il faudrait peut-être que je lui fasse un massage cardiaque, mais je ne voudrais pas qu'elle s'imagine que c'est pour lui toucher les seins.

Je ferme les yeux et, avec autant de concentration que la dernière fois, j'envoie mes pensées comme des soldats dans son corps pour nettoyer le terrain. Mais je me méfie, ce coup-ci. Pas question de me faire attaquer par ses anticorps. J'envoie juste de l'énergie, à l'aveuglette ; je ne tente pas de pénétrer les cellules pour les reprogrammer.

À peine ai-je commencé à visualiser son système veineux qu'une vision me coupe le souffle. Ce n'est plus du sang : c'est de la sève ! Les globules verts se précipitent sur moi, s'ouvrent d'un coup tels des bourgeons, lancent des lianes qui me chassent à coups de fouet.

— Thomas, ça va ?

C'est elle qui me secoue, à présent, et moi qui suis couché sur le banc. Je la dévisage, atterré. Je n'ose rien lui dire. Cette forêt intérieure qui l'a colonisée, ce n'est pas forcément la grippe V, ni un effet secondaire du vaccin. C'est peut-être juste une hallucination de ma part. Les conséquences du bourrage de crâne qu'on a subi.

Elle ramasse son éponge et réattaque le 4×4. Je vais nous chercher des biosandwichs à la cafétéria. Rupture de stock ou mesure sanitaire, je constate que la salade et les tomates ont disparu. Il ne reste plus que des jambon-beurre. Demain, en toute logique, on se méfiera du blé et il n'y aura plus de pain.

Je m'empresse d'acheter les jambon-beurre avant qu'on les retire au nom du Principe de précaution – des fois que l'herbe se mettrait à contaminer les porcs et les vaches.

Bizarrement, je n'ai pas peur. Si Jennifer me passe la grippe V, au moins je serai comme les autres. Je n'aurai plus à lutter, à me cacher, à me demander ce que je dois faire pour sauver le monde.

Je me remets à laver les carrosseries avec elle. Enchaîner des gestes machinaux, comme si la vie continuait normalement, c'est ce qu'il reste de mieux à faire quand la situation vous dépasse et qu'il n'y a plus de repères.

On travaille à l'unilatéral : chacun nettoie un côté, puis je fais l'avant, elle l'arrière, et on se partage le toit. La cadence est bonne, on s'abrutit pour ne plus penser à l'avenir et le chiffre d'affaires s'envole. Lorsque ma mère sort de réunion, on achève notre quinzième voiture.

— Ça me gêne par rapport au personnel, me glisse-t-elle à l'oreille, assez fort pour que Jennifer entende. Un fils de psychanalyste n'a pas à faire ce genre de travail.

— Ne vous inquiétez pas, dit Jennifer, il me laisse les pourboires.

— Encore heureux !

On monte dans sa Colza 800, entretenue gratuitement par M. Gramitz. En échange, ma mère a pistonné Jennifer auprès de sa direction des Ressources humaines, pour qu'elle obtienne la concession du lavage au noir sur le parking du casino.

La voiture longe la plage de Ludiland, le quartier chic de Nordville où habitait le professeur Pictone.

Je tourne la tête pour ne pas voir les cerfs-volants qui tournoient sur la plage. C'est fini, tout ça. Je ne suis plus un enfant, j'ai tué un homme et j'ai condamné mon espèce. Ma seule manière de gagner du temps sur l'horreur qui nous attend, c'est de me brancher sur ma mère. Sur ses illusions, son ignorance, son bonheur revanchard. Je l'observe. Corsetée dans son tailleur strict, elle est devenue belle, avec sa dureté qui se fissure sous l'espoir. Ses mains pianotent d'impatience sur le volant ; elle sourit à des lendemains qui chanteront enfin la musique qu'elle aime. Ça fait du bien, l'aveuglement. Pour oublier la mort qui nous pend au nez, je me shoote à sa nouvelle joie de vivre.

Mais, dès qu'on a quitté le front de mer, les premières images d'alerte apparaissent sur les écrans digitaux fixés aux façades.

Urgence info !
Ordre de mobilisation générale citoyenne.
Ce soir, le Journal Obligatoire de 20 h débute à 19 h.

L'autoradio se déclenche tout seul, invitant fermement Mme Drimm à être devant sa télé dès dix-huit heures cinquante-cinq, sur National Info, pour se préparer à une communication gouvernementale de la plus haute importance.

— Encore ces conneries de grippe V, marmonne Jennifer. C'est vraiment de l'intox.

— Pas de gros mots ! s'insurge ma mère. L'info, c'est sacré ! Un peu de respect pour toutes les civilisations qui ont disparu à cause de l'ignorance, de l'opacité, du silence !

On échange un regard, Jennifer et moi. Ce n'est

pas la peine de discuter. On n'a qu'à attendre dix-neuf heures, et on saura ce qu'ils veulent qu'on sache.

L'autoroute est à peu près fluide, jusqu'à la hauteur du stade de man-ball. La clameur accompagnant la montée des paris, tandis que les joueurs sont propulsés de case en case sur la roulette géante, est couverte par le son des haut-parleurs :

— Tous les spectateurs sont priés d'évacuer les tribunes en urgence et dans le calme. Le tournoi est suspendu pour cause de pollution. Des masques vous seront distribués gratuitement à la sortie. Je répète : veuillez évacuer les tribunes, toutes les explications nécessaires sur l'alerte sanitaire vous seront données lors du Journal Obligatoire de 19 heures…

— Je te dépose au garage, Jennifer, décide ma mère qui, absorbée dans ses rêves d'avenir, n'a pas prêté attention à l'annonce. Je vais voir si ton père a reçu mon filtre à huile : ça fait une éternité que je lui dis que ça urge !

Je consulte ma montre. Il lui reste moins de trois heures pour se rendre compte que son filtre à huile n'est plus d'une urgence absolue, et que l'éternité sera courte.

5

— Ce jeudi 13 à onze heures vingt-huit, sur proposition du Conseil des ministres et en réponse aux attaques délibérées contre la population, le Président Oswald Narkos III a déclaré la guerre aux espèces végétales. Pour enrayer définitivement la pandémie de grippe V, le gouvernement décrète la destruction totale et préventive de tout arbre, plante ou fleur qui présenterait un danger pour la santé humaine. Pleins pouvoirs ont été donnés aux Brigades vertes, unités de combat écoresponsables, pour apprécier la situation et agir en conséquence.

Les images du journal sont si terribles que la soupe se fige dans les assiettes. Aucun de nous trois n'a le cœur à manger. Tout au long des frontières d'où est partie l'épidémie, les Brigades vertes ont mis le feu aux forêts. Mais les vents ont tourné tout à coup, et les commandos incendiaires, pris à revers par les flammes, brûlent comme des pommes de pin.

— Ils nous auront tous tués avant qu'on les détruise ! hurle un soldat à moitié carbonisé qu'on évacue sur une civière.

Rassurant, un général déclare que le ministère de la Paix a réagi aussitôt en remplaçant, dans la mesure du possible, ses troupes au sol par des bombardements sélectifs. Dès l'évacuation des habitants, les hélicoptères balancent sur les zones infectées défoliants, herbicides ou napalm.

Je détourne les yeux de l'écran, mais les images de déforestation sont brusquement remplacées par la tête du ministre des Espaces verts.

À la fois creusé par le poids des responsabilités et gonflé de son importance, Edgar Close annonce, en direct sur le plateau du journal, que la ceinture de feu, contrairement aux prévisions de l'armée, ne suffira pas à stopper la progression de la grippe V. Apparemment, c'est la faute aux hélicoptères, aux tanks et aux camions militaires qui, en retournant à leur base, ont favorisé la propagation des pollens toxiques avec une rapidité supérieure à celle du vent ou des insectes. L'interdiction de tout trafic aérien et routier vient d'être promulguée, mais c'est trop tard. Partout dans le pays, entre scènes de panique et témoignages de victimes, les reporters commentent l'apparition des symptômes dans les populations non encore vaccinées : retraités, chômeurs, détenus.

Le porte-parole d'une association humanitaire exige une destruction accrue des végétaux. Un écologiste réplique que c'est bien beau de vouloir raser les forêts pour sauver l'homme, mais que, sans l'oxygène fabriqué par les arbres, nous ne pourrons plus respirer. Le ministre des Espaces verts répond que ce n'est pas un problème : on trouvera une solution, mais pour l'instant on est en guerre et la seule chose qui importe, c'est la victoire. L'oxygène étant désormais rendu toxique par les arbres, tout écologiste affichant un comportement collabo envers l'agresseur végétal sera immédiatement arrêté pour atteinte au moral de la Nation.

— Connard, grince mon père entre ses dents.

— Chut ! dit ma mère.

Les reportages suivants montrent des gens bétonnant en urgence leur jardin pour neutraliser le gazon et les fleurs. D'autres ont choisi de pactiser. Un petit vieux souriant déclare, parmi les géraniums de sa terrasse, que tous les végétaux ne sont pas mauvais ni ingrats, et qu'il suffit de leur rappeler qu'on les a plantés, qu'on les aime, qu'on les arrose et qu'on les soigne pour renouer le lien qui nous unit à eux. Au milieu de sa phrase, il commence à tousser et, les yeux révulsés, meurt en direct devant la caméra, tandis que le journaliste explique, derrière son masque à gaz et sa combinaison étanche, que c'est exactement le genre de comportement à éviter : il faut rester barricadé chez soi, fenêtres fermées, sans fleurs, plantes ni légumes, en attendant que les Brigades vertes aient jugulé l'épidémie.

— Propagande, ronchonne mon père.

— Et propagande de qui, de quoi ? s'énerve ma mère. Tu ne vas pas nier la réalité de ce que tu vois !

— Les images, réplique-t-il en ouvrant sa dixième bière sans alcool, on leur fait dire ce qu'on veut.

— Tais-toi, j'écoute !

Un autre journaliste, en studio, interroge le médecin colonel en charge des Solutions sanitaires, qui confirme que 70 % des citoyens de plus de treize ans ont déjà été immunisés depuis vingt-quatre heures, par micro-ondes pulsées sur la fréquence de leur puce. Le gène de la grippe V a été isolé, et la vaccination cérébrale à distance permet à l'organisme de fabriquer l'antigène correspondant, avant même d'avoir subi la contamination. Pour savoir si l'on fait partie des 70 %, il suffit de scanner son crâne et de vérifier si les données XBV 212 415 figurent dans le menu Téléchargements.

Ma mère se rue sur le scanner familial, le plaque sur sa tempe, fait défiler le menu, clique et pousse un soupir de soulagement. Puis elle teste mon père et fronce les sourcils.

— Pourquoi tu es marqué « En attente de configuration » ?

— Les alcooliques ne sont pas prioritaires, grommelle-t-il.

— Mais tu portes un patch !

— Eh ben je ferai une réclamation, soupire-t-il. De toute manière, cette épidémie, c'est bidon. Ça sert à nous empêcher de penser, c'est tout. Comme le manball et les machines à sous.

— C'est parce que tu es catalogué comme déviant qu'on ne t'a pas vacciné, glapit-elle, pas à cause de ton problème d'alcool !

— OK, j'ai compris : je vais me remettre à boire.

— Reste à savoir si le virus va muter ou non, reprend le médecin colonel. Les plus grands botanistes analysent en continu la composition de la sève et des pollens sur un large échantillon de végétaux, ainsi que les effets sur des cobayes vaccinés qui, volontairement exposés à leurs émanations, n'ont présenté jusqu'à présent aucun symptôme. Mais nous manquons de recul. Dans le doute, mieux vaut rester chez soi et, si l'on est obligé de sortir, porter le masque respiratoire en cours de distribution générale et gratuite.

— Combien tout cela va-t-il coûter à l'État, docteur ? demande la journaliste.

— La vie humaine n'a pas de prix.

— Et les moins de treize ans, non encore empucés ?

— La campagne massive de vaccination intraveineuse dans les établissements scolaires s'est effectuée avec succès aujourd'hui, sur tout le territoire.

— Tu n'as pas d'effets secondaires ? s'inquiète mon père en me scrutant.

Je le rassure d'un air dégagé, sans préciser que je n'ai pas d'effet principal non plus, puisque je ne me suis pas injecté leur Antipoll. La seule forme de vaccination adaptée à mon cas, je sais où je dois aller la chercher, mais il faut attendre que les parents dorment.

— Nous nous rendons à présent au ministère de l'Énergie, pour une déclaration exclusive d'Olivier Nox. Monsieur le ministre, bonsoir.

Le jeune homme aux longs cheveux noirs prononce lentement avec une sérénité froide, en fixant la caméra de ses yeux sans lueur :

— En accord avec mes homologues de la Paix et des Espaces verts, qui ont levé le secret défense, je suis en mesure de vous révéler que le Bouclier d'antimatière était notre seule protection face à la contamination de la flore, qui a provoqué l'extinction de l'espèce humaine sur le restant de la planète. Les terroristes qui ont détruit notre Bouclier, hier matin, portent l'entière responsabilité du péril sans précédent que nous devons maintenant affronter.

Je baisse la tête dans mon assiette.

— En tout cas, dit mon père avec un hoquet de dérision, on est des privilégiés.

— À quel point de vue ? se raidit ma mère.

— Dans notre banlieue pourrie sans arbres et sans jardins, avec notre sol toxique où il ne pousse rien, on ne risque pas d'être contaminés. Ce sont les quartiers chics et les zones écorésidentielles qui vont trinquer. Pour une fois que c'est un avantage d'être pauvre.

— Parle pour toi, Robert ! Moi, au casino, je suis en surexposition florale ! Je ne retournerai pas travailler avant qu'ils aient détruit toutes les plates-bandes !

Elle se lève brusquement, fonce vers le vase qui trône sur la tablette du radiateur, arrache le bouquet de roses. Mon père hausse les épaules.

— Elles ne vont pas t'attaquer : elles sont fausses.

— C'est un symbole ! réplique-t-elle. On n'affiche pas dans le salon la photo de son ennemi !

Il se redresse, le regard dur.

— Tu t'es demandé pourquoi les arbres et les plantes sont devenus nos ennemis ? Qui a attaqué en premier, Nicole ? La déforestation, les pesticides, les OGM… Les végétaux ont eu beaucoup de patience, mais ils nous remplaceront sans problème.

— Tu es malade ? Tais-toi, enfin ! Tu veux te faire arrêter encore une fois, pour propos défaitistes ?

— Nous apprenons à l'instant, intervient la présentatrice en chef, que le ministère de la Sécurité a décidé jusqu'à nouvel ordre la fermeture des crèches, établissements scolaires, universités, administrations et lieux de travail. De même pour les commerces, les casinos, les stades, les centres de sport, de loisirs et de spectacles. Sauf autorisation spéciale, tous les citoyens doivent rester chez eux devant leur téléviseur, pour suivre la progression de la guerre et se conformer aux consignes des autorités sanitaires. Une page de publicité, et nous retrouvons nos envoyés spéciaux.

— On nous cloître, grince mon père d'un air entendu. Et pourquoi ?

— Pour notre bien, dit ma mère.

Il tourne vers moi ses yeux injectés par le manque d'alcool. Je soutiens son regard. Il ignore mon rôle dans la catastrophe qui frappe le pays, mais il sent que mon silence va dans son sens.

— Thomas, toi qui es intime à présent avec une ministre, tu as des choses à nous dire ?

— Ce n'est pas un jeu, s'interpose ma mère. Nous sommes en guerre : le gouvernement ne va pas se confier à un môme.

Je la laisse dire en essayant d'avaler une cuillerée de soupe froide. Sur l'écran, un couple d'heureux gagnants aux machines à sous barbote dans un spa, s'extasie devant les fleurs que leur apporte une femme de chambre, se promène dans le parc d'un hôtel de luxe et dîne aux chandelles sous les arbres. La seule chose qui n'ait pas changé dans le monde, ce soir, c'est la pub.

— Mais pourquoi les végétaux nous font ça, pourquoi ? s'insurge ma mère en plaquant les mains sur sa permanente. Pourquoi justement aujourd'hui ?

Sous-entendu : aujourd'hui où notre situation financière et sociale devait enfin s'arranger, grâce à mes relations avec la ministre du Hasard.

— C'était fatal, répond mon père. Ça nous pend au nez depuis qu'on s'est coupés de nos racines. L'arbre était là avant nous, et on s'est crus plus forts, on a cessé de vivre à son rythme pour devenir ses prédateurs. Tout a commencé à l'âge de bronze, quand l'alphabet spirituel des druides – chacune des dix-huit lettres était le nom d'un arbre – a été remplacé par l'alphabet commercial phénicien…

— Ne commence pas avec tes druides, coupe ma mère en remontant le son après la pub.

Et elle s'absorbe dans les images d'incendies de forêts, de tronçonnages et d'herbicides pulvérisés par avion. Je débarrasse la table. Si les arbres ont programmé notre disparition pour sauver la nature, au nom de quoi leur résister ? Vouloir les détruire, c'est un suicide, mais comment parlementer ? Et quel sera mon rôle ?

Je revois le demi-sourire d'Olivier Nox, dans sa limousine, juste après que j'ai détruit le Bouclier d'antimatière. « En voulant sauver le monde, Thomas, tu as condamné l'espèce humaine. À toi de choisir, à présent, de quel côté tu vas combattre. »

6

Au moment où je dépose la vaisselle dans l'évier, je ressens un grattement à l'intérieur du bras gauche. Je remonte ma manche. Le numéro de téléphone que Lily Noctis a inscrit sur ma peau avec son ongle, avant-hier, s'est mis à rougir, comme si les chiffres s'étaient infectés. Comment dois-je le prendre ? Est-ce une mise en garde, un signe, une demande de contact ?

Je monte dans ma chambre pour lui téléphoner. Le portable collé à l'oreille, je tombe sur le message d'annonce de sa boîte vocale, qui s'interrompt brusquement.

— Oui, Thomas, tu as un problème ?

Troublé par sa voix en direct, aussi naturelle que si on s'était parlé cinq minutes plus tôt, je réponds en réflexe, dans le genre viril :

— Moi non, mais c'est la Terre. J'ai vu les infos.

— En quoi puis-je t'aider ?

Pris de court, je lui demande si elle sait où Brenda Logan est retenue prisonnière.

— Elle est toujours aussi importante pour toi, n'est-ce pas ?

Il y a de l'agacement résigné dans sa voix, et un vrai fond de jalousie. En d'autres circonstances, j'aurais été le plus heureux des préados. Là, je contourne le sujet :

— Il faudrait qu'on la libère, non ? Elle risque de parler.

— De parler de quoi ?

— De vous. Elle sait que vous menez un double jeu, dans le gouvernement. Si jamais votre demi-frère apprend que vous préparez une révolution…

— Tu pourrais me demander si ma ligne est sécurisée, non ?

— Ah oui, pardon.

— Elle l'est. Toi, en revanche, la police t'a mis sur écoute.

Je me glace aussitôt.

— Pardon. Je raccroche.

— Ne t'inquiète pas : mon téléphone brouille automatiquement toutes les conversations, leur provenance comme leur contenu.

J'avale ma salive. C'est bien son style, ça, de m'angoisser exprès pour me rassurer ensuite.

— En ce qui concerne Brenda Logan, je suis d'accord avec toi, Thomas, mais pour d'autres raisons. Il faut en effet qu'on agisse au plus vite.

— Vous m'envoyez une voiture ?

— Tu vois son appartement, de là où tu es ?

Sur la pointe des pieds, je regarde par la lucarne qui donne sur la chambre de ma voisine d'en face.

— Oui.

— Tout a l'air normal ?

Je demande pourquoi.

— Vas-y. Tu me diras s'il y a des traces d'effraction, de perquisition, de cambriolage.

— Vous pensez que la police… ?

Elle ne me laisse pas le temps d'achever ma question :

— Je pense que Brenda est responsable de ce qui vient de se déclencher dans le monde végétal. Et tu le sais.

Elle raccroche. Complètement chamboulé, je regarde la chambre éteinte de l'autre côté de la rue. Bien sûr, j'ai eu des soupçons sur Brenda. Plus que des soupçons : des preuves de sa relation secrète avec les arbres. Mais ce n'est pas elle qui a voulu que je détruise le Bouclier d'antimatière.

Quoique…

Avant même que le professeur Pictone ne se réincarne dans mon ours, il y a eu ce rêve prémonitoire. Cette cité envahie par les arbres, où une liane m'a soudain harponné pour m'entraîner dans une bouche d'égout. Cette ville fantôme ravagée par la végétation que j'ai retrouvée, le lendemain, trait pour trait, sur un tableau que peignait Brenda. Si ma voisine est en contact mental avec les esprits de la nature, est-elle la messagère, la complice ou la cause de la guerre qu'ils nous ont déclenchée ? Est-elle sous influence, ou bien exerce-t-elle un pouvoir sur les arbres à travers sa peinture ?

J'en suis là de mes réflexions lorsqu'une limousine à quatre motards tourne au coin de notre rue. Lily Noctis n'a pas perdu de temps. Je me recoiffe vivement, sors ma chemise de mon pantalon pour être à la mode, enfile une veste pour paraître plus vieux, et je fonce dans l'escalier.

J'arrive dans le hall au moment où mon père ouvre la porte. Un motard le salue.

— Monsieur Robert Drimm ?

— Oui, soupire-t-il sur un ton d'arrestation.

— Le ministère souhaite vous parler.

— Quel ministère ? demande ma mère sur ses gardes.

— Secret défense, répond le motard. Mais c'est tout de suite.

Avec un air fataliste, mon père retourne vers le salon qui lui sert de chambre depuis que ça ne va plus dans son couple. Il attrape ses chaussures planquées sous le canapé-lit, et noue les lacets en répondant à nos regards inquiets.

— Ne faites pas cette tête : ce n'est pas un interrogatoire, c'est une consultation.

— Une consultation de quoi ? sourcille ma mère. À part la grammaire et l'orthographe, je ne vois pas à quoi tu peux servir.

Il la fixe avec une gravité sans illusions, réplique :

— Je suppose que le gouvernement me considère comme un spécialiste des arbres, vu tous les livres de botanistes que j'ai épluchés, au temps où j'étais membre de l'Observatoire national des Lettres.

Il ajoute en se relevant :

— On m'avait demandé de censurer tous les ouvrages qui avaient trait à l'intelligence des végétaux. J'ai censuré, mais je me souviens.

7

J'ai regardé partir mon père à l'arrière de la voiture officielle, avec une vraie appréhension. Le ministère de la Sécurité a effacé de sa mémoire son dernier séjour en prison, grâce au lavage de cerveau. Mais moi, je n'ai rien oublié de ce qu'il a souffert.

Ma mère retourne se visser devant les infos, pour suivre en bonne patriote la guerre contre les arbres.

— Sous vingt-quatre heures, la vaccination totale des moins de treize ans sera achevée, lui promet le médecin colonel, graphiques à l'appui. Et les micro-ondes pulsées qui radiovaccinent nos puces cérébrales couvrent à présent 100 % du territoire national. Mais n'oubliez pas que le suivi attentif des informations non-stop, par la concentration et l'émotion solidaire qu'il induit, aide à l'activation des antigènes dans le cerveau. Santé, prospérité, bien-être !

— Santé, prospérité, bien-être, murmure ma mère au bord des larmes, tandis qu'un flash la ramène sur le front des incendies qu'on n'arrive plus à éteindre.

Je lui souhaite une bonne nuit, et je remonte dans ma chambre.

Cinq minutes plus tard, en jogging et baskets, masque antipollen sur le nez, je descends délicatement le long de la façade. C'est beaucoup plus facile pour moi, depuis que j'ai perdu mes dix kilos en trop par la méthode d'intériorisation du professeur Pictone. La gouttière et les colliers de fixation ne craquent même plus sous mon poids.

Personne dans les rues. Volets fermés, rumeur des infos : le couvre-feu s'est mis en place. Je traverse, me dirige vers le vieil immeuble moderne pas terminé qui tombe déjà en ruine. Depuis ma dernière visite, on a volé l'interphone, les boîtes aux lettres et le paillasson. C'est bon de voir que la vie continue.

Je monte l'escalier qui sert de vide-ordures, m'arrête soudain en arrivant au deuxième. La porte de Brenda est ouverte. Serrure démontée, battant forcé au pied-de-biche. Dans un sens, ça me rassure. Si c'était une effraction de la police secrète, ça serait plus propre.

Je demande : « Y a quelqu'un ? », prudent. Moins pour obtenir une réponse que pour rassurer les cambrioleurs si je les dérange : je ne suis qu'un préado inoffensif qui vient rendre visite à sa voisine. J'insiste, en déguisant mon angoisse :

— Tu es là, Brenda ? Tu as entendu les infos ?

Silence. Rassemblant la trouille apprivoisée qui me sert de courage, j'entre dans l'appartement. À première vue, ma déduction est bonne : il manque la télé, le matelas, la machine à café, le four et le siège des W.-C. Ou alors, c'est une astuce de la police secrète pour déguiser la perquisition en simple vol. Quoi qu'il en soit, ce n'est pas l'art qui les intéresse : toutes les toiles sont là.

Ému, je me retrouve devant le premier tableau qui m'a attiré dans l'univers de Brenda. Le grand chêne qui se déploie au milieu d'une station-service, soulevant par ses racines les pompes abandonnées, portant des pneus à ses branches comme autant de bagues aux doigts.

Je m'absorbe dans le feuillage et le tronc, attendant un appel, une aspiration dans la toile… Mon regard se concentre sur la bouche d'égout d'où, la dernière fois, avait jailli une liane pour m'entraîner dans le caniveau de la station-service.

Rien ne se passe. La communication est rompue. La peinture ne veut plus de moi. Ou ce sont les arbres qui m'ont déclaré indésirable.

À tout hasard, du fond du cœur, je lance à mi-voix :

— Grand chêne peint par Brenda Logan, je te demande de bien vouloir négocier une trêve entre l'humanité et la végétation. Ne nous attaquez plus, et on arrêtera de vous faire du mal.

— Tu ne penses pas que c'est dans la réalité que tu devrais agir ?

Je sursaute. Olivier Nox est sorti de la chambre, les mains dans le dos, son demi-sourire à gauche des lèvres. Ravalant le malaise que m'a laissé notre dernière rencontre, je lui demande ce qu'il fait là. Il passe une main lente dans ses cheveux noirs qui retombent comme un rideau.

— La même chose que toi. Je suis venu chercher une réponse, du moins un sens aux questions que nous nous posons. Comme toi, je pense que la peinture de Brenda Logan est un canal de transmission, et qu'elle renforce le pouvoir des arbres. Celui-ci, ajoute-t-il en désignant le chêne de la station-service, c'est leur chef de guerre. L'Arbre totem. Celui que tous ses congénères écoutent. Celui qui a condamné à mort l'humanité. Tu dois retrouver son emplacement sur Terre, Thomas, et aller le détruire. Grâce à ta connexion avec le professeur Pictone, toi seul en as le pouvoir.

Je recule vers la porte. Apparemment il est tout seul, mais j'ai du mal à croire que le ministre de l'Énergie se déplace sans escorte, comme un vulgaire cambrioleur. Je lui demande si c'est lui qui retient Brenda prisonnière.

— Pas pour longtemps. Au niveau énergétique, c'est une catastrophe : elle ne produit rien. Aucune peur, aucune phobie, aucune souffrance exploitable. Si tu refuses la mission que je viens de te confier, on se débarrassera d'elle comme d'une pile usagée. Même pas recyclable.

J'essaie de contenir mon élan de violence. Il se rapproche de moi. Son regard vert me fixe, me fouille et m'absorbe, comme si j'étais moi-même une énergie qu'il détourne.

Je ferme les yeux. Quand je les rouvre, il n'est plus là. Je suis étendu sur le sol, contre un mur, sans le souvenir d'être tombé. Je me relève vivement, cherche sa trace dans l'appartement vide. Je n'ai tout de même pas rêvé ?

Comme la réalité ne me répond pas, je me replante devant le tableau du grand chêne au milieu de la station-service. Je refais le vide. Et, cette fois, je reçois un message. Mais pas celui que j'attends.

— Ne tente rien tout seul : tu vas te faire avoir ! Viens me chercher, vite !

C'est la voix de Léo Pictone, à nouveau. La voix intérieure qui m'a interdit de me vacciner, tout à l'heure, au collège. Mais ça veut dire quoi « Viens me chercher » ? Tout ce qui reste de lui, à part son cadavre repêché dans la mer et dépucé avant-hier, c'est le nounours que son âme avait squatté, et qu'elle a abandonné quand on a détruit le Bouclier d'antimatière. C'est à cela qu'il fait allusion ? La vieille peluche de mon enfance, qu'on a enterrée, Brenda et moi, devant le Centre de production d'antimatière à Sudville ?

Peut-être que Pictone ne peut revenir sur Terre que dans un objet qu'il a déjà hanté. Mais est-ce pour m'aider, comme il le prétendait la dernière fois, ou pour se servir de moi encore un coup ? Il s'est vengé de ses ennemis en déclenchant par ma faute une catastrophe nationale, et maintenant il voudrait que je lui fasse confiance pour réparer les dégâts qu'il m'a fait commettre ?

— Au secours, Thomas ! crie sa voix loin au fond de ma tête. L'humanité est menacée d'extinction totale ! Si les vivants disparaissent, les morts ne leur survivront pas !

Qu'est-ce qu'il veut dire par là ? Que c'est le fait de penser aux défunts qui leur donne le pouvoir de nous pomper l'air à titre posthume ? Mais moi, lui, je fais tout pour l'oublier !

— Tu peux négocier avec les arbres, Thomas, mais pas pour le compte du Mal ! Je suis le seul à pouvoir te protéger de Nox-Noctis !

Je plaque les mains sur mes oreilles pour faire cesser ce vacarme dans mon crâne. J'en ai marre qu'il sème le doute, à chaque fois, pour récolter la soumission. Je n'ai plus confiance en lui. Non seulement il est invivable, mais il n'est plus dans le coup. Il se croit beaucoup plus fort qu'il ne l'est en réalité : il s'imagine qu'il me manipule, mais c'est un autre qui tire nos ficelles.

Ce n'est pas la faute du vent, ce n'est pas un simple coup de malchance si Léo Pictone est mort en recevant mon cerf-volant sur le crâne. J'en ai la preuve. J'ai vu le système de téléguidage qu'on avait installé à mon insu dans la voilure. Quelqu'un a voulu qu'on se rencontre de cette manière, pour déclencher toutes les catas qui ont suivi. Alors je ne vais pas remettre le couvert pour me faire avoir à nouveau par les salauds qui m'ont collé dans ses pattes.

J'écarte les mains de mes oreilles, lentement. Silence. Ça va, il a compris. Il n'insiste pas. Bon débarras : qu'il reste avec les siens ! Comme dit mon père, laissons les morts enterrer les morts. J'ai à peine le temps de savourer dix secondes de répit que mon portable se met à vibrer. C'est Jennifer. Je ne la prends pas : j'écouterai le message.

Mon regard revient sur le grand chêne de la station-service. Je ne ressens aucune violence, aucune intention de nuire dans le tableau. Dois-je croire Olivier Nox ? Cet arbre est-il un chef de guerre, ou bien un émissaire envoyé par un canal artistique pour faire la paix ?

Je le prends à témoin de mes hésitations, de mes élans contradictoires. Je lui demande conseil. Et alors, il se passe quelque chose d'incroyable. Non pas dans le tableau, mais en moi. Une sensation que je n'ai jamais éprouvée. Un grand courant d'amour calme, un sentiment d'intelligence commune, d'harmonie, de compassion. Je comprends l'arbre. Comme s'il vibrait en moi, comme si je recevais une transfusion de sève. Mais est-il en train de me réconcilier avec les siens, de plaider leur cause, ou essaie-t-il de me séduire, de m'ensorceler, pour me retourner contre les miens ?

Je l'interroge. Je lui demande d'être franc. Seul le silence de l'appartement me répond. L'absence de Brenda. Si je savais peindre, il pourrait peut-être me parler sur la toile… Mais là, je n'entends rien.

Cet arbre existe quelque part, je le sens. Olivier Nox a raison : il n'est pas que le produit de l'imagination de la peintre. Il m'appelle. Il faut que je le retrouve. Mais pas pour le détruire. Pour parlementer. Faire un pacte. Protéger son espèce et défendre la nôtre. Arrêter l'hystérie sans fin de la guerre, des attaques préventives et des représailles. Ce sera ma mission. Ma quête. Mais cette fois, personne ne m'influencera.

8

Je vais boire un verre d'eau dans la salle de bains, la seule pièce qui n'ait pas été dévastée. Je touche les serviettes de Brenda, respire son parfum dans le flacon, les yeux fermés. Si seulement j'avais le pouvoir de me téléporter dans sa prison, et de la ramener ici… J'aurais dû exiger de Nox la preuve de sa libération, avant de lui promettre quoi que ce soit. Mais je n'ai rien promis, en fait. Je ne suis même pas sûr de lui avoir parlé pour de bon. C'est vraiment flippant, ces rapports qui se brouillent entre le rêve et la réalité. Comme si la frontière était toujours en mouvement…

Je rouvre les yeux, rebouche le parfum de Brenda. Ce n'est pas le moment de réveiller des souvenirs qui troublent, de penser à elle au passé. En plus, l'image de Lily Noctis n'arrête pas de venir en surimpression. Je déteste cette idée qu'un nouvel amour chasse l'autre. Ce n'était pas comme ça, au début, mais maintenant j'ai le sentiment désagréable que Brenda n'a plus assez de place. Même son visage est de moins en moins précis. Lily Noctis envahit tous mes souvenirs, les étouffe comme un lierre. Un si beau lierre.

Pour revenir au présent, je prends mon portable. Le meilleur moyen d'effacer la tentation d'appeler

Lily, c'est de me replonger dans du concret de mon âge. J'écoute le message de Jennifer.

— Thomas, au secours ! crie-t-elle, complètement terrifiée. Mon père… Vite ! Ça ne va pas du tout…

Son téléphone a coupé. Je compose aussitôt son numéro : sa messagerie me répond qu'elle est pleine. Fou d'angoisse, je me précipite hors de l'appartement. Ils habitent à cinq minutes au pas de course, mais un coup de sifflet retentit au premier croisement. Je me fige.

Trois soldats en treillis, camouflage feuillage, m'encerclent aussitôt avec mitraillette, lance-flammes et tronçonneuse. Les Brigades vertes.

— Où est ton masque antipollen ? me lance la mitraillette.

Je tâte en vain mes poches de jogging, pour gagner du temps. Je l'ai oublié chez Brenda.

— Il a dû tomber. Pardon, mais là, j'ai une urgence…

— On a tous des urgences, réplique la tronçonneuse. Moi, la mienne, c'est de t'empêcher d'attraper la grippe V et de contaminer le quartier. D'où tu viens ?

— D'ici.

— Tourne-moi le dos quand tu me parles ! Tu as ta carte de vaccination ?

— Oui, mais elle est restée au collège, et là il est fermé.

— C'est pratique, ricane le lance-flammes en sortant son portable. J'alerte le Ramassage.

— Qu'est-ce qu'on va me faire ?

— Te mettre en quarantaine, pour ton bien. Si tu n'as pas la grippe, on te relâchera.

Paniqué, pris de court, je n'ai d'autre solution que de leur éternuer à la gueule. Ils reculent d'un bond en poussant des cris d'horreur. J'en profite pour reprendre ma course. Aussitôt ils se lancent à mes trousses, hurlant des sommations entre les maisons fermées, dans l'indifférence des gens calfeutrés devant leur télé.

Je les entraîne vers l'ancienne usine de cigarettes, pour les semer dans les ruines que je connais par cœur. Une rafale éclate derrière moi. Je me retourne, affolé. Le soldat à mitraillette a trébuché ; son doigt a dû appuyer tout seul sur la détente. Le type au lance-flammes se tortille sur le sol, perforé de la tête aux pieds. Celui qui tient la tronçonneuse s'arrête devant eux, consterné. Le mitrailleur tire sur lui, en réflexe, pour éviter les témoins. Un jet de feu le transforme en banane flambée.

Je m'éclipse discrètement, quittant l'usine par un mur écroulé. Avec une armée pareille, on n'est pas près de gagner la guerre.

Trois minutes plus tard, j'arrive dans le terrain vague de Jennifer. Une ambulance est sur place. Le brancardier chef explique dans un porte-voix qu'en l'absence d'un certificat médical prouvant que le patient n'a pas la grippe V, il est impossible de le transporter à l'hôpital, à cause de la loi martiale contre la Contagion.

— Pardon, excusez-moi.

Les personnels de santé veulent m'empêcher d'approcher ; je leur réponds que je suis de la famille. Ils s'écartent, prudents, et je monte dans la caravane sans roues que Jennifer habite avec son père depuis la mort de sa mère. C'est à peine plus petit que chez nous, beaucoup plus luxueux et mieux conçu. M. Gramitz, en plus de ses talents de mécanicien carrossier, est un as de la récup : en soudant une remorque frigorifique et deux mobile-homes, il a construit à Jennifer une vraie caravane de star. D'habitude, tout est rangé comme un musée à la mémoire de Mme Gramitz, mais là, une espèce d'ouragan a mis l'intérieur sens dessus dessous.

— Merci d'être venu, se précipite Jennifer. Regarde, c'est affreux !

Elle m'entraîne dans la chambre de son père, qui se rencogne aussitôt contre la cloison en tôle, comme si on venait l'achever. C'est horrible. En caleçon et tee-shirt, il a des piqûres sur tout le corps, des cloques, des pustules et de larges marques rouges autour du cou, comme si une liane avait voulu l'étrangler.

Malgré moi, je repense à celle qui avait jailli du tableau de Brenda, l'autre jour, pour s'enrouler autour de moi et m'entraîner vers une bouche d'égout.

— C'est la grippe V, tu crois ? s'inquiète Jennifer.

Je réponds que je n'en sais rien, mais que, pour être fixé, il faut prouver que non, sans quoi son père ne sera jamais soigné.

— Et comment on peut faire ?

Je vérifie dans mes poches. Heureusement, j'ai toujours sur moi les ordonnances vierges que j'ai chipées chez le Dr Macrosi, mon ancien nutritionniste. Celui qui voulait m'envoyer dans un camp de régime quand j'étais gros, et que j'ai fait chanter avec l'aide de Brenda[1]. En imitant son écriture de mégalo magouilleur, je certifie que la maladie de Gramitz Joseph n'a rien de végétal : c'est juste glandulaire. Une simple intoxication aux fruits de mer, avec allergie pas contagieuse.

Jennifer court porter la bonne nouvelle aux ambulanciers.

---

1. Voir *La fin du monde tombe un jeudi.*

— Ne me laisse pas seul avec elle ! me supplie soudain son père. Elle a failli me tuer !

— Mais non, monsieur Gramitz, tout va bien, dis-je pour le calmer.

— C'est elle qui m'a fait ça ! hurle-t-il en essayant d'arracher ses pustules.

— Mais non, c'est juste la fièvre qui vous fait un peu délirer, c'est rien…

— Elle est devenue dingue, je te dis ! insiste-t-il, les yeux hagards. Elle m'a attaqué par-derrière, elle a essayé de m'étrangler !

Il s'interrompt à l'entrée des ambulanciers, qui l'évacuent avec une vivacité brutale. Jennifer veut les suivre. Ils lui disent que l'hôpital est interdit aux mineurs, lui laissent le numéro des urgences.

Elle s'abat sur le lit, le dos secoué de sanglots silencieux. Je la console comme je peux, de loin. Je lui demande comment les symptômes sont apparus. Pour toute réponse, elle lance d'une voix curieusement détachée :

— Je peux dormir chez toi ?

Je ravale ma gêne. Il faut que je réponde d'un air naturel, sinon elle va croire que je pense qu'elle saute sur l'occasion pour passer la nuit dans ma chambre. D'une part ça me gênerait, par rapport à son père, qu'elle me prête ce genre d'arrière-pensée, et d'autre part c'est dangereux : ça pourrait lui donner des idées.

Elle répète sur le même ton, genre simple formalité :

— Je peux dormir chez toi ?

— Oui, mais j'y suis.

— Et alors ? Je ne vais pas te violer.

— Non, je veux dire : officiellement, j'y suis toujours. Je ne suis pas sorti. Alors tu me laisses rentrer par la fenêtre, et cinq minutes après tu sonnes à la porte. Ma mère t'ouvre, je descends aux nouvelles et tu nous racontes ce qui s'est passé.

Elle me regarde, inexpressive. Sur la pointe de la voix, je reprends :

— Il s'est passé quoi, au fait ?

Elle mord ses lèvres, perplexe. Et, en guise de réponse, elle me demande :

— Tu as confiance en moi, Thomas ?

— Pourquoi ?

Elle baisse les yeux.

— Parce que moi, j'sais plus. J'ai la tête vide.

Je lui dis que ça doit être un effet secondaire du vaccin. Le cerveau qui se met sur pause pour laisser le corps se bagarrer contre le virus. Elle secoue la tête.

— J'sais plus où j'en suis.

Je préfère quand elle est comme ça. Paumée, dépassée, vulnérable.

— Ne t'inquiète pas, Jennifer. Je suis là.

Et je m'en vais. En toute sincérité, je regrette de lui avoir dit oui pour ma chambre. Entre Lily Noctis qui obsède mes pensées et Brenda Logan que je dois sortir de prison, je suis déjà suffisamment dispersé. Mais je n'arrive pas à refuser mon aide à une fille. Parfois je me dis que c'est une force. Parfois j'ai peur que ça soit le plus dangereux de mes points faibles.

9

C'est le cinquième coup de sonnette, et ma mère n'a toujours pas ouvert. Encore essoufflé par mon ascension de la gouttière, je suis descendu voir ce qui se passait. Figée devant l'écran, elle regardait les forêts bombardées par des avions qui, de manière inexplicable, perdaient le contrôle, se percutaient ou plongeaient en piqué vers des zones urbaines où ils causaient des ravages.

Un aiguilleur du ciel expliquait que les transmissions étaient complètement brouillées, comme si les arbres arrivaient à influencer les ondes radar et les systèmes de navigation. Jusqu'à nouvel ordre, tout le trafic aérien venait d'être suspendu, y compris le largage des bombes incendiaires. Du coup, sur le compteur des décès attribués aux pollens, affiché à droite de l'écran, les chiffres tournaient moins vite. Mais il n'y avait pas forcément de relation de cause à effet : c'était peut-être juste l'activité des arbres qui diminuait avec la nuit. Autour de la présentatrice, les avis divergeaient.

— Ce qui est très net, a conclu un expert, c'est que le pollen n'est pas le seul mode de contamination. On a mesuré une activité électrique très supérieure à la normale sur les arbres en cours d'abattage, et cette activité s'observe même chez ceux qui n'ont pas encore subi de violences.

— De quoi s'agit-il, d'une forme de télépathie ?

— N'exagérons pas. Un simple message d'alerte, par ondes électromagnétiques. L'influx nerveux des légumes est également touché, d'après nos mesures, notamment celui des tomates. Et on a observé sur les pommes de terre d'inquiétantes variations de potentiel.

— Mais jusqu'à présent, seuls les êtres humains semblent affectés par la grippe végétale. Et pas les animaux. Comment l'expliquez-vous ?

— Demandez aux arbres. Je prends l'exemple d'une antilope qui s'attaque à un acacia. On le sait depuis longtemps : l'acacia change alors la composition de ses tanins pour empoisonner le prédateur. Et les acacias voisins reçoivent la même information, jusqu'à une distance de six mètres, puis la transmettent à leur tour. Mais il s'agit bien d'une information *adaptée* à chaque type de prédateur : ce qui tue l'antilope ne tuerait pas la girafe. C'est comme si l'arbre *scannait* l'organisme de son agresseur, pour savoir de quelle manière le neutraliser. Apparemment, le monde végétal a décidé que son plus dangereux prédateur, c'était l'homme. Et il a programmé sa disparition.

— Maman, on a sonné.

— Hein ? fait-elle sans se retourner.

— On a sonné à la porte.

Elle attend que l'invité suivant ait fini sa phrase, puis me répond d'une voix atone :

— Eh ben vas-y.

J'ouvre, et je feins la surprise en découvrant Jennifer, son masque antipollen sur le front.

— C'est toi ? Qu'est-ce qui se passe ?

— Tu m'as fait peur, réplique-t-elle, tendue. J'ai cru que tu avais changé d'avis, que tu ne voulais plus que je vienne.

Je lui fais signe de parler moins fort, de patienter un instant. Je retourne dans le living. Elle entre, ferme la porte et me suit.

— Maman, le père de Jennifer a un problème, elle peut dormir ici ? Elle est vaccinée, elle a son masque, on ne risque rien.

Ma mère tourne vers nous un visage blême, creusé, marqué par la tragédie qu'elle ingurgite depuis des heures. Elle acquiesce machinalement, puis sa tête revient vers l'écran où un clip lent à musique funèbre rend hommage aux différents types de victimes : cadavres de soldats, de jardiniers taillant des haies, de paysans sur leurs tracteurs, d'amoureux dans un parc, de familles à bonsaïs, d'enfants ayant fait l'école buissonnière pour éviter la vaccination et d'automobilistes renversés par le soulèvement des routes.

— Merci de votre accueil, madame.

Silence.

— Maman, Jennifer te dit merci.

La remerciée étend le bras pour qu'on se taise. Un général de la Sécurité routière est en train de lui annoncer que, dans toutes les zones frontalières, une activité anormale des racines défonce les chaussées. Un phénomène naturel en soi, mais brusquement accéléré et amplifié d'une façon aberrante. Il déconseille formellement à tous les citoyens de prendre leur voiture.

Indépendamment de leur gravité, toutes ces informations me donnent un sérieux malaise. Je sens quelque chose de *faux* dans tous ces discours ; les militaires et les experts s'efforcent de parler juste, mais le ton est en dessous, les regards ont tendance à fuir les prompteurs. Les images des reportages sont trop nettes, trop bien cadrées, à la fois trop spectaculaires et trop *propres*, comme des images de synthèse. Mon père dirait que tout ça n'est qu'une mise en scène.

Il me manque. Sa lucidité râleuse, son humour provoc, sa culture agressive… J'ignore quel genre d'aide il est en train d'apporter dans les ministères, mais sans lui je n'ai plus d'antidote face à la peur docile de ma mère. Je la regarde un instant, scotchée à l'écran où son monde familier a basculé dans l'horreur. Une horreur déjà banalisée qui agit comme une drogue. Je rejoins ma copine de classe dans l'escalier. Vivement que j'éteigne la lumière pour faire le point.

Sur le seuil de ma chambre, Jennifer se retourne. Elle reste figée quelques secondes, les yeux dans les miens, puis elle s'écarte pour me laisser entrer, comme si c'était moi qu'elle accueillait chez elle.

— Tu me prêtes de quoi dormir ?

Je ne sais pas ce qu'elle a en tête – du moins si, j'en ai peur, mais on est terriblement mineurs, et je ne suis pas du tout branché sur elle. J'ouvre mon placard, je lui sors le plus tarte de mes pyjamas : un truc bien gore, avec des joueurs de man-ball qui s'éclatent la tronche en rebondissant comme des billes sur une roulette géante. Et, pour éviter toute ambiguïté, je déplie le matelas pneumatique des vacances, que je commence à gonfler en lui demandant quelle face elle préfère : le requin marteau ou la pieuvre géante.

Elle ne répond pas. Elle se déchausse, s'approche de moi, pose les orteils sur le gonfleur, tout contre mon pied droit.

— Je voudrais qu'on parle, Thomas.

Je lui dis que je tombe de sommeil. Elle me tourne le dos, répond OK d'un ton déçu.

10

Ministère du Hasard, vingt-trois heures

On introduit le visiteur dans une salle à manger où un souper aux chandelles est dressé pour deux. Il regarde autour de lui, surpris. Les dorures, les tapisseries de chasse et le mobilier ultra-moderne composent une atmosphère étrange. Il s'attendait à une réunion de travail dans une cellule de crise, pas à un dîner en tête à tête.

Lily Noctis entre par la porte du fond. En fourreau de soie noire décolleté jusqu'au nombril, les seins cachés par des feuilles de vigne en strass, elle avance comme une sirène dans ses escarpins en écailles.

— Merci d'avoir accepté mon invitation. Tout le monde me dit que vous êtes l'homme qui connaît le mieux les arbres.

Il prend la main qu'elle lui donne à baiser, y dépose brièvement ses lèvres, puis il précise qu'il y a des experts bien plus qualifiés que lui.

— Ils ont tous été recrutés par le ministère des Espaces verts, qui ne s'intéresse qu'à la guerre. Moi, ce que je veux, c'est faire la paix avec les arbres, et j'ai besoin de vous. De votre compétence assez particulière, que vous allez me prouver tout de suite.

Elle s'approche d'un globe terrestre où ne figurent

que les États-Uniques, entre le bleu des océans et le vert des continents où la végétation a éliminé l'homme. Elle ouvre le globe, sort de la glace une bouteille de champagne qu'elle débouche.

— Dites-moi si je me trompe, Robert, reprend-elle en emplissant deux flûtes. Pour que l'arbre déprogramme la destruction de notre espèce, il faut revenir à l'origine de nos rapports mutuels, n'est-ce pas ?

Il prend la flûte qu'elle lui tend, se racle la gorge.

— Je ne me rends pas compte, madame la ministre… Je ne suis qu'un petit prof de lettres…

— Et un grand lecteur. Et une mémoire vivante. La mémoire de tous les savoirs et de toutes les croyances que notre système politique a fait disparaître en trois générations. Votre ancien poste au Comité de censure vous donnait accès à la Bibliothèque interdite, n'est-ce pas ?

— Pardon, mais quel rapport avec les émanations toxiques des arbres ?

— C'est un problème de communication, sourit-elle. Les arbres nous envoient un signal. S'il déclenche en nous la maladie, c'est que notre esprit ne sait pas comment traiter l'information, alors notre corps s'efforce de la combattre. Mais nous rendre malades n'est pas le but des arbres ; ce qu'il veulent, c'est restaurer le dialogue. À nous de le comprendre, de réagir, non ?

— Je suis parfaitement d'accord avec vous, mais je ne vois pas en quoi, personnellement, je pourrais…

— Quand je fais allusion à votre compétence, je pense bien sûr à la mythologie. Vous êtes un puits de science, Robert Drimm. Un puits de culture. Mais personne ne vient plus boire votre eau, c'est dommage. Désaltérez-moi.

Elle tend le bras, lui effleure l'épaule, y prélève un cheveu qu'elle lui montre avant de le glisser à l'intérieur d'une bonbonnière.

— C'est vrai que la mythologie, répond-il, le souffle court, c'est le premier échange entre l'homme et son environnement. Vous avez raison.

— J'espère.

Elle suit son regard, remet en place la feuille de vigne en strass qui avait glissé de son sein gauche.

— Il faut réenchanter la forêt, Robert. Lui montrer que nous ne la considérons pas uniquement comme une matière première, un décor, une source de profit sans conscience. Et vous êtes l'homme de la situation.

Il se masse la nuque, sourcils froncés.

— Concrètement, qu'attendez-vous de moi, madame ? Que j'aille faire la lecture aux arbres ?

— Évitons les livres, cette pâte à papier fabriquée à partir d'eux-mêmes… Non, Robert, la mémoire, la voix, le toucher suffiront pour tenter l'expérience. Si vous me donnez satisfaction, ajoute-t-elle d'une voix légèrement rauque.

— À quel point de vue ? demande-t-il en dominant son trouble.

— Si vous sortez vainqueur des trois épreuves auxquelles je vais vous soumettre, vous recevrez une faveur interdite aux simples mortels. Patience.

Elle trinque en le fixant dans les yeux, puis recule jusqu'à une sorte de trône en acier dépoli où elle s'assied, jambes croisées.

— Parlez-moi de Myrrha.

Il avale sa salive, hausse un sourcil.

— Myrrha ?

Il regarde les bulles dans sa flûte, la pose, et attaque sur un ton neutre :

— Myrrha était une jeune fille qui aimait son père d'un amour éperdu. Au point de vouloir s'unir à lui. Ce qu'elle fit, en se déguisant. Mais il la démasqua et, rendu fou furieux par l'horreur de son acte, il essaya de la tuer. Alors elle s'enfuit, dévorée par le remords.

— C'est un bon début, soupire voluptueusement Lily Noctis en s'étirant sur le trône en acier. Vous vous rappelez ce que son histoire a inspiré au poète Ovide ?

Il ferme les yeux et murmure lentement, comme s'il regoûtait un vieux vin enfoui dans sa mémoire :

— « Ô dieux, dit Myrrha, j'ai mérité de subir un terrible supplice. Mais je ne veux souiller ni les vivants en restant en vie, ni les morts en mourant : bannissez-moi de leurs deux séjours. Par une métamorphose, faites en sorte de me soustraire et à la vie, et à la mort. »

Elle acquiesce, gravement, enroule une de ses mèches noires autour de son index.

— Et alors ? fait-elle, gourmande.

— « Tandis qu'elle parle encore, la terre recouvre ses pieds dont les ongles se fendent : il en sort des racines qui s'allongent. Sa peau se transforme en écorce, ses os se changent en un bois dur où subsiste, au centre, la moelle… »

— J'adore, murmure la ministre en passant un doigt sous ses lèvres. Quel bois ?

— Le balsamier.

— Joli nom. Continuez.

— … « Elle pleure, et des gouttes tièdes coulent de l'arbre. Ses larmes sont d'un grand prix : la myrrhe que distille l'écorce conserve le nom de celle qui la donne et dont les siècles se souviendront. »

Lily Noctis mime des applaudissements silencieux.

— Eh bien voilà. Nous nous sommes compris, Robert. Il faut rappeler aux arbres leurs racines humaines. Tant de leurs ancêtres sont des bipèdes métamorphosés en végétaux…

— Pardon, mais vous pensez que si je rencontre un balsamier, il suffit de lui dire que sa résine porte le nom d'une jeune fille incestueuse pour qu'il renonce à éliminer notre espèce ?

Elle se redresse sur son trône en acier, lui lance avec un air de défi :

— Éliminer notre espèce, c'est tuer le rêve humain qui a divinisé les arbres. Non ? Sans l'imagination des poètes, les forêts n'ont plus d'âme. C'est cette vérité qu'il convient de leur rappeler, à condition que nous en ayons gardé la mémoire.

— Madame la ministre, dois-je comprendre que c'est la mission que vous me confiez ? demande-t-il du bout des mots.

Elle marque un temps, boit une gorgée de champagne, laisse tomber en filtrant son regard :

— Appelez-moi Lily. Nous allons passer beaucoup de temps ensemble, j'ai l'impression.

Elle se lève, lui donne son bras. Il la conduit à table. Je ne l'ai jamais vu si à l'aise. Si sûr de lui, si fort, presque beau… Ma conscience est partagée entre l'admiration, la jalousie et l'anxiété.

La porte s'ouvre sur deux maîtres d'hôtel apportant des plats sous cloche, suivis par un sommelier qui tient une bouteille couchée dans un panier d'argent.

— Château-narkos 2024, présente la ministre. Le millésime du siècle. Votre vin préféré, si je ne m'abuse ?

— C'est marqué dans mon dossier ? se crispe-t-il.

— Je n'ignore rien de ce qui touche aux hommes qui me plaisent, répond-elle, suave. Mais vous avez le droit de me surprendre.

— J'ai arrêté de boire.

— Je sais. Pourquoi ? Ça ne changera rien à votre dossier : de par vos antécédents, vous serez toujours classé au dernier niveau du déchet social. Ni avancement, ni augmentation, ni retraite.

Il se raidit, les lèvres pincées.

— Je pense à ma femme et à mon fils, c'est tout. Je ne veux plus leur infliger l'état dans lequel me met l'alcool.

— Comme vous voudrez. Mais si votre palais s'est fermé au plaisir, il vous reste l'odorat. Humez-moi cette merveille.

Le sommelier emplit un tiers de son verre. Robert Drimm fait tourner le liquide grenat devant ses yeux, le respire en fermant les paupières, hoche la tête.

— Il est parfait, dit-il. Tant pis.

Et il repose son verre. Le sommelier sert la ministre.

— Parlez-moi de votre fils, Robert.

Il rouvre les yeux. Elle allonge le bras, pose les doigts sur la paume de sa main. Il reste silencieux.

— Thomas est un délicieux jeune homme, l'encourage-t-elle. Tout votre portrait, malgré les apparences. Quel dommage que sa mère soit un obstacle entre vous... Ce serait bien de la changer en arbre, non ? Quelle espèce lui correspondrait le mieux ?

Il sourit, avec un petit haussement d'épaules gêné. Elle enchaîne :

— Du bois de chauffe. Non, je plaisante. Je ne lui veux aucun mal. Mais c'est triste qu'elle fasse tout pour vous séparer...

— Elle n'y arrivera jamais, dit-il avec foi.

— Mais si. C'est toujours elle qui aura l'autorité parentale – pas un fumeur alcoolique, même s'il arrête de boire et ne fume plus qu'en cachette. La société est ainsi faite, Robert. Vous serez toujours un paria, un perdant, une victime. Sauf si je vous prends sous ma protection. Mais cette protection, elle se mérite.

D'un signe de l'index, elle commande aux maîtres d'hôtel d'ôter les cloches. Une purée verdâtre est disposée au centre des assiettes.

— Confit de feuilles de laurier-rose, présente-t-elle. Le plat le plus dangereux qui soit, par les temps qui courent. En avez-vous peur, ou vous sentez-vous capable de le détoxifier ?

Il pose les coudes sur la table, joint les mains sous le menton en fixant son assiette. Et il prononce avec une lenteur solennelle :

— Esprit de la nymphe Daphné, toi qui, poursuivie par le dieu Apollon, te changeas en laurier pour éviter qu'il ne te viole, je t'en conjure, réconcilie ta substance avec nos pauvres cellules mortelles. Souviens-toi de la clémence d'Apollon, qui, beau joueur, fit de toi un symbole de victoire. Sois digne de la couronne de laurier qui honore les chefs de guerre, et rends-toi consommable.

Il prend sa fourchette et la dirige lentement vers la purée verte. Sur un signe de Lily Noctis, le maître d'hôtel retire les assiettes.

— Ne prenons pas non plus de risques inutiles, sourit-elle. J'ai trop besoin de vous pour vous perdre si vite.

Il pâlit, reprend son verre, le porte à son nez. Il le hume à plusieurs reprises, puis lance :

— Vous parliez de trois épreuves, madame la ministre. C'était la première ?

— Absolument.

Elle congédie le personnel, prend dans son minuscule sac en perles noires une vieille clé rouillée, et la pose devant lui.

— La deuxième épreuve, c'est me faire l'amour, et la troisième, c'est deviner ce qu'ouvre cette clé.

Un silence épais ponctue sa phrase. L'image autour de moi se brouille et se distord.

— Ça ne plaît pas à tout le monde, ce que je viens de vous dire, murmure-t-elle, les yeux levés vers le plafond où flotte ma conscience.

— C'est la clé d'un portail ? s'informe-t-il en faisant l'impasse sur la deuxième épreuve.

— N'allez pas trop vite, conseille-t-elle en quittant sa chaise.

Elle ondule jusqu'à lui sur ses hauts talons d'écailles, lui prend les mains. Il se lève pour lui faire face. Trois centimètres séparent leurs ventres et leurs poitrines se touchent.

— Si votre fils était là, Robert, ça vous ferait quoi ?

— Je ne comprends pas cette question, madame la ministre.

— Il est très amoureux de moi, je crois, malgré son jeune âge. Il ne faut pas se moquer des passions adolescentes. Je pense que nous devrions nous montrer raisonnables, monsieur Drimm.

Elle recule d'un pas.

— Ou alors très discrets, murmure-t-il en regagnant la distance perdue.

Elle monte les bras autour de ses épaules.

— Je ne déteste pas que vous preniez l'initiative. Cela dit, même si l'esprit de votre gamin voyageait pendant son sommeil jusqu'à nous, il aurait tout oublié au réveil de ce qu'il nous aurait vus faire. Non ?

— Ce serait souhaitable, dit-il en lui prenant la taille.

Elle dérobe sa bouche, rejette la tête en arrière :

— S'il nous entend, là, qu'avez-vous envie de lui dire ?

— Je ne sais pas… Et vous ?

— Bonne nuit, glisse-t-elle en direction du lustre.

Et, d'un claquement de doigts, elle éteint la lumière.

VENDREDI

L'humanité se végétalise

11

Une brûlure sur mon bras gauche m'a tiré du sommeil. Dans le rayon de soleil qui passe par la lucarne, je vois le numéro de Lily Noctis rougir sur ma peau. Je referme les yeux. Une espèce de nausée m'empêche de me lever, comme si j'avais encore à faire dans mon rêve, comme si je devais empêcher quelque chose… Moi qui ne garde aucun souvenir de mes cauchemars, d'habitude, j'ai l'impression que mon père en était le sujet, et qu'il courait un danger terrifiant dont il ne se rendait pas compte. Ce qui m'angoisse le plus, c'est que je le sens heureux. J'essaie de me rendormir pour le rejoindre, mais la nausée s'amplifie. Comme si le cauchemar continuait sans moi. Comme si on m'en refusait l'accès.

Je rouvre les yeux. Ça ne sert à rien de lutter. Je me redresse, étonné par mon champ de vision inhabituel. Et la mémoire me revient. Je me trouve sur le matelas pneumatique, au pied de mon lit où Jennifer s'est glissée d'emblée, hier soir, en me remerciant pour ma galanterie tandis que je finissais de lui gonfler l'accessoire de plage.

C'est la première fois qu'une fille dort dans ma chambre. Je devrais me sentir flatté, ému ; c'est quand même une sacrée étape dans ma future vie d'homme. Mais je ne suis que mal à l'aise. Doublement mal à l'aise. La jolie allumeuse qu'elle est devenue si vite n'arrive pas à effacer, dans mon cœur, le thon sympa qu'elle était encore il y a trois jours, avant que je lui fasse perdre douze kilos par ma force mentale. Les deux Jennifer se mêlent en surimpression quand je pense à elle, mais je sais bien que l'ancienne ne reviendra pas. J'ai le sentiment d'avoir troqué une amie sûre contre une amoureuse imprévisible, dont je n'ai vraiment que faire en ce moment.

Jamais je n'aurais dû accepter qu'elle partage ma chambre. Heureusement, je suis tombé comme une masse pendant qu'elle discutait sur mon oreiller. Le rêve désagréable que j'ai fait est-il dû à sa présence ? Il ne m'en reste rien, sinon ce vague malaise dont je la rends responsable.

La couette a glissé. Elle dort sur le ventre, la respiration régulière, dans mon pyjama trop grand. Ses bras et ses jambes, bizarrement torsadés, se répandent comme des tiges qui cherchent un support, une prise.

Je me lève sans bruit, m'approche pour l'observer. Une odeur me surprend. Un parfum capiteux, très fleuri, qu'elle ne portait pas la veille. Une senteur oppressante, de plus en plus chaude et terreuse, comme si j'avançais dans une serre. Ses cheveux semblent plus longs, ce matin. Une boucle s'est enroulée autour des barreaux en rotin de la tête de lit.

Elle tourne la tête, ouvre les paupières. Je ne me rappelais plus que ses yeux étaient si sombres. Ses lèvres s'entrouvrent, et une espèce de chuintement s'en échappe, tandis que ses bras se déplient, rampent vers moi. Debout au-dessus d'elle, je suis comme paralysé. Brusquement elle m'enserre, m'attire, me presse contre elle. Son bras gauche s'enroule sur le mien à la manière d'une vrille, pendant que le droit m'entoure le cou et m'étrangle comme une liane.

— Jennifer, arrête !

J'arrive à peine à gargouiller, ma voix couverte par le chuintement qui bulle entre ses lèvres. Les commissures laissent suinter un liquide verdâtre. Je suis sans force, sans réaction. Tétanisé, je regarde les cloques se répandre sur ma peau telles des piqûres d'ortie.

L'odeur de fleur entêtante et de terreau surchauffé s'insinue dans mes pensées, me calme et m'engourdit. Je me sens vaguement flageoler, rétrécir de l'intérieur comme si je me fanais. Tout se brouille, prend la couleur boueuse des yeux où je m'englue. Je vais mourir, mais ce n'est pas grave. Je suis juste assimilé par une autre forme de vie ; je me décompose, je me recycle en nourriture qui fait du bien, et ce bien est si doux à ressentir… L'engourdissement heureux de l'insecte anesthésié, digéré de son vivant par une fleur carnivore…

— Thomas, tu dors ? Oh, pardon !

La voix de mon père. L'étreinte de liane se desserre aussitôt. Ma vision se décolore, se déforme, se reprécise.

— Elle aurait pu me dire bonjour, ta copine.

Course dans l'escalier, claquement sourd. La porte de la maison. Je me redresse, péniblement. Mon père me sourit.

— Je suis désolé de vous avoir dérangés. Je ne savais pas qu'elle dormait ici. Allez, habille-toi vite, j'ai une surprise. Il m'arrive quelque chose d'extraordinaire que je veux partager avec toi.

Il est ressorti. Je titube jusqu'à la salle de bains, me regarde dans la glace. Les zébrures rouges et les cloques ont envahi ma peau, partout où elle était en contact avec celle de Jennifer. Qu'est-ce qui lui a pris ? Qu'est-ce qui lui arrive ? Ce sont les mêmes marques que j'ai vues sur le corps de son père, hier soir. Les effets secondaires du vaccin, ça serait ça ? Attaquer les êtres humains qu'on aime ?

Je prends une douche, savonnant soigneusement les traces d'allergie qui peu à peu s'estompent. Je repense à l'avertissement de Léo Pictone, que j'ai entendu dans ma tête chez Brenda : « Ne tente rien tout seul, tu vas te faire avoir ! Tu peux négocier avec les arbres, Thomas, mais pas pour le compte du Mal ! » Pourquoi les arbres voudraient-ils négocier ? Si la grippe végétale est mortelle et que son vaccin transforme en assassin, je ne vois pas comment ils pourraient perdre la guerre.

Quand j'arrive dans le salon, ma mère est dans la même position que la veille, tassée sur sa chaise, les coudes sur la table et les joues dans les mains. Elle ne s'est pas couchée. Les yeux rougis par les images, elle n'est plus qu'une masse d'infos sans réaction.

— Un trois cent huitième cas d'agression vient d'être signalé, annonce l'animateur sur un ton dramatique. Au ministère de la Santé, on déclare qu'il est trop tôt pour en tirer des conclusions, mais on insiste sur les consignes de prudence…

— À table ! lance gaiement mon père en entrant avec le plateau du petit déjeuner.

Il dispose les tasses et les tartines autour de ma mère.

— Tu ne me demandes pas pourquoi je rentre si tard, Nicole – enfin, si tôt ? En fait, la cellule de crise a duré toute la nuit.

Elle le fait taire, d'un geste qui désigne son oreille puis l'animateur qui martèle :

— … Tout mineur vacciné par Antipoll, qui présenterait des troubles du comportement et des signes d'agressivité, doit être placé immédiatement en observation à l'hôpital.

Sur l'écran, des jeunes de mon âge aux yeux exorbités, une écume verdâtre au coin des lèvres, sont arrêtés par la police, enfournés dans des cars. Je regarde mon père du coin de l'œil. Il sert le café, souriant dans le vide, totalement indifférent à ce qui se passe à la télé. Et, tout à sa nouvelle joie, il n'a visiblement pas remarqué l'état dans lequel était Jennifer quand il l'a croisée. Il doit penser qu'elle s'est enfuie par pudeur, parce qu'il nous a surpris en train de faire des choses pas de notre âge.

Quant à ma mère, luttant entre le sommeil et le flot d'infos qu'elle subit, elle n'a même pas dû enregistrer dans sa tête le passage de ma copine.

Que dois-je faire ? Dénoncer Jennifer pour son bien, pour qu'on la soigne, pour éviter qu'elle s'en prenne à d'autres personnes ?

— Dépêche-toi de manger, Thomas, dit mon père. La voiture nous attend.

Je fronce les sourcils, me tourne vers la fenêtre. Dans la rue stationne la limousine qui est venue le chercher hier soir. Le chauffeur patiente au volant, encadré par ses deux paires de motards.

— Nous ignorons s'il s'agit d'une réaction au vaccin, déclare le médecin-colonel devant la caméra, ou d'une mutation du virus qui toucherait plus particulièrement les moins de treize ans…

— Pour en revenir à Nordville, mon colonel…

— Appelez-moi docteur : je m'exprime à titre privé, en marge de mon devoir de réserve.

— Pour en revenir à Nordville, docteur, vous nous disiez hors antenne qu'en dehors de ces effets secondaires sur les tout jeunes, aucun cas de grippe V proprement dite, avec infection pulmonaire fatale, n'a été détecté.

— C'est exact. Les arbres de la capitale, même ceux dénoncés par des appels anonymes, ne présentent aucun signe de contamination. Croissance, pollen, composition des feuilles, activité électrique : tout est normal. Les seuls virus V en circulation à Nordville sont les doses infinitésimales transmises par la vaccination intraveineuse. C'est probablement un simple problème de dosage, que l'organisme de nos enfants va réguler de lui-même. Mais, dans le doute, il faut éviter jusqu'à nouvel ordre tout contact physique avec eux. Et alerter les autorités sanitaires en cas de comportement suspect.

— Quels sont les symptômes ?

— Une agressivité inhabituelle, on l'a dit, une certaine confusion mentale, un regard fébrile, une salive qui se colore en vert…

Ma mère pivote brusquement vers moi.

— Ça va, Thomas ?

Je réponds avec douceur et clarté, le regard serein et la bouche parfaitement sèche :

— Tout va bien, maman, merci. Et toi ?

Rassurée, elle se rebranche sur la table ronde où vient de prendre place un balafré en treillis.

— Bonjour, mon général. Alors, où en est-on sur le front des incendies, ce matin ?

J'observe le sourire fixe de mon père, regard flottant dans son bol de café. Je lui demande si ça s'est bien passé au ministère. Il s'illumine.

— Formidable ! Enfin, se reprend-il aussitôt en voyant l'expression atterrée de ma mère, la situation est grave, mais j'ai pu les convaincre en leur expliquant la seule manière de répondre aux arbres. On arrête la guerre : on ouvre le dialogue.

— Ce n'est pas ce qu'ils disent, objecte ma mère d'un ton aigre.

Elle désigne l'écran où le général commente ses revers de la nuit sur le front du déboisement : le vent a tourné encore une fois, les feux de forêt allumés par les Brigades vertes ont carbonisé un escadron, puis gagné les faubourgs de Sudville qui sont détruits à 60 %.

— Il faut continuer d'affoler les populations, explique mon père sur un ton rassurant. Pour dissuader la résistance. Vouloir s'opposer par la force à l'attaque végétale, ils ont admis que c'est un suicide. Nous ne devons plus combattre, mais tirer la leçon de notre défaite avant qu'il ne soit trop tard.

Ma mère a brandi sa télécommande comme une arme et, prenant clairement parti, monte le son pour couvrir la voix de son mari.

— Pour chaque perte humaine, braille le général, nous détruirons mille arbres !

— Vous oubliez, proteste un écolo, qu'un arbre produit chaque jour de l'oxygène pour quarante personnes.

— Propagande ! Nos savants aussi savent produire de l'air pur, en transformant le gaz carbonique grâce à des bactéries génétiquement modifiées ! Nous remplacerons les forêts toxiques par des arbres en résine de synthèse pour faire joli, c'est tout : ça n'empêchera pas la Terre de tourner.

— Quand tu as fini ton petit déjeuner, me glisse mon père, tu me rejoins.

— Pour aller où ? lui demande ma mère.

— Secret défense.

12

Il nous a préparé un pique-nique, nous a déguisés en explorateurs. Le chauffeur a chargé nos sacs à dos dans le coffre de la limousine, et on a pris la route. Les barrières qui assuraient les restrictions de circulation se levaient au passage de la voiture officielle. Les policiers nous saluaient, au garde-à-vous.

— Tu sais ce que c'est ?

Dans la paume de mon père est apparue une vieille clé rouillée.

— Devine ce qu'elle ouvre.

Je fais un signe d'ignorance.

— La Forêt interdite, prononce-t-il d'une voix solennelle.

Je regarde la clé, avec un retour de malaise. Comme un arrière-goût de mon cauchemar de tout à l'heure.

— C'est la plus belle du pays. Une forêt primaire, que les hommes n'ont jamais entretenue, exploitée ni polluée. Elle est réservée aux chasses présidentielles, et le Président ne chasse pas. Personne n'y est entré depuis cinquante ans.

Il caresse les contours de la clé avec un respect sensuel.

— C'est une forêt de collection. Un vrai musée de la nature, où même les gardiens n'ont pas le droit de pénétrer. C'est là qu'il y a les plus vieux arbres du pays. Les sages. Les porte-parole. Ceux qui pour l'instant, personnellement, n'ont rien à reprocher à l'homme. Ceux que nous devons convaincre de notre bonne foi.

Je le regarde, médusé. Comment peut-on changer autant, en une seule nuit ? Je ne le reconnais pas, et pourtant il est tel que je l'ai toujours rêvé. J'ai devant moi, enfin, mon vrai père. Ce demi-dieu à la culture enthousiaste que j'étais seul à voir, caché derrière l'épave de poivrot énervé qui lui servait de couverture. Mais ça ne me rend pas aussi heureux que ça devrait. Son exaltation a quelque chose d'artificiel qui ne lui ressemble pas. Peut-être l'effet des patchs anti-alcool.

— Comment tu as eu cette clé, papa ?

— J'ai reçu une mission, Thomas. Une mission symbolique et très importante, que je veux partager avec toi.

Ses doigts se serrent sur mon genou.

— Tu te rends compte qu'on n'a jamais eu de forêt entre nous ? Je veux dire : on n'a jamais marché dans les bois, pique-niqué, dormi à la belle étoile… On n'a que des souvenirs de merde. C'est ma faute. Qu'est-ce qu'on a fait de beau, depuis que tu es né ? Tu m'as vu me détruire de verre en verre, pour résister à ma manière à ce monde de malades… Tout ce que j'ai essayé de te transmettre, de partager avec toi, c'est cette culture inutile et dangereuse qui empêche de s'intégrer dans la société – mais ça, c'était mon choix, pas le tien. J'avais tort. J'aurais fait de toi un exclu en mémoire de moi, c'est tout. J'aurais gâché ta vie pour rien. Mais on va tout changer, Thomas. Fais-moi confiance. On va réussir à sauver le monde, et du coup on en fera *notre monde à nous*. Je suis tellement heureux, mon grand, tellement…

Il a les larmes aux yeux. Il me fait presque peur.

— C'est quoi ta mission, papa ?

— Tu vas voir. Ça va être si bon de réussir enfin quelque chose ensemble.

Je hoche la tête. Ça devrait être le plus beau jour de ma vie, et le malaise ne fait que s'amplifier.

La limousine s'arrête à un nouveau contrôle. J'aperçois, de l'autre côté de l'avenue, un car de ramassage scolaire. Il ramasse des jeunes aux yeux fixes, une bave verdâtre au coin des lèvres, poussés par les mitraillettes des soldats en combinaison de protection. Jennifer est parmi eux.

Je me retourne vers mon père. Il a suivi mon regard. Il fronce les sourcils.

— C'est ta copine ? Mais… elle avait l'air bien, tout à l'heure, non ?

J'arrive à bredouiller un oui crédible. Il me sourit d'un air désolé, note dans un carnet le numéro du car.

— Je vérifierai qu'elle est bien soignée, dit-il. On ne me refuse plus rien, au gouvernement.

Il relève les yeux, me dévisage avec dans son air exalté une inquiétude soudaine.

— Elle t'a… elle t'a fait quelque chose, quand elle était dans ta chambre ?

Je réponds non, spontanément. Autant pour la couvrir que pour le rassurer. Et me convaincre moi-même.

— Et toi, Thomas… tu n'as eu aucun symptôme, tu es sûr ? Le vaccin ne t'a provoqué aucune réaction particulière ?

La gorge nouée, je lui avoue que je ne me suis pas vacciné contre la grippe V. Son inquiétude s'envole aussitôt.

— Tu as bien fait. Non seulement le vaccin n'est pas au point, tu as vu les effets secondaires, mais il ne fait qu'aggraver l'incompréhension – donc le danger.

— L'incompréhension ?

— On nous demande de capter une fréquence, Thomas, pas de la brouiller en ajoutant des parasites.

— Qu'est-ce que tu veux dire ?

— Les arbres nous envoient des ondes pour communiquer avec nous. C'est aussi simple que ça. Si nous refusons d'entendre et de répondre, le message nous tue.

Je répète sa dernière phrase dans ma tête. Il précise :

— Ce n'est pas le pollen qui est en cause, mais la manière dont nous le recevons. Si nous avons peur, nous créons la maladie. Tu me suis ? La maladie, Thomas, c'est une information que le corps n'a pas réussi à traiter.

— Tu veux dire que les arbres ne nous veulent pas de mal ?

— L'arbre est comme nous : son premier instinct, c'est celui de la survie. Il envoie un signal à nos cellules. Un message sous forme de virus, parce que c'est le plus efficace des moyens de transport. La seule façon de nous atteindre, depuis que nous avons perdu la faculté de télépathie. Si nous déchiffrons le message, nous évitons la maladie, qui n'est qu'une mauvaise interprétation du signal.

— Mais qu'est-ce qu'il veut nous dire, ce virus ?

Il brandit la clé des chasses présidentielles.

— Nous allons le demander. La seule vraie vaccination possible, c'est le dialogue. Toi et moi, Thomas, nous allons faire parler les arbres. Les plus vieux arbres du pays. Écouter leurs conditions, et signer l'armistice dans leur écorce, au nom de l'espèce humaine.

— Et comment on va leur répondre ? En leur envoyant nous aussi des virus ?

— Des émotions. Des images. Il suffit d'ouvrir notre cœur, d'accorder nos vibrations. Depuis qu'on sait mesurer l'activité électrique des végétaux, on a constaté qu'elle varie en fonction de l'environnement, du stress, qu'elle réagit à la musique, à la souffrance, la détresse, l'amour ou la haine des êtres vivants qui l'environnent. Des réactions immédiates, et des réactions de mémoire. Les végétaux n'oublient rien, *eux*. Ils ne connaissent pas la censure, la dictature, le renoncement.

Je l'écoute, la gorge nouée. Il a l'air tellement sûr de lui. Avec une telle confiance vengeresse. Comme si toutes ces années à souffrir de l'abrutissement des hommes l'avaient rapproché de l'intelligence des arbres. Il est devenu bien plus qu'un collabo : une espèce de mutant. Comme Jennifer. Elle, c'est pour une cause physique ; lui, pour des raisons morales. Et moi qui ai déclenché tout ça, je ne sais plus où j'en suis. Je ne sais pas si je dois prendre le parti des végétaux, ou défendre les intérêts des hommes qui le méritent si peu. Il faut arrêter la guerre, bien sûr, mais pas à n'importe quel prix. Que veulent les arbres ? Nous éliminer, nous remplacer, nous modifier pour nous rapprocher d'eux ?

Un frisson froid parcourt mon dos tandis que je repense à ma copine de collège : ses odeurs de fleur tropicale, son regard d'humus, ses mouvements de vrille grimpante pour essayer de m'étrangler… J'ai peur que la métamorphose de mon père soit aussi inquiétante que la transformation de Jennifer. Si la grippe V, sous forme de virus ou de vaccin, nous pousse à attaquer nos semblables à la manière d'une plante carnivore, vouloir ouvrir le dialogue avec le monde végétal peut se révéler encore plus dangereux.

Où est le vrai piège ? La logique de guerre, ou le processus de paix ?

— Va me déterrer.

Je sursaute. Le revoilà, l'autre.

— Va me déterrer, répète Léo Pictone à l'arrière de mon crâne, et tu comprendras le piège.

Je fais la sourde oreille. C'est déjà assez pénible d'être pris en sandwich entre les êtres humains et les arbres ; je ne vais pas en plus me remettre à servir la cause des fantômes.

— C'est pour te rendre service que je te demande d'exhumer ton ours, crétin. Moi, je suis très bien où je suis.

— Et vous êtes où ? je murmure entre mes dents.

— Ça ne te regarde pas. Même si je te décrivais mon plan d'évolution actuel, tu n'y comprendrais rien, de toute manière : tu n'es pas outillé pour. Mais tu vas avoir besoin de produire un témoin, alors va chercher l'ours pour que j'y retourne.

— Un témoin de quoi ?

— Tu m'as parlé, Thomas ?

— Non, non, papa.

— Merci.

Le mot sonne un peu curieux dans le dialogue, mais en fait non : il est plongé dans une espèce de rêverie et il est content que je ne lui demande rien, comme ça il peut y rester.

Je le regarde du coin de l'œil. Pourquoi le sourire béat étiré sur ses lèvres me met-il aussi mal à l'aise ?

On est arrivés au centre-ville. On traverse le quartier des affaires, complètement désert. Tout le monde est enfermé chez soi, face à la télé. Un grand arbre s'abat soudain devant la limousine, écrasant les motards. Le chauffeur freine à mort, repart aussitôt en marche arrière, manquant renverser les deux autres motos qui s'écartent de justesse. Dans un crissement de pneus, il fait demi-tour et bifurque au carrefour suivant pour prendre une avenue parallèle.

— Je vous prie de m'excuser, messieurs.

Je regarde, sous la vitre de séparation, le petit haut-parleur d'où sort sa voix, aussi neutre que s'il s'accusait d'un cahot sur un ralentisseur. Je demande à mon père :

— Tu es sûr que c'est prudent d'aller en forêt ?

— Il n'y a pas de risque, répond-il sèchement. Sauf si tu te mets à avoir peur. J'ai vu tous les relevés de mesures, au ministère : aucun arbre de l'État de Nordville n'est porteur du virus de la grippe V.

— Mais le platane qui vient de nous…

— C'était un tilleul, Thomas ! Fais attention, enfin ! L'inculture et l'inattention, c'est presque aussi dangereux que la peur !

Je réplique :

— C'est pas ma faute s'il nous est tombé dessus !

— Ce n'est pas la sienne non plus. Tu as vu l'étoile rouge, sur le tronc ? À moitié sectionné, sur dénonciation, par ces crétins des Brigades vertes. Au nom de leur foutu Principe de précaution…

Non, je n'ai pas vu. Mais je hoche la tête. Si je cesse de lui faire confiance, je n'ai plus aucun point d'appui sur Terre. N'empêche que, sans vouloir être parano, je me suis déjà pris le marronnier du collège sur la tronche. Tous les arbres n'ont pas l'air forcément ravis de dialoguer avec moi.

Il prend mon visage dans ses mains, le tourne vers lui.

— Et même si on rencontre des végétaux qui ont reçu et transmettent le virus messager, tu n'as rien à craindre, avec moi. Je connais la parade. Je l'ai mise en pratique.

Il inspire longuement, ses yeux dans les miens, laisse passer quelques secondes avant de me confier :

— J'ai fait une expérience, cette nuit, au ministère. Une expérience extraordinaire.

Je détourne les yeux, repris par cette espèce de nausée à éclipses.

— J'ai demandé à être en présence d'une plante contaminée. Un laurier ramené des frontières du sud, mis en observation dans une chambre stérile. Une dizaine de personnes sont mortes d'infection pulmonaire en passant près de lui. Pas moi. J'ai refusé la peur et la méfiance, je lui ai dit : « Je te respire et je t'écoute. Si je me trouve sur ton territoire, ce n'est pas pour te le disputer : je le respecte. Et comme j'aurais les moyens de te détruire, j'ai le devoir de te protéger. La nature a fait de moi ton dominant, laurier, et donc je suis à ton service, si tu as besoin de moi. De ton côté, aide-moi à comprendre ton message. »

Le mal au cœur a diminué un peu, au fil de ses phrases, remplacé par une colère compréhensible. Jouer comme ça avec la mort, quand on est père de famille, c'est vraiment n'importe quoi. Il poursuit, indifférent à mes réactions :

— J'ai parlé à la plante comme on doit le faire avec un animal, en lui montrant des images mentales et en essayant de capter les siennes. Tu sais comment elle m'a remercié ?

— En t'offrant des fleurs ?

— En mourant. Instantanément. Pour ne plus être contagieuse, puisqu'elle avait été *entendue*. Elle avait rempli sa mission.

— Mais elle t'a dit quoi ?

— Je ne sais pas. Je n'ai pas compris. Je pense qu'en communiquant avec des formes végétales plus complexes, ce sera plus clair. C'est ton avis ?

Je le dévisage sans répondre. Il est devenu fou. Et moi aussi, sans doute, puisque je le crois.

13

La limousine a gravi par la face nord la Colline Bleue. On longe les ministères qui se dressent autour du palais présidentiel, puis on redescend vers la forêt cernée de murailles électrifiées. Des centaines d'hectares de jungle privée au cœur de la capitale. Un poumon végétal qui pourrait nous asphyxier d'une minute à l'autre. Je refuse de céder à la peur. Les doigts de mon père serrés sur mon genou gauche, je reste branché sur ses certitudes. Comme une batterie qui se recharge.

La voiture s'arrête devant le grand portail. Dominant ma gêne, je regarde les branches s'agiter entre les barreaux comme des bras de prisonniers. Il ne faut pas que je me laisse emporter par mon imagination. En même temps, d'après ce que je viens d'entendre, c'est le seul moyen d'entrer en contact avec le monde végétal.

On sort, on prend nos sacs à dos, on s'approche du poste de garde automatisé. Mon père glisse sa tête sous le lecteur de puce, soumet ses empreintes digitales, oculaires et vocales aux différents contrôles, tape le code d'accès qu'il a mémorisé. Puis, lentement, il introduit la vieille clé dans la serrure tachée de rouille. Rien ne se passe.

— La forêt ne s'ouvre pas, monsieur, dit un officier

apparu en gros plan sur l'écran. Les détecteurs signalent une seconde présence, et seule votre visite est programmée. Le jeune homme doit vous attendre à l'extérieur.

Mon père me lance un regard navré. Pas question de le laisser seul. Je fixe la vieille serrure d'époque, projette ma conscience dans le câble relié au mécanisme de sécurité. Appuyant sur chaque syllabe comme sur les touches d'un digicode, j'articule avec une lenteur concentrée :

— Thomas Drimm.

Un bourdonnement me répond. La grande grille s'ouvre en grinçant.

— Je vous demande pardon, messieurs, s'empresse l'officier avec une angoisse proportionnelle à l'importance qu'il nous prête. L'information ne nous a pas été communiquée, mais elle a bien été transmise : il y a reconnaissance vocale.

Je prends un air modeste. Mon père m'observe un instant en fronçant les sourcils. Je cache mon trouble autant que je peux, mais c'est la première fois que ma conscience pénètre et influence une matière non vivante. Ou alors ma venue était bel et bien programmée, avant même que mon père décide de m'emmener avec lui. Je ne sais pas laquelle des deux options m'inquiète le plus. Les pouvoirs qu'a déclenchés dans mon corps l'esprit du professeur Pictone sont aussi déstabilisants, en fait, que les manipulations que je subis à l'extérieur.

Mon père lève les yeux vers le ciel sans nuage, étonné, touche le dos de sa main. Moi aussi, j'ai reçu une goutte. Sans doute la sève qui suinte des feuilles au-dessus de nous. En guise de bienvenue – ou de mise en garde.

— Viens.

La lourde grille se referme derrière nous. On pénètre dans la forêt à l'abandon, envahis aussitôt par une odeur de pourriture chaude qui soulève l'estomac. Le bruit du vent, la rumeur des oiseaux et le craquement du bois mort, sous nos pieds, soulignent un silence de plus en plus angoissant à mesure qu'on avance dans la pénombre verte.

— Pardon, dit mon père à chaque branche qu'il écarte. Bonjour.

Il a sorti de son sac à dos une boussole et un vieux plan signalant certains arbres, cherche à se repérer dans le fouillis végétal. Je le suis, aux aguets. Revenant sans relâche sur ses pas, il tente de retrouver les anciens chemins sous les broussailles et les rejets. Il essaie des raccourcis dans les fougères géantes, escalade ou contourne les troncs morts qui faussent un peu plus ses repères. Complètement perdu, il finit par se livrer au hasard, à l'intuition, ferme les yeux comme s'il allait percevoir un appel. Un cri d'oiseau, un bruissement, un craquement le font brusquement changer de direction. Il ne regarde même plus sa boussole.

Je lui emprunte son plan. Une vingtaine de chênes millénaires sont localisés, sur plus de cent hectares. Leur date de naissance est la seule indication.

— Papa… tu sais s'il y a une station-service ?

Il sursaute.

— Une station-service, ici ? Tu rigoles ? Tu vois bien que c'est une forêt primaire, qu'on a toujours respectée. Avant que la révolution des Narkos ne la transforme en chasse présidentielle, il y a cinquante ans, elle était sacrée. Depuis la nuit des temps, toutes les religions en ont fait leur lieu de culte. Pourquoi tu me parles de station-service ? Si tu veux faire pipi, demande la permission aux herbes, et vas-y. Ce n'est pas un péché.

Je me détourne en baissant ma braguette, pour donner le change. Je ne sais pas pourquoi, je n'arrive pas à lui parler du tableau de Brenda, du grand chêne peint avec lequel j'ai noué cette relation bizarre. C'est avec lui que j'ai rendez-vous, je le sais. S'il ne se trouve pas dans cette forêt, est-ce une fausse piste ou une étape nécessaire ? Comme dans les jeux vidéo, il faut peut-être faire le plein de vies dans des mondes intermédiaires, avant d'affronter l'épreuve finale.

— Viens, Thomas, je crois que c'est par là.

— Tu cherches quoi ?

— Je cherche *qui*, me corrige-t-il en guise de réponse.

Sa tête tourne en tous sens. Il émet soudain un petit grognement de plaisir, fonce à travers les fougères. Il s'arrête pile, se retourne, fronce les sourcils en voyant le chemin se refermer derrière lui. Il s'approche d'un gros épineux, lui demande :

— Vous permettez ?

Et il se balafre l'avant-bras avec un de ses piquants.

— Petit Poucet version vampire, se marre-t-il en reprenant sa marche, pressant son bras pour marquer le chemin avec son sang.

Je lui emboîte le pas, aussi épaté que gêné par son comportement. Et dire que je mettais ses excentricités sur le compte de l'alcool. En fait, l'alcool, ça le bridait.

— Tu te sens bien, ça va ?

— C'est OK, papa.

Il me prend la main, la serre très fort.

— C'est bon d'être là, tous les deux. Hein ?

J'acquiesce, en me forçant à peine. J'avais une certaine appréhension à respirer, au début, mais ça va mieux. Les feuillages enchevêtrés, les liserons entortillés autour des ronces, les jeunes pousses mêlées au bois mort créent une espèce de protection rassurante que je n'ai jamais ressentie. D'autant plus forte, semble-t-il, à mesure qu'on se perd.

— Regarde !

Il s'est arrêté devant un gros arbre à moignons, fendu par la foudre. Enthousiaste et brusque, il me pousse devant lui, fait les présentations. C'est la première fois que je le vois en position de servilité. Ça me fait un choc. On dirait ma mère devant ses patrons.

— Le hêtre du prince Richard, me dit-il d'un ton obséquieux après avoir décliné nos identités. Six cents ans. Ce n'est pas le plus vieux de la forêt, mais c'est un âge tellement exceptionnel pour un hêtre que les autres le respectent encore plus que le doyen des ifs.

— Enchanté, dis-je avec une boule dans la gorge.

— Veuillez excuser la liberté que je prends.

Il retire son sac à dos, en sort un appareil à électrodes qu'il branche à une feuille, avant de le mettre en marche. Le bourdonnement sous tension fait sauter une aiguille qui se stabilise. Un tracé régulier apparaît sur l'écran.

— Dis quelque chose, Thomas.

— Bonjour.

— Quelque chose de personnel.

— C'est quoi, un ampli ?

— Un décodeur. Il fonctionne sur le principe du galvanomètre, qui mesure l'intensité de l'activité électrique. Le tracé de l'oscillographe révèle les réactions de l'arbre à notre contact. Si tu es dans le vert :

échange neutre, le bleu : état de satisfaction, le rouge : danger, le noir : attaque. Enfin, j'imagine. Et il y a plein d'autres fonctions que je ne connais pas.

Je m'approche de l'arbre, lui dis que je suis fier de le connaître, et qu'il ne fait pas son âge. L'aiguille ne bouge pas. Visiblement, il s'en fout. La flatterie, ce n'est pas son truc.

Je me retourne vers mon père :

— Ça décode ce qu'on dit, ou ce qu'il pense ?

— Je ne sais pas. Le ministère m'a fourni l'appareil sans mode d'emploi. Les services de censure l'ont saisi il y a vingt ans, quand on a arrêté l'inventeur. On ne sait plus à quoi ça sert.

— C'est idiot.

— Une dictature, Thomas, c'est fait pour empêcher les gens de penser, pas pour comprendre et utiliser ce qu'ils trouvent. Parce qu'alors il faudrait penser comme eux, et on aurait peur de se faire arrêter pour complicité. On saisit, on casse, et on oublie.

L'aiguille tressaute soudain.

— Qu'est-ce que j'ai dit ? s'étonne-t-il.

Je fais un geste d'ignorance. J'ai écouté, mais je ne vois pas ce qu'il y a de spécial dans ses râleries.

— C'est peut-être juste mon état d'esprit, réfléchit-il. Je suis en colère quand je dis ça, alors l'arbre le perçoit et l'exprime.

Le tracé marque un pic sur l'écran. Je recule d'un pas.

— L'arbre entend nos pensées ?

— N'aie pas peur : c'est un phénomène naturel. On l'a découvert en laboratoire, il y a très longtemps. Un chercheur nommé Cleve Backster, spécialiste du détecteur de mensonge, a eu l'idée de fixer des électrodes sur une plante, comme sur un suspect. Puis il a plongé l'extrémité d'une branche dans sa tasse de café brûlant. Sur le graphique, il n'y a presque pas eu de réaction. Alors il s'est dit qu'il allait augmenter l'agression : brûler carrément les feuilles. À peine a-t-il *pensé* cela, avant même de prendre une boîte d'allumettes, que le tracé a fait un bond spectaculaire. Il a reproduit l'expérience sur différentes espèces : ça marchait à tous les coups. Conclusion : les végétaux réagissent aussi fort aux images mentales qu'à la réalité qu'ils subissent. Mais il y a plus extraordinaire.

— C'est-à-dire ?

— Le même chercheur a ébouillanté des crevettes vivantes à proximité d'un philodendron, d'un platane, d'un saule… Même réaction de panique – ou de colère – sur l'oscillographe. Mais quand il faisait cuire des crevettes déjà mortes, il ne se passait rien.

— Ça veut dire que les arbres ont mal pour les crevettes ?

— Ou que la vibration de souffrance les dérange, tout simplement. Je pense que les crevettes, au fond d'eux-mêmes, ils s'en foutent. Ça ne leur sert à rien, dans leur écosystème. En revanche, les abeilles et les oiseaux, ils en ont besoin pour se reproduire. Quand la pollution humaine a commencé à les faire disparaître, je pense que l'homme a signé son arrêt de mort. Bien avant l'épidémie de grippe V, notre destruction à long terme était programmée dans l'organisme de l'arbre.

— Comment ça ?

Il effleure le tronc du hêtre, avec amitié, comme s'il lui exprimait des circonstances atténuantes. Aucune réaction de l'aiguille.

— À la différence des humains et des animaux, les végétaux ne possèdent pas de centre nerveux ni d'organes sensoriels. Pour certains chercheurs, c'est chacune de leurs cellules qui assure l'ensemble de ces fonctions ; c'est pourquoi on parle de « perception primaire ».

Il marque un temps, suit le vol d'une mouche, reprend :

— Quand un insecte prédateur devient dangereux pour sa survie, l'arbre s'emploie à trouver son point faible. Et, dans les cas extrêmes, il décide de l'éliminer bien au-delà de l'empoisonnement ponctuel. Tu sais comment il s'y prend ? Il se met à fabriquer des hormones qui vont le contaminer, détruire sa descendance ou carrément l'empêcher de se reproduire. Il sécrète de la juvabione, par exemple, qui stérilise les punaises du bois. Mais on a trouvé aussi de la progestérone et de l'œstrone, deux hormones typiques de la femme, à un dosage qui est celui de la pilule contraceptive. À quoi peuvent-elles servir, sinon à stériliser l'espèce humaine ?

Je m'éloigne de l'arbre, en réflexe. Il ajoute que c'est cette découverte qui a poussé le gouvernement à censurer tous les livres qui avaient trait à l'intelligence végétale.

— Comme si l'ignorance était une arme…, soupire-t-il. Elle ne fait que se retourner contre ceux qui l'imposent.

— Mais comment ça s'attrape, la stérilisation ?

— Chaque fois qu'on respire l'oxygène produit par un arbre, on ingère une information hormonale qui va finir par perturber notre système reproducteur… Mais les corrections génétiques et l'insémination artificielle généralisée, mises en œuvre par le ministère de la Santé depuis vingt ans, ont réussi à freiner un peu la dénatalité.

— Alors les arbres ont fabriqué la grippe V pour nous tuer plus vite ?

— Chut, fait mon père à voix basse en regardant le hêtre.

Je le trouve un peu naïf. Si l'arbre perçoit nos pensées, on n'a pas besoin de faire gaffe à ce qu'on dit. D'ailleurs, l'aiguille de sa machine est restée stationnaire. Il la fixe, pensif.

— Et si cet appareil servait à… ?

Il s'agenouille, bouge les curseurs, tourne les molettes qui font défiler des fréquences comme sur un vieux poste de radio.

— Servait à quoi ?

— C'est énervant parfois de n'être qu'un littéraire, dit-il en manœuvrant les commandes au pif.

Je repense à Léo Pictone. S'il était là, dans son ours exhumé, il ne tarderait pas à percer les secrets de l'appareil et à utiliser toutes ses fonctions.

— Attends… Si j'introduis le code génétique du virus…

Atterré, je regarde ses doigts taper sur les vieilles touches une combinaison de lettres : TGAC.

— Tu… tu le connais ?

— Ils me l'ont donné, cette nuit.

— Qui, « ils » ? je demande avec une brusque angoisse.

— Si j'introduis le code, reprend-il, excité, ça va peut-être détecter si l'arbre est porteur du virus…

— Ou ça va le lui filer ! dis-je dans un cri.

Il se rejette brusquement en arrière, tombe assis. Il me dévisage, incrédule, effrayé par la perspective que je lui ouvre. Il se reprend aussitôt, essaie de me raisonner ou de se convaincre :

— C'est un appareil de détection, voyons, pas de programmation…

— Qu'est-ce que tu en sais ? Peut-être qu'ils n'y sont pour rien, les arbres, dans la grippe V ! Peut-être que c'est des humains qui la leur ont filée !

— Et qui aurait fait ça ?

Je baisse les yeux. Je ne peux pas dévoiler mes soupçons, mes secrets, mes responsabilités. Je le mettrais en danger. Le lavage de cerveau a effacé de sa mémoire les séances de torture psychologique que Jack Hermak et Olivier Nox lui ont fait subir, lundi, pour qu'il révèle ma relation avec le savant réincarné dans ma peluche. S'il a survécu, c'est qu'il ignorait tout. Ça doit continuer.

— Tu dis n'importe quoi, conclut-il devant mon silence.

Soudain le décodeur se met à grésiller, fumer. Il le regarde, la bouche ouverte, immobile. Je me précipite sur l'arbre, débranche les électrodes. L'appareil crépite, lâche une gerbe d'étincelles. L'écran s'éteint, l'aiguille regagne le zéro. Prudent, je l'éloigne du hêtre.

— Excuse-moi, bredouille mon père.

Je m'entends dire :

— L'arbre ne veut pas de ce truc.

Il soutient mon regard, acquiesce.

— Tu as raison. C'est à notre cerveau qu'il faut faire confiance, pas aux machines.

Sa main ouvre à tâtons son sac à dos, prend un sandwich. Il le coupe en deux, m'en tend la moitié. On mâche un instant en silence, plongés dans nos réflexions, les yeux dans les yeux ; on mastique et on avale avec des mouvements de bouche synchronisés.

— On mâche au pas, commente-t-il pour me détendre.

— Qu'est-ce qu'on peut faire, papa, pour empêcher tout ça ? La grippe V, la stérilisation…

— Tout arrêter et revenir en arrière, s'il est encore temps.

Je revois le moment où j'ai détruit le Bouclier d'antimatière qui nous isolait du reste du monde. Je revois ma découverte de la forêt ennemie, de l'autre côté de la frontière. Je revois l'invasion des abeilles, cette espèce qu'on croyait éteinte, et qui s'était rallumée là où l'homme avait disparu.

— Mais si on n'est plus que cent millions d'habitants, papa, contre tous les milliards d'arbres qui ont pris le pouvoir sur Terre, quelle chance on a ?

— Celle-là, justement. Celle d'être une espèce menacée dont les arbres voudraient conserver quelques spécimens…

J'aimerais partager son optimisme. À mon avis, ça, c'est une idée purement humaine qui ne risque pas de germer sous leur écorce.

— Mais l'homme, pour eux, c'est comme les crevettes. Ça ne leur sert à rien.

Il se relève, désigne deux initiales à demi effacées dans un cœur gravé sur le hêtre.

— Ça leur sert à être aimés. Si l'homme retrouve l'amour de la nature, la poésie, la mythologie, l'intelligence qu'elle lui a inspirées, tout n'est pas perdu. C'est le sens de ma présence ici : renouer nos liens. Rafraîchir la mémoire des arbres. Viens !

14

Il a repris son sac à dos et m'entraîne. Chemin faisant, il m'explique les arbres les plus bizarres qu'on rencontre : un thuya géant dont les douze troncs sinuent à l'intérieur de ses voisins comme des tentacules de pieuvre, des cyprès chauves poussant des racines aériennes qui ressemblent à une procession de pingouins gris, un chêne rectiligne escaladé par un orme tortillard qui l'enlace dans tous les sens et de toutes les manières...

Je m'arrête, impressionné par cette espèce d'amour végétal contre nature.

— J'ai mieux ! clame mon père, l'air réjoui. Là, tu as l'image de la conquête impossible, ô combien excitante mais stérile ; je t'emmène découvrir la fusion absolue !

Je le suis à travers les fourrés. Très vite, il lâche carte et boussole pour prendre le cap d'une cime gigantesque et déplumée qui domine toutes les autres. La « fusion absolue ». Je m'attends à tout. S'arrachant aux ronces qui lacèrent sa tenue d'explorateur, il déclame du Virgile et de l'Ovide – des poètes latins, me dit-il, qui parlent de métamorphose d'humains en arbres. Ça me met assez mal à l'aise, pour les raisons qu'on imagine. Lui, non. Jennifer, les ados végétalisés, les images de génocide forestier aux frontières, il a tout oublié. Ne comptent plus que ses histoires de nymphes, de dieux lubriques et de philosophes oubliés qu'il balance en direction des branches.

— Rappelez-vous ce que disait Hegel : la pensée végétale est le modèle de la pensée humaine, qui n'est qu'arborescence ! Car « votre développement est un raisonnement vivant qui s'accomplit dans le temps d'une poussée raisonnée » ! Mesdames et messieurs les arbres, vous avez servi de modèle aux constructions de l'intelligence !

Il trébuche sur une racine et se relève, de plus en plus enflammé :

— Mais nous sommes devenus incultes, analphabètes, ignares ! Nous régressons, et vous dépérissez ! Motokiyo Zeami l'a dit, au XIVe siècle, lui qui a créé le théâtre nô pour vous donner des représentations privées : « Lorsque dans le pays les Lettres sont cultivées, alors les fleurs de prunier brillent de plus d'éclat et leur parfum est plus doux. Mais négliger les Lettres fait se dissiper leur parfum, et leur couleur aussi se ternit ! »

Il s'arrête, se tourne du nord au sud en se frappant la poitrine.

— *Mea culpa !* Mais on va tout changer ! C'est le rôle d'ambassadeur que le gouvernement des humains m'a confié ! La restauration de la culture, de la compréhension, du dialogue ! La renaissance de tout ce que vous nous avez inspiré !

Reprenant sa marche, il leur parle d'un dénommé Orphée qui joue une mélodie qui déplace les arbres, d'un Shakespeare et de sa forêt fantôme qui marche vers un certain Macbeth pour lui annoncer sa mort, puis il embraye sur les appels au meurtre d'un excité sanguinaire appelé Ronsard :

— « *Écoute, bûcheron, arrête un peu le bras !*
Ce ne sont pas des bois que tu jettes à bas.
Combien de feux, de fers, de morts et de détresses
Mérites-tu, méchant, pour tuer nos déesses ? »

Et il enchaîne sur la forêt de Marseille que l'empereur Jules César veut abattre, mais les haches se retournent soudain contre les soldats, parce que les arbres sont entrés en communication avec le bois des manches.

Je regarde mon père, consterné. C'est malin de leur donner des idées… Si ce qu'il appelle renouer le dialogue, rafraîchir leur mémoire, c'est remettre au goût du jour les massacres et les sortilèges que leur ont prêtés les poètes, on n'est pas près de sortir vivants de cette jungle.

— Vous êtes en guerre contre nous, aujourd'hui, et c'est normal ! C'est de la légitime défense ! Nous avons empoisonné votre sol avec nos biocarburants, toute cette agriculture polluée sans limite ni contrôle puisqu'elle n'est pas destinée à notre alimentation ! Nous vous avons attaqués de l'intérieur avec nos OGM, qui ont fait mourir à coups de gènes mutants les abeilles qui vous pollinisaient ! Nous avons voté des lois écologiques pour vous protéger alors que vous étiez déjà condamnés à mort ! Oui, nous méritons ce qui nous arrive !

Il se tait un instant, tremblant dans l'écho de ses phrases. Il n'y a plus qu'à attendre qu'une branche nous écrase pour lui donner raison.

— Mais souvenez-vous qu'avant Jésus-Christ, les hommes se sont battus pour vous ! reprend-il en obliquant vers la gauche. La Bataille des Arbres, le fameux combat entre les druides : ceux qui voulaient imposer le culte solaire d'Apollon, et ceux qui tentaient de conserver le secret de l'alphabet lunaire que vous nous aviez donné, le Beth-Luis-Nion, Bouleau-Sorbier-Frêne, qui ouvrait toutes les portes de la connaissance ! L'alphabet qui fixait les résonances entre les arbres et les mois, le calendrier sacré qui donnait le pouvoir sur le Temps… Regarde ! s'interrompt-il soudain.

Il me désigne avec fierté une espèce d'immense patte d'éléphant creuse, au moins trente mètres de circonférence et le double en hauteur, qui domine le voisinage en l'étouffant de ses branches.

— C'est lui ! C'est l'if ! La fusion absolue, c'est lui !

Il reprend son souffle, me fait admirer à gauche les ramures vert sombre, et à droite le feuillage bleuté garni de graines rouges.

— En réalité, ce sont deux arbres distincts, un mâle et une femelle, qui se sont unis avec le temps. Ils ont au moins deux mille ans, et on les appelle au singulier : l'If d'Éden. En référence au Paradis terrestre de la Genèse, ce jardin que Dieu a créé spécialement pour Adam et Ève. Entre avec moi, n'aie pas peur.

Il me pousse à l'intérieur de la cavité centrale où cinquante personnes pourraient tenir debout, et me raconte l'histoire de ces deux troncs qui se sont rapprochés en poussant, au fil des siècles, tout en se creusant. Ils ont joint leurs écorces et ont dissous ce qui les séparait, pour ne plus former qu'une seule circonférence autour d'un vide commun. Un vide où se sont abrités tous les dieux apportés par les hommes.

La voix haletante, il me raconte les fonctions successives de cette caverne vivante : autel druidique, chapelle chrétienne, temple protestant, synagogue sauvage, mosquée dissidente, sabbat de magie noire… Il en reste quelques débris d'ossements, des objets en pierre, de vagues statuettes en bois pourri, des bijoux de métal verdi, rouillé, rongé par l'humus – accessoires de religions disparues qui tombent en poussière pour nourrir les racines.

— Tu es déjà venu ici, papa ?

— En livre, uniquement. *Le Sens des arbres*, une magnifique encyclopédie du XXe siècle. Je n'ai pas réussi à en sauver le moindre exemplaire : elle était jugée trop dangereuse.

Il caresse d'une main respectueuse les excroissances de l'if double où sont encore visibles de nombreux trous laissés par des clous.

— J'ai tant fantasmé sur cet arbre, à distance... Cette union sacrée du Yin et du Yang – le féminin et le masculin qui, sans perdre leur identité, leurs différences, forment un Tout pour protéger les rêves des autres...

Il se retourne, s'adosse à la paroi dans un rayon de soleil qui joue avec les feuilles en haut de la cime.

— Et toi, qu'est-ce qu'il te dit, cet if ?

Il a prononcé cette phrase d'un ton trop dégagé pour être naturel. Je ne réagis pas. Est-ce une allusion aux visions que m'a données le chêne de la station-service sur le tableau de Brenda ? Mais comment pourrait-il savoir ?

— Efforce-toi de capter ses images mentales, insiste-t-il. Dis-lui qu'il est le porte-parole de son espèce, et toi le représentant officiel du genre humain. Visualise vos rôles. Interroge sa mémoire. Demande-lui ce qu'il attend de nous.

J'acquiesce. Refuser serait suspect. Après tout, il est peut-être juste intrigué par la manière dont j'ai percé le système d'ouverture de la grille, tout à l'heure. Il se dit que si je suis connecté avec les circuits électroniques, je peux l'être aussi avec la sève. Je n'ai qu'à essayer. Si je capte quelque chose, je pourrai toujours dire que je n'entends rien, pour protéger mon secret.

Je pose mes mains sur l'intérieur du tronc, je ferme les yeux. J'essaie de réduire ma pensée à un petit pois pour l'envoyer hors de ma tête, et me glisser parmi les molécules du bois en diffusant le message. Comme je l'ai fait avec mes cellules graisseuses et celles de Jennifer.

— Tu perçois des choses ?

— Rien, papa.

Et c'est la vérité. J'ai beau faire le vide, ça ne me renvoie qu'à mes problèmes.

— Mais tu en as déjà perçu ?

Confirmation de l'alerte. Je lâche le tronc, glisse les mains dans mes poches avec un air entre deux. J'aimerais tant lui révéler mon pouvoir. Mais si je commence à ouvrir le robinet des confidences, je ne pourrai plus m'arrêter. Et s'il découvre que c'est moi, en détruisant le Bouclier, qui suis responsable de l'attaque végétale… Il est trop fragile, en ce moment. L'arrêt brutal de l'alcool lui fait déjà perdre les pédales ; inutile de lui apprendre qu'il est le père d'un terroriste en herbe.

Soudain m'arrive une pensée nouvelle, qui à la fois éclaire et trouble tout. Et si le gouvernement ne l'avait pas convoqué pour ses compétences, mais pour les miennes ? Dans l'appartement de Brenda, hier soir, quand Olivier Nox m'a demandé d'intervenir auprès de l'Arbre totem, il m'a trouvé fuyant. Alors, au lieu d'essayer de m'employer directement, il a pris mon père comme intermédiaire. Allez négocier avec la Forêt interdite, et emmenez donc votre fils : il a une grande sensibilité.

— Ça va, Thomas ? Tu as l'air bizarre.

— Non, non, c'est bon.

Autant le laisser dans l'ignorance de son véritable rôle. Vu l'état d'exaltation où il est, ça serait trop dur pour lui d'admettre la réalité : ce n'est pas sa culture qui le rend utile, c'est son fils.

— Tu ne sens vraiment rien, avec cet arbre ?

— Non.

Il hoche la tête, déçu, me grattouille le crâne comme pour montrer qu'il ne m'en veut pas.

— Et toi, papa, qu'est-ce qu'il te raconte ?

Il pousse un soupir d'agacement.

— Rien. Il me rappelle ce que j'ai lu sur lui, les notes que j'ai prises, c'est tout. Tu vois, finalement, l'intelligence et la culture, ça n'aide pas davantage que la bêtise. Je veux dire : on a perdu la sensibilité, Thomas. Le sixième sens. Dans le silence, on n'entend plus que nos pensées. Même la coccinelle des courges fait mieux que nous.

Je lui demande à quel point de vue, trop heureux de changer de sujet.

— Dès que la courge se sent attaquée, elle commence à se rendre toxique, et envoie le message à ses congénères jusqu'à une distance de six mètres. Longtemps, on s'est demandé pourquoi la coccinelle ne mangeait qu'un tiers de chaque plant, et tous les six mètres cinquante. C'est grâce à elle qu'on a découvert le lien télépathique de l'animal avec le végétal. Et l'humain, lui, pendant ce temps, il est où ? Devant son ordinateur, ses machines à sous, son miroir, son nombril ! La nature ne va plus se fatiguer à lui envoyer des infos : il n'entend rien ! J'en ai marre d'être humain, parfois, tu sais. Si je n'étais pas amoureux…

Il laisse sa phrase en suspens. Je le regarde, surpris. Amoureux, lui ? Première nouvelle. C'est ma mère qui va être contente. À moins que…

Je sens brusquement revenir le malaise que je me trimbale depuis le réveil.

— Oui, bon, me dit-il avec un sourire en biais, en s'appuyant sur mon épaule. De toute façon, je n'aurais pas pu te le cacher indéfiniment. Et puis, à qui en parler, sinon ?

J'avale ma salive, et je le remercie de sa confiance. Il prend une longue inspiration et avoue, en me regardant les baskets :

— J'ai rencontré quelqu'un.

Je dis ah. Il ajoute avec une moue diplomate :

— Tu sens bien qu'entre ta mère et moi, depuis ta naissance, il ne se passe plus grand-chose… Oh, tu n'y es pour rien, ça s'était détérioré bien avant, mais bon… ça n'a pas arrangé non plus. Je veux dire : les charges, les soucis… Tu me comprends.

J'acquiesce, le cœur dans les talons. Ses phrases me font rentrer sous terre.

— Tu sais ce que c'est : avec les listes d'attente, on avait rempli ton formulaire dès le jour de notre mariage. Et puis avec les délais d'insémination, les échecs, les factures, à chaque fois… Quand finalement tu es arrivé, on était contents, bien sûr, mais le contexte… Bref, coupe-t-il en refermant la parenthèse, j'ai rencontré quelqu'un.

Je réussis à demander d'un air détaché :

— Quand ça ?

— Hier soir.

J'encaisse le choc. Et soudain je comprends. J'ai peur de comprendre. Je refuse de comprendre. Mais il confirme, avec un soupir béat :

— Eh oui… La plus belle femme du pays, la mythique, l'inaccessible étoile. Comment j'ai pu lui plaire, ça, mystère… Enfin, le résultat est là. C'est le coup de foudre. Mutuel et absolu : celui qui n'existe que dans les livres. Je suis fou d'elle, Thomas. Mais je peux t'assurer d'une chose : elle t'apprécie beaucoup.

Je lui dis qu'il n'y a pas de quoi. Il sourit. Il ne perçoit rien de ma tension, de ma stupeur, du monde qui s'écroule sous mes pieds.

— Je suis heureux, Thomas, tellement heureux…

Je serre les poings et les mâchoires, j'arrive à faire face encore quelques secondes, puis soudain je lui tourne le dos et je plaque les deux mains sur l'if. Le mâle ou la femelle, je n'en sais rien, mais aidez-moi, par pitié. Aidez-moi à ne pas craquer. Lily Noctis. Il aime la femme que j'aime et elle est tombée amoureuse de lui.

— C'est la plus belle chose au monde qui pouvait m'arriver, déclare-t-il gravement en s'appuyant contre mon dos, son menton sur mon crâne.

Ses mains se collent au bois, juste au-dessus des miennes.

— Mais ça ne changera rien, pour nous trois. Je veux dire : avec toi et ta mère. Je ne vais pas divorcer, naturellement. D'abord je n'ai pas le droit, avec un fils mineur, et puis on doit être discrets, vu la position de Lily. Tu imagines les jalousies qu'elle suscite. En plus elle est comme moi : elle n'a jamais cru à la passion, aux égarements qu'on lui attribue… On est pris de court, quoi. On débute. C'est… vraiment une personne bien. Avec l'air un peu dur, comme ça, mais c'est de la pudeur. Et de l'humour, aussi. De l'intelligence, en tout cas. Et je vais te dire : qu'est-ce que ça fait du bien !…

Je corrige, ainsi qu'il le ferait pour moi dans son état normal :

— *Comme* ça fait du bien.

— Oui, appuie-t-il, croyant que je répète simplement son cri du cœur en écho. Je savais que tu comprendrais. Notre complicité, mon Thomas, c'est ce que j'ai de plus précieux dans la vie, et tout ce que je viens de te raconter n'y changera rien.

J'enfouis mes larmes dans les fibres du bois. Je ne veux plus rien entendre. Je ne veux plus vivre ça. Je n'ai plus envie de rien, de personne. C'est fini. Je n'ai plus de présent et je me fous de l'avenir, de ce que je pourrais y changer… La situation où j'ai mis le pays, c'est son problème ; qu'il se débrouille sans moi. De toute façon, c'est trop tard. Tant mieux, ras-le-bol, adieu. Que l'humanité disparaisse et qu'on n'en parle plus !

Soudain ma vue brouillée par les pleurs se déplace en arrière, comme si les yeux me sortaient de la tête. Qu'est-ce qui m'arrive ?

Je n'ai pas perdu connaissance. Je suis toujours là. Mais une autre silhouette est plaquée à ma place, à l'intérieur du tronc géant. Un vieux maigre aux doigts crochus dans un costume d'autrefois, qui lance d'une voix déraillante en direction de la cime :

— Mon Dieu, donnez-moi la force de détruire le monde pour protéger mon pays. J'en ai les moyens, faites que j'en aie le courage…

On dirait le Président, sans son fauteuil roulant. Son grand-père, plutôt. Celui des timbres et des anciens billets de banque. Le premier des Oswald Narkos. À ses côtés se tient Olivier Nox, dans un costume démodé lui aussi, mais avec la même tête qu'aujourd'hui. Leurs deux silhouettes, de trois quarts dos, ont l'air de sortir de l'arbre comme une transpiration visuelle, une scène enregistrée par la mémoire du bois.

— Comment réagiront nos ennemis ? s'angoisse le vieillard.

Olivier Nox lui répond avec un détachement rassurant :

— Ils feront exploser nos missiles dans la stratosphère, se condamnant eux-mêmes, tandis que l'activation du Bouclier d'antimatière nous protégera des retombées.

Le Président hoche la tête un long moment, puis demande :

— Vous êtes vraiment sûr que c'est la seule chance de survie pour les Quatre-États ?

— Oui, Oswald. Il faut en finir avec les guerres de religion, le terrorisme aveugle, la surpopulation… Il faudra changer le nom, aussi.

— Le nom ?

— Marquer symboliquement la nouvelle ère, responsabiliser les survivants. Un nouveau régime, une nouvelle Constitution, un nouveau nom… Les États-Uniques, ça sonnerait bien.

Le vieillard baisse le front.

— Ai-je le droit, Nox ? Ai-je le droit ?

— Le devoir, en tout cas. Monsieur le Président, la Terre est devenue trop petite, trop asphyxiée, en péril trop imminent pour que vous hésitiez encore. Nous sommes le peuple élu, et vous êtes notre guide. Ne doutez pas de vous. Je veux dire : faites-moi confiance. Je ne suis qu'un conseiller obscur, une éminence grise, un rouage invisible de votre puissance, mais j'ai œuvré sans faillir pour que vous accédiez à la position clé, et à présent cette clé doit tourner. Elle doit ouvrir la porte d'un nouveau monde.

La vieille main décharnée se noue autour du poignet du jeune homme.

— Je sais que je ne le verrai pas longtemps, ce nouveau monde… Vous veillerez sur mon fils ?

— Bien sûr, Oswald. Mon rôle est aussi d'assurer la pérennité de votre dynastie.

Le Président recule d'un pas, le dévisage avec une profonde nostalgie.

— Vous ne changez pas. Quel est le secret de votre jeunesse, Olivier ?

— Je n'ai pas peur de la mort.

Le vieil homme arpente lentement l'intérieur de l'arbre, les bras serrés autour de son maigre corps.

— Comme je vous envie… Au moins laisserai-je à mes enfants et à mon peuple un monde exempt de dangers, de guerres, d'attentats, de racisme… Un monde imparfait, encore, mais stable. Vous sentez que Dieu est avec nous, n'est-ce pas ?

— Nous sommes dans sa maison, Monsieur le Président. Vous êtes venu chercher sa réponse, et il vous l'a donnée. Mais il ne faudra plus mettre Dieu à toutes les sauces, dans le nouveau monde que vous créez. Ou du moins, il faudra changer son nom.

— Attention, Thomas !

Je sursaute. Le cri de mon père m'a fait réintégrer mon corps. Une énorme branche tombe de la cime, rebondissant sur les fourches, arrachant les rameaux, se brise en pénétrant à l'intérieur du tronc. Je suis paralysé sur mes jambes, incapable de réagir. Un choc sur le côté, je bascule.

Joue à terre, je vois les débris de la branche morte se fracasser sur l'image d'autrefois. Les deux silhouettes flottent encore un instant dans la poussière soulevée, puis s'effacent.

— Thomas, ça va ? Tu n'as rien ?

Il est sur moi, ses cheveux dans ma figure, il m'écrase de son poids. Il me secoue.

— Thomas, réponds-moi !

Un tourbillon envahit le tronc, le mugissement du vent, le tonnerre, le craquement des branches, des trombes d'eau. Toute la douleur et la violence qui dévastent mon cœur débordent, se répandent, envahissent le monde. Je repousse l'homme qui m'étouffe, je me rue hors de l'arbre.

— Qu'est-ce qui te prend ? Thomas ! Je te dis que ça ne changera rien pour nous, à la maison ! Attends-moi !

Je fonce sous l'orage à travers les broussailles, droit devant. S'il y a une raison à ma survie, je trouverai la sortie tout seul. Et sinon, je crèverai une bonne fois pour toutes dans cette jungle de merde où les morts, les vivants et les arbres se sont encore foutus de ma gueule, j'en ai marre, marre, marre !

15

— Thomas Drimm !

La grille de la forêt s'ouvre en entendant mon cri. Hors d'haleine, inondé de sueur et de pluie, je déboule sur le parking. Une deuxième limousine est garée près de la première, plus longue d'un mètre. Elle me fait des appels de phares sous le déluge. La porte arrière s'ouvre.

J'hésite un quart de seconde, m'engouffre à l'intérieur. J'y trouve la personne au monde que j'ai le moins envie de voir, en cet instant. D'un autre côté, c'est aussi bien d'affronter le problème à chaud.

— Nous avons une urgence, Thomas.

D'un coup d'ongle sur la commande de son accoudoir, Lily Noctis referme ma portière. Je m'efforce de reprendre mon souffle et je demande, très raide :

— L'autre voiture est en panne ?

— Non, non, ton papa la prendra pour rentrer. Ce que j'ai à te dire ne le regarde pas.

Elle fait signe à son chauffeur de démarrer. À travers les vitres fumées, je vois mon père franchir la grille en courant, trempé, dépenaillé, pitoyable. Il gesticule, m'appelle, fait des zigzags ridicules pour empêcher la limousine de partir.

Je le regarde rétrécir sur la lunette arrière, puis je me retourne vers la ministre du Hasard. Je la détaille, en annulant mes émotions l'une après l'autre. Je ne vois plus qu'une femme trop maquillée, trente ans minimum, sanglée dans un imper en cuir gris qui ne la rajeunit pas.

— Sa mission s'est bien passée ? demande-t-elle en croisant les jambes pour que le cuir s'écarte sur sa cuisse. Je suis contente qu'il t'ait emmené. De toi à moi, tu crois qu'il sera à la hauteur des responsabilités que je lui ai confiées ?

— C'est vous qui voyez.

Elle allume l'écran devant elle. Je n'en reviens pas de mon sang-froid. Ni du sien. À quoi joue-t-elle ? Elle a bien compris les sentiments que j'ai pour elle, et elle a fait en sorte que mon père éprouve les mêmes. Dans quel but ? Nous dresser l'un contre l'autre, me rendre jaloux pour que je sois encore plus accro à elle, ou juste me dissuader de l'aimer sans espoir parce que je suis trop jeune – genre « c'est un service à te rendre » ?

Elle ouvre un placard encastré dans la séparation chauffeur, entre le bar et le home-cinéma, en tire une grande serviette et me frictionne. Je me laisse faire, pour vérifier que je ne ressens plus rien.

— Ton papa gagne à être connu. Il a réussi l'impossible, hier soir : convaincre le gouvernement que la poésie pouvait sauver le monde. Du coup, on lui a confié un décodeur. Les résultats sont conformes à ses espoirs ?

D'accord. Elle me la joue version officielle, réunion de travail. Allons-y sur ce terrain. Ne montrons aucune émotion, restons pro.

— On a échoué, dis-je d'une voix neutre, la forêt nous a virés à coups de branches. Elle est déjà contaminée. La poésie n'a servi à rien, et votre matos non plus.

Elle esquisse une moue, dénoue la ceinture de son imper et refait le nœud.

— Ce n'est pas l'issue du combat qui importe, Thomas, c'est l'énergie que vous y mettez. Tu ne mesures pas l'exploit de ton papa : il est parvenu à faire passer la culture pour une arme de guerre. Il faut que tu fasses aussi fort que lui, à présent… J'ai une mission pour toi.

Je ne marque aucune réaction. Elle joint devant son nez ses ongles rouge sang.

— Le but, pour moi, c'est de fissurer le système. D'utiliser la révolte des arbres pour renverser les corrompus qui nous gouvernent. Et là, c'est l'occasion rêvée. Tiens, justement, ils en parlent.

Elle monte le son des infos sur l'écran. Je sursaute.

— … où va commencer le procès en comparution immédiate de la terroriste Brenda Logan, accusée d'avoir détruit le Bouclier d'antimatière. Jugée à huis clos par la Haute Cour martiale suprême, elle est poursuivie pour sabotage, trahison, atteinte à la sûreté de l'État et déclenchement volontaire d'une pandémie virale…

Lily Noctis éteint l'écran. Effondré, je lui demande ce qu'on peut faire.

— Moi, rien. Toi, tout.

— C'est-à-dire ?

— Accuse-toi. Dis que c'est toi qui as tout fait.

— Mais on ne me croira pas !

— Il y a une seule empreinte sur le bouton rouge qui a provoqué la destruction du Bouclier : la tienne. Tu diras que tu as pris Brenda comme otage pour te faire ouvrir le Centre de production d'antimatière, c'est tout.

Je balbutie :

— Mais… je suis mineur !

— Justement : avec la loi sur la Protection de l'enfance, c'est ton papa qui sera condamné à ta place. Malin, non ?

Je la fixe, partagé entre l'horreur et le soulagement. Si elle est prête à sacrifier mon père, c'est qu'elle n'éprouve rien de sérieux pour lui. Elle ajoute :

— Mais lui, je pourrai le faire acquitter pour vice de forme. J'ai mis dans ma poche ce putois de Jack Hermak. Depuis le remaniement de mardi, en plus du ministère de la Sécurité, on lui a confié la Justice et les Questions sociales.

Elle sort de son sac un tube de rouge, refait sa bouche devant l'écran qui s'est transformé en miroir. Je lui demande ce que c'est, un vice de forme.

— Une virgule en trop, une erreur de chiffre ou une signature qui manque sur l'acte de jugement.

— Et pourquoi vous ne faites pas acquitter Brenda directement, en lui ajoutant une virgule ?

Elle pousse un soupir en rebouchant son tube.

— Parce que ça prend du temps, et que ton père n'est qu'un intellectuel. Il est parfait dans un bureau, mais sur le terrain il est nul, tu as vu : il ne tient pas la distance. Brenda Logan, j'ai besoin d'elle tout de suite. Ma révolution est en marche, Thomas. J'ai recruté les meilleurs, dont tu fais partie avec elle : il est temps de passer à l'action.

Je laisse aller ma tête en arrière pour réfléchir. L'hypothèse la pire, c'est qu'elle ait dragué mon père pour que je le considère comme mon rival et que, du coup, je saute sur l'occasion qu'elle m'offre de l'éliminer. Parce que c'est bien de cela qu'il s'agit. Même en cas d'acquittement, il ne s'en relèverait pas, moralement. Juste au moment où il a refait surface, vaincu l'alcool, repris le contrôle de sa vie, il découvrirait que je suis le point de départ de la guerre végétale, et il se retrouverait en prison à ma place.

Je n'ai aucune raison de lui faire ça, si Lily Noctis est sincère, si elle me préfère à lui. Et si elle essaie de nous manipuler, comme Léo Pictone le prétendait, je ne vais pas non plus me venger de mon père parce qu'il est tombé dans le même panneau que moi.

Reste une hypothèse optimiste : elle me pousse dans mes retranchements pour que je trouve une stratégie meilleure que la sienne. À moins qu'elle n'ait appris la mission que m'a confiée Olivier Nox – détruire ce fameux Arbre totem en échange de la vie de Brenda –, et qu'elle veuille lui piquer son otage.

J'ignore quel jeu elle joue avec son demi-frère. Veut-elle vraiment sa peau, comme elle l'affirme, pour faire sa révolution démocratique ? Et c'est quoi, pour elle, une révolution démocratique – demander au peuple par un référendum s'il est content du coup d'État qu'il a suivi à la télé ?

— Alors ? relance-t-elle. Ta décision est assez urgente. Je te rappelle que Brenda est jugée en comparution immédiate : audition des témoins à partir de quinze heures, réquisitoire, plaidoirie, verdict et, si c'est la mort, exécution dans la foulée. Maintenant, je comprends très bien que tu te dégonfles. Après tout, ça n'est que ta voisine.

Froidement, je lui expose, les yeux dans les yeux, que Brenda Logan est une peintre géniale, la femme de mes rêves et mon amour impossible. Phrase après phrase, martelant mes sentiments comme sur un punching-ball, je réussis le tour de force de lui cacher ma jalousie derrière la passion que m'inspire une autre. Je fais semblant de vibrer comme avant pour Brenda et, dans le même temps, je me rends compte que c'est la vérité, mais que ça n'enlève rien à ce que j'éprouve pour Lily. J'aime deux femmes à la fois, définitivement : celle qui essaie de me piéger et celle qui est ma victime involontaire. J'aime dans chacune le contraire de l'autre, comme une qualité de plus. Je l'assume, et je leur prouverai à toutes les deux que je peux être à la hauteur de ce que je ressens. Je serai un grand amoureux, moi, dans la vie, un vrai ; pas un nullard comme mon père, un résigné du devoir conjugal qui disjoncte au premier coup de foudre.

— Donc, tu es d'accord pour t'accuser.

— Non. Il y a une autre solution.

La stratégie s'emboîte aussitôt dans ma tête, comme si toutes les pièces du puzzle étaient déjà là, en attente.

— Laquelle ? demande-t-elle en pinçant les lèvres.

— Livrer le vrai coupable : Léo Pictone.

Elle hausse les épaules, referme les pans de son imper.

— Il était déjà mort au moment des faits. Et la loi des États-Uniques ne permet pas de poursuivre un ours en peluche devant une cour martiale.

— On n'a qu'à l'interroger comme témoin.

— Il ne dira rien. De toute façon, tu es le seul à entendre sa voix. C'est un fantôme, Thomas : il n'a plus de statut légal.

Je prends ma respiration, je me cale sur la banquette et je déclare gravement :

— Je ne me suis pas bien fait comprendre, Lily : ça n'est pas négociable. Si vous voulez que j'aille innocenter Brenda, j'y vais avec le professeur Pictone. Un point c'est tout.

Elle me regarde avec un regain d'intérêt, puis elle se masse la nuque, le front barré par un pli soucieux.

— Tu es bien conscient que son esprit est monté vers les plans supérieurs, dès la destruction du Bouclier ?

— On le fera redescendre.

— Pour le convoquer au tribunal, rien que ça. Et qui lui portera sa citation à comparaître ?

— Moi.

Elle tortille une mèche en étirant un sourire en lame de rasoir.

— Remarque, j'aime bien quand tu es inflexible…

Je regarde le ciel. La tempête s'est arrêtée aussi brusquement qu'elle avait commencé. Je lui dis que, si elle est pressée de libérer Brenda, on ira plus vite en hélicoptère. Et elle m'arrêtera en chemin devant un magasin de fringues : trempé comme je suis, je vais choper un rhume et ce n'est pas le moment.

Elle m'examine en silence. Elle finit par murmurer avec, je crois, un dosage égal d'admiration et d'inquiétude, que je deviens un vrai petit homme. Je confirme en abaissant les paupières, l'air dur. Sans me quitter des yeux, elle approche de son visage sa montre-visiophone et lance en direction du haut-parleur :

— Drimm Robert.

Le cœur en travers de la gorge, je la regarde écouter la tonalité, puis s'illuminer dès que la voix de mon père lance un allô d'angoisse. *Image non disponible*, prévient l'écran en clignotant. Elle murmure d'une voix chaude :

— Oui, mon chat, pardon de ne pas t'avoir attendu, mais Thomas doit être mis en quarantaine immédiatement.

Avec un regard en biais vers moi, elle répercute la réponse paternelle :

— Il va très bien, oui, oui, je suis d'accord avec toi, il a l'air en pleine forme… Justement, Robert. Nous avons un problème avec le virus : les chiffres sont encore secret défense, mais 80 % des enfants vaccinés ont développé une grippe mutante. Ton fils est le seul de notre entourage à avoir résisté ; le ministère de la Santé veut comprendre pourquoi, et fabriquer un nouveau vaccin à partir de ses anticorps. Dans l'immédiat, on met ses cellules en culture. Ne t'inquiète de rien. Il va peut-être tous nous sauver. Sois fier de lui, je te fais un baiser d'amour, à très vite.

Elle raccroche, se tourne vers moi avec un air soulagé.

— Pas mal, ta couverture, non ? Pourquoi tu fais cette tête ? Ah oui. De toute façon, tu l'aurais appris tôt ou tard. Un coup de foudre, Thomas, c'est un coup de foudre : on n'y peut rien. J'adore les intellectuels, surtout quand ils dissimulent un tempérament de feu. Il faudra que tu sois très gentil avec ta mère. Nous lui cacherons la vérité le plus longtemps possible, et je ferai en sorte de réaliser tous ses rêves professionnels, à titre de compensation. Elle sera beaucoup plus agréable avec toi, du coup, tu verras.

Elle pousse un long soupir et pose la main sur mon genou gauche. Exactement comme l'a fait Robert Drimm dans sa voiture, tout à l'heure, quand il était encore l'homme de ma vie.

— Mon seul regret, Thomas, c'est toi… Mais on ne peut pas tout avoir, n'est-ce pas ? J'ai tellement rêvé d'un fils dans ton genre…

Et elle se console avec le père. Je retire mon genou d'un mouvement sec. Je lui rappelle qu'on est en guerre et que demain on sera peut-être tous morts, alors ce n'est pas le moment de sortir les violons.

Elle se rencogne contre sa portière avec un sourire amusé.

— Là, tu vois, tu es encore un petit garçon. Tu ne sais pas combien c'est excitant, justement, de ne penser qu'à l'amour en faisant la guerre. Et combien ça repousse la mort.

Je suis bien d'accord, pétasse. Sauf que je voulais être ton amoureux, pas ton confident. Mais c'est fini, tout ça. Entendre dans ta bouche que je suis encore un petit garçon, tu vois, c'est comme si toi tu étais déjà une vieille dame.

— Ça ne te choque pas, Thomas, j'espère, ce que je te dis ?

En guise de réponse, je sors mon portable qui vibre dans ma poche. Inutile de regarder le nom sur l'écran.

— Ça va, mon grand ? s'inquiète mon père.

— Secret défense. Embrasse maman.

Et je raccroche.

16

J'avais beau m'y attendre et afficher déjà complet au niveau des émotions, le choc est rude.

La région de Sudville est l'une des plus touchées. Je l'ai survolée avant-hier, et je ne reconnais rien. Les arbres sont couchés, les maisons éventrées par les troncs, les toits et les rues couverts de cendres. Tout au long de la frontière, le massif forestier n'est plus qu'un champ de bataille calciné qui fume, une succession de cratères entre des épaves de bulldozers et de chars d'assaut.

— Tu vois pourquoi il était urgent de passer à la guerre psychologique, commente Lily Noctis.

Au milieu de cette désolation, un détail me chiffonne. Nulle part je ne retrouve ces scènes qui m'ont tant marqué à la télé : les routes soulevées, crevassées, explosées par une croissance hyperaccélérée des racines. A-t-on truqué les images pour gonfler l'horreur, dramatiser encore le spectacle, booster l'audience ? En fait, tout ce que j'observe relève davantage des représailles humaines que de l'attaque végétale. Les soupçons que j'ai exprimés à mon père, tout à l'heure, reviennent en force. Et si la grippe V n'était pas due aux arbres ? Et si tout cela n'était qu'un complot, une mise en scène ? Mais dans quel but ?

L'hélicoptère du ministère se pose devant le Centre de production d'antimatière, complètement ravagé. Des soldats à combinaison isolante et masque à gaz contrôlent notre laissez-passer, nous conduisent dans un camion où ils nous donnent des équipements semblables aux leurs. Il n'y a pas ma taille. Je me détourne quand Noctis ôte son imper.

Flottant désagréablement dans ma tenue de survie baggy, je me dirige vers l'endroit où Brenda avait enterré l'ours en peluche. Difficile de se repérer, entre les arbres déracinés et les traces d'autochenilles qui ont balafré le sol. Je m'arrête au milieu du chaos végétal. Je ferme les yeux, essayant de capter la voix intérieure qui me pourrit la tête par intermittence depuis hier après-midi. Rien. Pictone attend que je le trouve tout seul. Il pourrait au moins me dire « Tu chauffes » ou « Tu refroidis ».

Noctis me regarde planter la pelle que m'ont donnée les soldats. Même pas fichue de m'aider. Avec une ironie amère, je repense en creusant aux dernières paroles de Pictone, juste avant que son âme quitte les molécules de peluche : « N'oublie pas ton pouvoir, Thomas. Tu en auras bien besoin. Le pouvoir absolu… Et le plus fragile aussi : le pouvoir de l'amour. » Brenda Logan risque la peine de mort à cause de moi, Lily Noctis a cassé mes rapports avec mon père, et Jennifer Gramitz a tenté de m'étrangler parce que je ne voulais pas d'elle. Le pouvoir de l'amour, c'est de tout foutre en l'air.

Ma pelle bute sur une patte. Je m'agenouille, dégage le reste avec les mains. J'éprouve une émotion que je n'avais pas prévue. Comme si le fantôme qui squattait mon doudou d'autrefois était devenu tout à coup un père spirituel. Un père adoptif. Le seul en qui désormais je pourrai avoir confiance.

Mais l'ours reste immobile au fond de sa tombe. Et aucune voix ne résonne plus dans ma tête. C'était de l'hallucination auditive, voilà, c'est tout. La voix de mon espoir. Mon envie de retrouver ce lien galère mais si flatteur avec un génie de la science qui dépendait de mon bon vouloir. Je mesure à présent combien elle m'a manqué, cette présence épuisante à bord de mon vieux jouet.

— Professeur, vous êtes là ? dis-je en secouant la patte en peluche.

Aucune réponse, aucun signe de vie. C'est normal. Pourquoi Pictone reviendrait-il m'aider ? Je ne suis plus utile, à présent. Vu du ciel, j'ai fini ma mission. J'ai libéré les âmes prisonnières du Bouclier d'antimatière, elles ont eu ce qu'elles voulaient ; pourquoi revenir se matérialiser dans un monde à feu et à sève ? Que les vivants se débrouillent. Décidément, en moins de trois jours, j'aurai perdu tous mes points de repère. Toutes mes illusions.

— J'ai failli attendre.

La vieille voix râleuse m'inonde de joie. La peluche se redresse sur un coude, frotte ses yeux en plastique avec ses pattes avant où j'avais découpé des doigts, pour la commodité de ses activités sur Terre. Et les lèvres au pelage terreux ondulent en articulant :

— Très seyant, cette nouvelle mode.

Il contemple ma combinaison qui bâille, mon masque à gaz. Je le prends délicatement dans mes gants, l'exhume, le pose dans l'herbe et le brosse. Je lui demande :

— Il va bien, l'ours ?

— Il va bien, sauf qu'il se fait violer trois fois par jour aux heures des repas.

— Violer ?

— Par une taupe.

Il lève le bras, écartant sa couture latérale décousue sur une dizaine de centimètres. Un museau pointu s'en échappe, une boule de fourrure brune qui s'empresse de plonger dans le sol, retournant la terre avec ses petits doigts roses puissants comme une pelleteuse. En trois secondes, la taupe a disparu sous le monticule de terre extrait de la galerie qu'elle creuse.

— Il faudra me rembourrer, soupire l'ours.

— Ça y est, il te parle ? s'informe Lily Noctis qui s'était éloignée pour téléphoner. Qu'est-ce qu'il dit ?

— Elle ne peut pas m'entendre, Thomas, heureusement. Je suis devenu un esprit élevé, beaucoup trop élevé pour être perçu par les forces du Mal. Non, non, ne réagis pas, continue à lui jouer la comédie. Mais j'avais raison : elle te ment comme elle respire.

— Qu'est-ce qu'il dit ? s'impatiente Lily Noctis.

Je bredouille :

— Qu'il est content de revenir parmi nous.

Elle s'accroupit dans l'herbe, tend la main à la peluche immobile.

— Au nom du gouvernement des États-Uniques, professeur, je vous souhaite un bon retour dans le monde que vous êtes en train de détruire.

— Et la faute à qui, pouffiasse ? riposte l'esprit élevé. Qui m'a forcé la main, qui s'est débrouillé pour que j'arrive à temps ici pour saboter le Bouclier, avant qu'on dépuce mon cadavre ?

— Traduction, me suggère la ministre.

— Il dit qu'il faut tout de suite foncer au tribunal pour sauver Brenda.

— Je n'en ai rien à secouer, de Brenda, me précise l'ours. Arrête de te disperser avec ces bonnes femmes, et concentre-toi sur moi. Je vais rester très peu de temps incarné dans cette peluche, j'ai des millions de choses à faire dans l'autre monde, alors écoute ce que j'attends de toi…

— En route ! dis-je en le prenant sous le bras.

On retourne vers l'hélicoptère en retirant nos équipements de protection.

Sitôt après le décollage, Léo Pictone m'escalade pour venir brailler à mon oreille :

— Tu les recevais correctement, mes messages psychiques ? Pour le vaccin, pour ta camarade de classe, pour le coup de l'Arbre totem…

Je force la voix pour couvrir le vacarme du rotor :

— Oui !

— À la bonne heure, tu as fini par faire des progrès ! Je n'ai plus besoin de faire bouger ces fichues lèvres en peluche pour que tu m'entendes. Tu n'as pas idée de l'énergie que ça me consomme… C'est très difficile de se réaccorder aux vibrations terrestres : il faut que je me réinitialise, tu comprends. Bon, à partir de maintenant, on se parle uniquement par télépathie.

Lily Noctis, assise à côté du pilote, se retourne vers moi, m'interroge du regard. Je la rassure d'une moue compétente, mouline du doigt contre ma tempe pour lui indiquer que je suis en train de recevoir un message.

— Tu m'entends toujours ? J'étais en réanimation dans l'au-delà, en pleine phase de nettoyage par le vide quand pof ! le danger que tu courais m'a ramené dans ta dimension.

— Quel danger ?

— Ne parle pas, je t'ai dit : pense ! Projette-moi mentalement ce que j'ai manqué, tiens. Fais défiler tes souvenirs depuis mercredi : ça me fera un résumé.

Je ferme les yeux. C'est toujours désagréable pour moi quand il lit dans mes pensées, mais je n'ai pas le choix. Les soupçons qu'il a exprimés sur Lily Noctis arrivent en terrain si favorable que je ne peux que lui obéir.

Soigneusement, je reconstitue le film des événements, depuis que nous avons détruit le Bouclier. Il interrompt ma projection sur la scène d'autovaccination pendant le cours de M. Katz :

— Zoome sur le stick d'Antipoll, que je voie la composition.

Je fais le point sur la seringue, agrandis l'image autant que je peux.

— D'accord, soupire-t-il. C'est encore pire que ce que je pressentais.

— C'est-à-dire ?

Pas de réponse. Je répète ma question par transmission de pensée, en dessinant dans ma tête un point d'interrogation géant.

— Il y a des choses que je n'ai pas le droit de te dire, Thomas : tu dois les découvrir tout seul. Ça s'appelle le libre arbitre. Continue ton film.

Je reprends la projection : le marronnier qui s'abat sur le collège, Jennifer qui se végétalise et m'attaque à la manière d'une plante carnivore, mon père qui se métamorphose par amour pour la ministre du Hasard, notre expédition calamiteuse dans la Forêt interdite, l'espèce de flash-back que j'ai capté à l'intérieur de l'If d'Éden…

— OK, je vois, dit Pictone. Tu n'as qu'un seul moyen de t'en tirer et de sauver ceux que tu aimes : te laisser manipuler par Nox-Noctis en les conduisant où tu veux sans qu'ils s'en doutent.

— Et comment je fais ?

— Tu les amènes à changer leurs plans en leur suggérant un raccourci. N'oublie jamais qu'ils jouent avec toi, que tu es à la fois le pion et l'enjeu de la partie qu'ils disputent. Chaque bonne idée qui te vient au service du Bien renforce les puissances du Mal.

— Et c'est quoi, la bonne idée qui me vient, là ?

— Le Gland de la paix. Dis simplement à Noctis que je t'ai donné un seul message, de la part de Boris Vigor : « Pour enterrer la hache de guerre, il faut planter le Gland de la paix. »

Je regarde la vieille peluche boueuse à cheval sur mon épaule. Il appelle ça « se réinitialiser ». Je dirais plutôt qu'il devient gâteux. Pour un mort, au bout de quelques jours, ça doit être déconseillé de trop s'approcher des vivants. Ça crée des faux contacts et ça bugge.

— Rappelle-toi, Thomas. Boris Vigor, dans sa voiture, quand je lui ai transmis la volonté de sa fille Iris.

Je me rappelle, d'un coup, et aussitôt je percute. Iris était morte en tombant d'un chêne, alors l'ancien ministre de l'Énergie avait fait raser la forêt autour de sa maison. Par l'intermédiaire de ma peluche, l'âme d'Iris avait demandé à son père de planter un gland, pour qu'une nouvelle vie de chêne efface l'arboricide[1]. La guerre végétale qui s'est déclenchée aurait-elle un lien avec cette affaire de famille ?

— Transmets le message et tu verras.

J'hésite un instant, en regardant les feux de forêts militaires qu'on survole. Je me penche vers Lily, beugle à son oreille en soulevant son casque :

— Il est HS, comme fantôme. On dirait qu'il est coincé en boucle. Tout ce qu'il répète, c'est : « Pour

1. Voir *La fin du monde tombe un jeudi ; op. cit.*

enterrer la hache de guerre, il faut planter le Gland de la paix. »

— Intéressant, crie-t-elle, neutre. Ça te dit quelque chose ?

— Rien du tout.

Un petit coup de patte dans mon dos valide mon mensonge de précaution. Elle réajuste son casque, fait signe au pilote, effectue des réglages.

Je me radosse à mon siège, regarde vers le sol. Sur plusieurs sites, des camions apportent des cercueils bas de gamme qui sont abandonnés sur les zones contaminées promises aux flammes. Je détourne les yeux. Leur faire partager le même brasier, c'est tout ce que l'armée a trouvé pour réconcilier les arbres et les hommes.

Un immense découragement me tombe dessus. Qui suis-je pour arrêter tout ça, rétablir la paix, sauver Brenda ? Un préado malheureux ballotté entre la trahison de son père, l'arrestation de sa première amoureuse, les manigances de la seconde, la folie meurtrière de sa copine de classe et les divagations d'un fantôme en peluche…

— Ne doute pas, ordonne Léo Pictone dans ma tête. Plus tu doutes, plus tu m'affaiblis. C'est ton audace, ton courage et ta confiance qui m'ont fait revenir parmi vous, d'accord ? Tu es la dernière chance de l'humanité, Thomas Drimm, alors ne flanche pas !

17

L'hélicoptère descend vers le toit du Palais de justice. Neuf soldats au garde-à-vous nous attendent, disposés en ligne. Leurs bérets s'envolent tandis qu'on se pose.

— Tu fais comme tu le sens, glisse Pictone dans un coin de ma tête, mais tu n'as pas l'impression que c'est un piège ?

Tout en débarquant, je lui réponds mentalement qu'on n'a pas le choix et que je suis en position de force. L'officier salue la ministre du Hasard, puis nous conduit vers un ascenseur qui s'arrête un étage plus bas.

— Vous n'êtes pas en avance, remarque Jack Hermak.

Froidement, je regarde le ministre de la Sécurité, de la Justice et des Questions sociales. De son côté, la punaise à moustache contemple avec une ironie pincée l'ours en peluche que je tiens sous le bras.

— Ravi de vous retrouver sur Terre, professeur. Je vois que vous avez résisté au broyeur[1].

— Je t'emmerde, lui répond l'ours.

— Il est ravi aussi, traduis-je.

---

1. Voir *La fin du monde tombe un jeudi.*

— L'inconscience de votre petit protecteur, enchaîne Hermak en fixant les yeux en plastique, est aussi héroïque que suicidaire, dans le contexte actuel. Mais bon, comme c'est un procès à huis clos, vos révélations ne sortiront pas de la famille.

Il se tourne vers Lily Noctis, et la déshabille des yeux au fil de ses ronds de jambe :

— Ma chère amie, vous êtes ici chez vous, cependant ne vous étonnez pas si la présidente de la Cour suprême a l'air de vous faire la tête. Ces juges indépendants, il faut toujours qu'ils aient des états d'âme.

— Mais c'est une espèce protégée, soupire Lily Noctis avec un sourire de compassion pour son collègue.

— Certes. Et nous avons eu beaucoup de souci pour organiser ce procès. Vous savez ce que c'est : l'armée voulait une Cour martiale, et les Espaces verts une juridiction civile. J'ai fait un mix des deux. Avec un jury populaire, pour qu'on n'aille pas accuser l'armée de vouloir étouffer l'affaire. Transparence, transparence ! Allez-y, la séance est commencée. Moi, je file à la télévision, pour commenter en direct le procès des végétalistes.

— Les végétalistes ? répète Noctis d'un air intéressé. Qu'est-ce ?

— Les jeunes collabos que je vais éradiquer d'urgence, pour trahison envers la race humaine. Pour le reste, je contrôle la situation, l'ordre est en train de se rétablir. Dînons, un soir, après tout ça.

— Avec plaisir.

— En libérant les âmes, cher professeur, reprend Hermak en s'inclinant vers l'ours, vous avez donné un souffle nouveau à l'industrie nationale. Pour produire de l'énergie, à présent, on ne recycle plus les morts : on torture les vivants. L'humanité vous dit merci.

Il glisse un ongle entre deux dents, comme pour chercher l'inspiration, ajoute :

— Cela étant, si l'envie vous prenait de nous aider à reconstituer le Bouclier d'antimatière, une grâce présidentielle pourrait éventuellement sauver Brenda Logan. Je vous souhaite un bon procès.

Il s'engouffre dans l'ascenseur. Quand les portes se sont refermées, Lily Noctis se penche à mon oreille.

— Le jour où éclatera ma révolution, me rassure-t-elle, il sera le premier à passer sur la chaise électrique.

— Il fera court-circuit, laisse tomber Pictone, sans illusions.

Les soldats nous conduisent sur un sol en marbre jusqu'à une double porte à colonnades où l'officier tape un code. Le battant marqué « Haute Cour Martiale Suprême » s'ouvre sur une immense salle aux banquettes vides ornée de lustres en cristal, boiseries, portraits officiels. Une sorte de maître d'hôtel accourt pour nous faire signe de rester où nous sommes : il nous placera plus tard.

Trois juges sont perchés au centre, sur un podium verni. À leur droite, une guérite au sommet de laquelle trône un vieux à robe rouge et brushing. À leur gauche, un jeune timide en robe noire qui se ronge les ongles devant une cage en verre.

Mon cœur s'arrête. Assise sur un tabouret derrière les vitres pare-balles, Brenda est immobile, voûtée, les cheveux pendants, le regard au sol.

— Courage, murmure ma vieille voix intérieure.

La main de Lily Noctis se pose sur ma nuque. Je me dégage d'un coup d'épaule.

— Numéro 7, monsieur l'avocat général ? interroge la juge du milieu.

C'est une grosse dame surmontée d'une boule de cheveux teints. Elle est drapée de rouge elle aussi, mais avec les manches en fourrure blanche. Elle porte une dizaine de décorations, et elle est armée d'un marteau.

— Récusé, madame la présidente ! tonne le vieux brushé.

Sur l'écran géant qui leur fait face, un homme se lève, et quitte la table où siègent en longueur cinq autres personnes à l'air hagard.

— Jurée numéro 8 ! lance la présidente de la Cour suprême. Maître ?

— Je la retiens, bredouille faiblement le timide qui a l'air d'assurer la défense de Brenda.

— Mon général ?

— Je la récuse ! réplique le brushé.

Coup de marteau. Une femme entre deux âges quitte la table sans demander son reste. Les quatre numéros restants subissent le même sort.

— Bien, conclut la juge suprême, vous pouvez éteindre l'écran. Le jury populaire ayant été récusé par l'accusation, nous nous retrouvons par défaut dans le cadre d'une Cour martiale. La parole est à la défense.

L'avocat se lève brutalement, renversant un dossier. Le regard fuyant, le ton quasiment inaudible, il bredouille :

— Le temps que soit constitué un nouveau jury, Votre Honneur, puis-je solliciter un renvoi ?

— On rêve, répond le général en rouge.

La présidente confirme d'un coup de marteau.

— Dans ce cas, Votre Honneur, ayant été commis d'office dans le cadre d'un procès civil, j'estime que je ne suis plus en mesure d'assurer la défense de la prévenue.

— Pas de problème, maître, lui dit Son Honneur. Merci de vous être déplacé.

Il s'incline, ramasse son dossier et s'éclipse aussitôt par une porte latérale, sans un regard pour sa cliente.

Brenda a relevé la tête. J'essaie de capter son attention. Les traits tendus, elle fixe l'avocat général comme à travers la lunette d'un fusil.

— Bien, reprend la suprême en reposant son verre d'eau. La parole est au premier témoin de l'accusation, le médecin-colonel Flesch. Huissier, faites entrer.

Le type vêtu en maître d'hôtel nous écarte pour accueillir le responsable des vaccinations qui commentait la grippe V sur National Info. Le témoin s'avance jusqu'à la barre, fait le signe de Roue, jure de dire la vérité, et commence à déblatérer sur Brenda : à cause d'elle, vingt-quatre mille innocents ont déjà succombé au virus transmis par les arbres étrangers, et seule une peine exemplaire peut être à la hauteur de son crime contre l'humanité.

Brenda baisse à nouveau la tête. Coudes aux genoux, elle pose le front sur ses poings.

— Monsieur l'avocat général, des questions ?

— Non, Votre Honneur, j'ai eu ma réponse. Puis-je passer au réquisitoire ? enchaîne-t-il en regardant l'heure.

— Juste un instant. La parole est au témoin de moralité.

Le cœur en miettes, je fixe Brenda dans sa cage vitrée. Recroquevillée sur elle-même, le dos parcouru de frissons, elle n'a même pas senti que j'étais là. Ma grande blonde justicière et fantasque, bagarreuse et paumée, invivable et craquante. Mon top model au chômage, ma peintre inconnue, avec son corps de rêve à l'abandon et son talent sans autre fan que moi. Ma blessée rageuse que je regardais par ma lucarne, le soir, se passer les nerfs sur un punching-ball en le traitant de salaud. Ma solitaire forcenée qui partageait le monde des hommes en trois : les Tougs, les Trocs et les Trèms. Moi, je ne rentrais dans aucune catégorie. Tous les coups durs qu'elle avait reçus dans sa vie, les trahisons, les déceptions, les efforts pour rien m'avaient préparé le terrain : grâce aux Tout-Gris, aux Trop-Cons et aux Très-Mariés, j'avais trouvé ma place dans son cœur vide. Même si elle ne prenait pas mon amour au sérieux, il lui faisait du bien. Je l'entraînais dans l'incroyable, je lui demandais l'impossible et elle reprenait confiance…

Comment j'ai pu douter d'elle, lui préférer une manipulatrice en béton armé comme Lily Noctis ? Les charmes du pouvoir, de la séduction maléfique, de la flatterie… C'est un signe de maturité, au fond : je me suis fait avoir comme un homme. Comme mon père.

Brenda redresse la tête, m'aperçoit. Elle sursaute, esquisse un geste pour que je me sauve, puis elle découvre la ministre à mes côtés. Ses coudes retombent sur ses cuisses. Elle est épuisée, vidée de son énergie. Elle est déjà ailleurs, en avant de ce procès au verdict connu d'avance, résignée à son sort. Je lui montre un poing serré pour lui redonner le moral. Elle me répond par un pâle sourire, en secouant la tête. Elle se dit que c'est la dernière fois qu'on se voit.

Que lui répondre dans mes yeux ? Je lui envoie des images mentales, comme je le fais avec Pictone. Je lui montre notre avenir, toutes les belles choses qui nous attendent si on y croit. Regarde, Brenda, je te sors de ta cage en verre et, dès que je suis mineur émancipé, je t'épouse, on vit très heureux et on n'a pas d'enfants. Juste un ours en peluche, un vieux mort adopté qui nous facilite les choses de la vie quotidienne. Tu peins toute la journée des tableaux magnifiques et moi je les vends ; partout je t'organise des expos, tandis que Pictone influence les critiques d'art et les acheteurs. Il faut dire qu'on a réconcilié la végétation et les hommes, grâce à tes toiles magiques qui ont arrêté la guerre et valent maintenant une fortune. Du coup, avec tout l'argent qu'on récolte, on parcourt la planète à la recherche des quelques humains qui ont survécu à la Première Guerre mondiale des arbres, il y a cinquante ans. Et on leur dit qu'ils peuvent sortir de leurs cavernes car l'air est redevenu respirable, et on fait repartir l'histoire de l'humanité, tous les trois, loin des États-Uniques où la révolution de Lily Noctis n'aura fait que changer quelques têtes… Tu veux bien, Brenda ? Tu veux bien rêver cette vie avec moi ?

— J'ai dit : la parole est au témoin de moralité !

— C'est toi, me glisse Noctis à l'oreille.

La juge suprême et l'avocat général me fixent avec une impatience méfiante. Je m'avance jusqu'à la barre en métal, où l'huissier m'invite à faire le signe de Roue et à prêter serment.

— Répétez après moi : « Maître du Jeu qui êtes aux cieux, je jure de dire la vérité, toute la vérité, rien que la vérité. »

Je le jure, pour faire homologuer les mensonges que je vais dire.

— Sur demande expresse du gouvernement, articule d'un air pincé la suprême, la Haute Cour accepte d'entendre le témoignage d'un mineur qui se dit impliqué dans les faits. La parole est à la défense.

Elle se tourne vers la chaise vide, puis vers l'avocat général.

— En l'absence de questions de la défense, l'accusation peut interroger le témoin.

L'avocat général me toise comme une crotte de pigeon sur sa voiture, me demande de décliner nom, âge et qualité. Je prends mon courage à deux mains, j'assieds l'ours en peluche sur la barre, et je décline :

— Pictone Léonard, de l'Académie des sciences, inventeur du Bouclier d'antimatière et de la puce cérébrale, quatre-vingt-huit ans, décédé, en séjour dans cette peluche qui m'appartient.

— Et vous êtes ? s'informe la juge suprême.

— Drimm Thomas, treize ans moins le quart, collégien. Je lui sers de traducteur.

La juge se tourne vers son collègue de droite qui esquisse une moue d'un air réservé, puis vers celui de gauche qui dort. Elle repasse la parole à l'avocat général.

— Si j'ai bien compris, mon garçon, se rengorge le vieux brushé, vous prétendez que votre peluche renferme l'esprit du professeur Pictone. Pouvez-vous le prouver ?

— Oui, mais y a que moi qui l'entends.

— Pouvez-vous le prouver ? répète-t-il, implacable.

— Il porte un slip jaune à bandes vertes, me glisse Pictone.

D'une voix neutre, je décris la pièce à conviction. La juge tourne un sourcil interrogatif vers l'avocat général, qui lui oppose un visage impénétrable. Il a peut-être oublié la couleur. Quoi qu'il en soit, ça m'étonnerait qu'il retrousse sa robe pour vérifier le bien-fondé de mon témoignage. Pictone aurait pu trouver une autre preuve.

— Mon général ? insiste poliment la suprême.

— Objection ! aboie-t-il.

— Retenue. Monsieur Drimm, au prochain incident de ce genre, vos parents seront poursuivis pour outrage à la Haute Cour. Veuillez préciser la nature des relations que vous eûtes avec feu le professeur Pictone.

Je prends ma respiration et je lâche d'un trait :

— C'est lui qui m'a obligé à détruire le Bouclier d'antimatière, pour que les âmes puissent quitter la Terre au lieu d'être recyclées en source d'énergie. Et il m'a forcé à engager Brenda Logan comme majeure pour qu'on me prenne au sérieux, parce qu'elle est médecin et qu'on ne m'aurait pas cru, sinon.

La sous-juge à droite de la suprême ajoute une note sur le papier devant elle. Vu son air distrait, ça doit être la liste de ses courses.

— Et pourquoi vous, jeune homme ? reprend sa patronne. Qu'avez-vous de si spécial pour qu'un scientifique d'un tel renom vous confie ce genre de mission ?

— Je l'ai tué sans le faire exprès, Votre Honneur, avec mon cerf-volant.

— Le jury appréciera, soupire l'avocat général en se tournant vers l'écran éteint.

Je lui précise, au cas où il n'aurait pas bien compris, que Brenda Logan est innocente et que, bon d'accord, il y a mes empreintes sur le bouton rouge qui a détruit le Bouclier, mais le seul responsable est cette peluche hantée par le professeur Pictone.

— Vous plaidez donc la folie passagère, conclut la juge suprême.

J'accuse le coup, me tourne vers Lily Noctis. Elle a disparu. En un quart de seconde, je comprends que je me suis fait avoir. Son but n'était pas que je libère Brenda : elle voulait simplement se débarrasser de moi. Mineur ou non, si je suis fou, on ne me laissera pas repartir.

— Je te l'avais dit, ronchonne Pictone à l'arrière de mon crâne. Dès que je te signale un piège, tu fonces dedans.

Je croise le regard de Brenda. Elle se mord les lèvres en secouant la tête, effondrée pour moi. Je la rassure comme je peux, à travers la vitre qui nous sépare. Une condamnation, c'est au moins une chose qu'on partagera.

— D'autres questions, monsieur l'avocat général ?

— Non. Nous avons perdu assez de temps, Votre Honneur.

La suprême donne un coup de marteau.

— J'ordonne que le témoin soit livré aux autorités médicales pour examen psychiatrique. Quant à l'accusée Brenda Logan, elle est déclarée coupable de tous les chefs d'accusation, et condamnée à la peine de sort. Huissier, veuillez accomplir la sentence.

Un pan de mur coulisse, découvrant une grande roue multicolore que l'huissier actionne d'un mouvement solennel.

— Maître du Jeu qui êtes aux cieux, récite la juge en arrondissant les bras, nous vous confions le destin de l'accusée. Que la Justice immanente fasse son œuvre !

Tous les regards fixent les cases triangulaires qui défilent devant l'aiguille géante : 10, 20, 30, 50, 100, 200, Chaise électrique, Acquittement…

Les doigts crispés sur la patte arrière de Pictone, je guette le moment propice pour me ruer hors de la salle. Ce n'est pas dans une camisole de cinglé que je pourrai faire quelque chose pour Brenda.

— Attends, conseille la voix, ce n'est pas le moment. Je ne peux pas t'en dire plus, mais bientôt les circonstances vont t'aider.

L'aiguille tressaute de case en case, la grande roue ralentit, hésite entre Sursis et Non-lieu, se stabilise sur 10, revient à la case précédente et s'arrête. Cinq ans de prison ferme.

L'avocat général se dresse d'un bond et rugit :

— Le parquet fait appel !

Machinalement, je regarde les lames du plancher. Mais ce n'est pas la voix du bois qu'il entend ; c'est lui qui, au nom de sa corporation, exige une condamnation plus lourde.

— Relancez la roue, soupire la juge suprême.

L'huissier est sur le point d'obéir lorsque la double porte s'ouvre avec fracas. Une cinquantaine de jeunes envahissent la salle en hurlant.

— Les végétalistes ! crie le troisième juge qui s'est réveillé en sursaut.

La bave aux lèvres, le visage couvert de poils verts, ils balancent les bras autour d'eux comme des lianes pour enserrer le cou des gardes qui poussent des cris, tirent dans le tas. Des soldats sous masque intégral surgissent avec des pulvérisateurs, gazent à bout portant les mutants qui s'abattent l'un après l'autre. Atterré, je les regarde se tordre de douleur sur le sol, essayant d'arracher les poils de leur visage. D'autres déboulent en renfort, s'agrippent aux masques des soldats qui lâchent leurs pulvérisateurs sous la toux et les éternuements.

Les juges, l'avocat général et le médecin-colonel se sont enfuis par la porte de service. Je bondis sur le podium de la suprême, attrape son marteau et me précipite vers la cage en verre que j'essaie de briser de toutes mes forces.

— C'est de la vitre blindée, crétin ! braille l'ours dans ma tête. Utilise tes pouvoirs, pas ta force !

Je m'immobilise, le marteau brandi. Réfugiée à l'autre extrémité de la cage, Brenda fixe sur moi un regard désespéré. Je tourne les yeux vers le mécanisme d'ouverture, un digicode. J'essaie de pénétrer ses circuits intégrés, de percer la combinaison. Les chiffres tournent et défilent dans ma tête. Je n'ai qu'à les laisser faire ; à un moment leur assemblage ouvrira la porte…

Un choc terrible me fait rouvrir les yeux. D'un même mouvement, la forêt des mutants s'est précipitée contre la paroi de verre. Front collé, ils soufflent sur la vitre une haleine bruyante qui la recouvre aussitôt de buée – une buée verdâtre qui soudain fait fondre le verre comme une résine visqueuse. Brenda s'arrache du magma. Ils s'écartent d'elle, flageolant, agités de gauche à droite comme un champ d'herbes folles.

Le gaz pulvérisé par les soldats stagne en volutes rosâtres autour de nous. Les ados végétalisés tombent sur le côté, fauchés.

— C'est du Métanyx ! s'écrie Pictone. Le pire des herbicides, aussi toxique pour l'homme que pour les plantes ! Sors d'ici, vite !

L'ours s'accroche à mon bas de pantalon. Mes jambes mollissent, j'ai la tête qui tourne, mais une énergie décuplée se met à bouillir dans mes veines. J'attrape la main de Brenda, l'entraîne vers la sortie. Elle trébuche, sans force, me suit en zigzaguant au rythme de ma toux. Une alarme stridente emplit les couloirs et les escaliers du Palais de justice. Je m'arrête net devant les marches. Une fumée épaisse monte du hall, où les végétalistes échappés de leur procès ont mis le feu à des papiers, des dossiers, des robes d'avocat. Les lances à eau renversent les pyromanes qui s'enflamment en hurlant.

— L'ascenseur ! crie Pictone.

J'hésite. C'est déconseillé en cas d'incendie, mais on n'a pas vraiment le choix. Mon bras droit se met à gratter furieusement tandis qu'on s'engouffre dans la cabine. Je presse la touche du toit-terrasse, remonte ma manche. Le numéro de téléphone de Lily Noctis rougeoie sur mon avant-bras – comme une réaction de mes anticorps. A-t-elle voulu me livrer à la justice, ou bien organisé l'évasion de Brenda en permettant celle des végétalistes ? L'émeute et la violence de la riposte militaire vont-elles déclencher sa révolution ?

L'hélicoptère attend sur le toit, les pales tournant au ralenti, prêt à redécoller. La portière s'ouvre à notre approche. Les flammes et la fumée s'échappent par les fenêtres des étages inférieurs : impossible de revenir en arrière. J'aide Brenda à se hisser dans le cockpit.

Mais ce n'est plus Lily Noctis qui est assise à côté du pilote.

18

— Bonjour, Thomas Drimm. C'est ma demi-sœur que tu attendais, mais sois rassuré : elle n'a aucun secret pour moi. Sa petite révolution est sous contrôle avant même d'avoir vu le jour. Ce qui ne nous empêche pas elle et moi, chacun dans son style, d'être doublement à ton service.

Paniqué, je croise le regard de Pictone accroché à ma jambe. Il ne bouge pas. Aucun message d'alerte dans ma tête. Brenda, à bout de résistance, s'est affalée sur un siège. Olivier Nox fait un geste au pilote et l'hélico décolle.

— Votre retour parmi nous s'est bien passé, professeur ? Si j'en crois le message que vous avez transmis à Lily, nous allons être en mesure de calmer les arbres. « Pour enterrer la hache de guerre, il faut planter le Gland de la paix », c'est ça ? Je pense que j'ai ce qu'il vous faut.

Se tournant vers Brenda, il enchaîne :

— Je suis désolé qu'on vous ait infligé l'épreuve de ce procès, mais il fallait bien fournir un coupable à l'opinion publique. Votre évasion n'est pas qu'un rebondissement médiatique, je vous rassure. Ma demi-sœur voulait mettre à profit votre énergie révolutionnaire ; moi, plus prosaïquement, je vous offre la chance de vous racheter.

Brenda glisse un regard éteint vers moi. Je l'interroge en silence. Elle détourne les yeux vers Nox, et abaisse les paupières en signe de soumission.

L'hélico survole la Colline Bleue, se pose dans la cour d'honneur du ministère de l'Énergie. Cinq minutes plus tard, assis tout seul face à trente chaises, on me sert un goûter somptueux dans la salle à manger officielle. Mais je ne peux rien avaler, complètement noué.

Brenda me rejoint au bout d'un moment, douchée, parfumée, peignée, l'air toujours à bout de forces. On se regarde, moi entouré de mes gâteaux préférés et elle vêtue de vêtements neufs, dans sa taille et son style. Tout était vraiment prévu, mis en scène, décidé d'avance. Même nos réactions. Y avait-il un plan B, si je m'étais dégonflé, si Brenda avait craqué ?

— Ce n'est pas à moi de te répondre, fait Pictone au milieu de mes pensées. Mange un éclair au chocolat, au moins. C'était mon péché mignon.

Je pousse le chariot des pâtisseries vers Brenda, qui fait non de la tête. On tape à la double porte qui s'entrebâille. Une hôtesse nous informe que le ministre nous attend.

Elle nous conduit au sous-sol, dans une immense salle de contrôle où des centaines d'écrans surveillent les quatre coins du pays. Après avoir pris de nos nouvelles, Olivier Nox nous désigne, insolite au milieu des consoles de commandes hypersophistiquées, un petit pot en terre cuite.

— J'imagine que c'est de cela qu'il s'agit. Avant de mettre fin à ses jours, mon regretté prédécesseur Boris Vigor avait exaucé le vœu de sa fille Iris. Devant moi, il a solennellement planté un gland dans ce pot pour effacer son crime contre la forêt. Pensez-vous qu'il faille aller plus loin, dans l'esprit de ce geste symbolique ?

Les idées s'imbriquent à toute allure dans ma tête. Faire semblant de me laisser manipuler pour emmener la manipulateur où je veux. Le conseil de Pictone trouve son application, sa jonction immédiate.

— Je sais où il faut le replanter, monsieur le ministre.

Mon regard plonge dans les yeux d'Olivier Nox, et j'enchaîne, en reprenant les mots qu'il a prononcés hier dans l'appartement de Brenda :

— L'Arbre totem.

Il me fixe avec une ombre de sourire. Il pense m'avoir amené plus vite que prévu à la conclusion qu'il souhaite. Pour le conforter dans son erreur, je me tourne vers Brenda :

— Le grand chêne que tu as peint, au milieu de la station-service. C'est lui, le chef de guerre. L'émetteur central. Celui qui envoie ses ordres d'attaque au monde végétal.

Brenda me regarde, abasourdie. Je renonce à la tentation de lui adresser un signe de connivence. Dans l'état d'épuisement nerveux où elle est, sa réaction risquerait de me trahir auprès de Nox.

— Attends, Thomas, bredouille-t-elle. Cet arbre, je l'ai inventé. C'est un fruit de mon imagination, c'est tout.

— Et si c'était le contraire ? S'il t'avait envoyé son image, lui, pour entrer en contact avec toi ? te convaincre de détruire le Bouclier d'antimatière, pour qu'il puisse contaminer nos arbres ?

Elle secoue la tête, suffoquée par ma mauvaise foi, sans même avoir la force de protester. Je la comprends. Avec tous les efforts qu'on a déployés,

Pictone et moi, pour la contraindre à nous servir de complice, je suis quand même gonflé.

L'air de rien, je demande à Nox :

— C'est possible de vérifier s'il existe en vrai, cet arbre ?

Le ministre de l'Énergie aspire l'intérieur de ses joues, fait signe à un technicien qui aussitôt manœuvre sa console. Sur l'écran central, la Terre apparaît vue d'un satellite. Un zoom avant fulgurant nous projette au cœur d'une forêt qui recouvre des autoroutes et des villes, jusqu'à deux gratte-ciel envahis de lierre encadrant une station-service dévastée où un grand chêne a poussé entre les pompes à essence.

— C'est dingue, balbutie Brenda.

— Nous avons scanné votre tableau et introduit les données dans l'ordinateur central, explique Nox. Ce que vous appelez le « fruit de votre imagination » provient bien de cet arbre, non ?

La photo de la toile de Brenda apparaît sur l'écran voisin. Le décor, la forme du chêne, les pneus passés à ses branches : tout concorde.

— Bravo, prononce Pictone dans ma tête.

Je retiens un sourire de victoire. Je suis bien allé dans la direction où Nox voulait m'entraîner. Et sa réaction confirme que j'avais raison : Brenda est juste un canal de transmission involontaire.

— Enfin, c'est impossible ! se défend-elle en montrant du doigt l'ours que j'ai posé sur une chaise. Il disait que le Bouclier d'antimatière bloquait la diffusion des ondes électromagnétiques !

— Il faut croire que les images mentales n'obéissent pas aux lois des ondes, soupire Nox. Les artistes reçoivent leur inspiration par des chemins que nous ne savons pas condamner.

— Mais pourquoi c'est tombé sur moi ? gémit Brenda, les mains sur les tempes.

— Vous êtes une peintre médium : vous captez, vous restituez, vous diffusez. Le Chêne de guerre ne pouvait rien transmettre aux arbres de notre pays, à cause du Bouclier : il vous a choisie comme intermédiaire. Mais ce n'est pas pour votre talent.

— C'est censé me rassurer ?

— Je veux dire : vous êtes attirante, révoltée, écœurée par le genre humain, formée aux arts martiaux, et psychologiquement vous occupez une position clé entre l'inventeur du Bouclier et son jeune assassin. Idéal pour servir la cause des arbres.

Elle soutient son regard, les mâchoires serrées.

— J'ai une question, monsieur Nox. Mon tableau n'est jamais sorti de chez moi. Comment vous avez fait pour le scanner ?

Le ministre s'incline de côté sur son accoudoir, se lisse le sourcil gauche en me regardant, comme s'il me laissait juge de la réponse la plus opportune.

— Je veux rentrer chez moi, articule Brenda avec une autorité froide.

— Officiellement, aux yeux de la justice, vous êtes en situation d'évasion, lui fait remarquer Nox. Le temps qu'on vous fasse bénéficier d'une amnistie pour service rendu à la Nation, la police a ordre de tirer à vue. Ce serait dommage. Ici, vous êtes en parfaite sécurité.

J'ajoute d'un air rassurant, comme si c'était un argument positif, que son appartement a été ouvert par la police secrète : ils ont tout saccagé et tout pris, sauf les tableaux.

— J'ai fait remettre une serrure et poser des scellés, complète Nox pour achever de la réconforter. Mais ce n'est pas un endroit digne de vous. Quand la paix sera revenue, vous aurez droit à un atelier d'État dans le quartier des artistes.

Elle ne réagit pas. Trop, c'est trop. On l'arrête, on la cuisine sous vide pendant des heures, on la juge en formule express pour la condamner à mort, on la fait s'évader à la faveur d'une boucherie végétale, et en échange on lui promet un atelier gratuit. Elle ferme les yeux et laisse aller sa tête contre le dossier. Nox en profite pour la dévisager avec une attention accrue qui me déplaît. Je lui demande où se trouve son Chêne de guerre.

— À Repentance.

Devant mon absence de réaction, il précise :

— La capitale de l'ancienne République populaire de Christianie.

— C'est loin d'ici ?

— Tu as l'air calé en géographie, dis-moi.

— Les pays morts, ça n'est plus au programme.

— Tout près de la frontière, au sud-ouest. Une heure et demie d'hélicoptère.

Sur un ton de naïveté assez convaincant, je demande pourquoi cet arbre veut détruire l'espèce humaine.

— C'est sa mission, répond Nox en se relevant pour arpenter la salle de contrôle. Quand les guerres de religion ont dévasté la planète, il y a cinquante ans, les seuls guides spirituels qui ont tenté de restaurer la paix étaient les chamanes. Ceux qui connaissaient nos liens profonds avec le monde végétal et les moyens de communiquer avec lui. Ceux pour qui Dieu était la somme des relations d'intelligence et d'amour entre les quatre règnes : minéral, végétal, animal et humain…

Je l'écoute en me retenant d'acquiescer. Mon père m'a bassiné toute mon enfance avec ces histoires de chamanes. Quand il lisait pour le Comité de censure les livres de botanique à interdire, il m'avait même mis un cactus sur ma table de chevet. Il disait : « Il faut que tu apprennes à rêver avec la plante. » Tout ce que j'ai fait, à l'époque, c'est me piquer chaque matin en éteignant mon réveil.

— Les chamanes, poursuit Nox, ont rassemblé toute leur mémoire, tout leur savoir, tous leurs secrets, et les ont confiés au grand chêne de Repentance – le plus vieil arbre du monde. Lorsque l'Islamia a envahi la Christianie, tous les chamanes se sont fait exterminer, et leur Arbre totem a été abattu. En mourant, il a émis le signal de destruction de l'engeance humaine, que tous ses congénères ont relayé.

D'un geste las, il désigne le tableau de Brenda qui est resté affiché sur le moniteur.

— Après l'extinction des Islamiens et des Christianais, il a repoussé au milieu de cette station-service. Il est deux fois plus grand que son âge, et il a gardé toute sa mémoire, sa programmation, son influence funeste que seul pouvait arrêter notre Bouclier d'antimatière.

Mentalement, je demande si tout cela est vrai. Cette version n'a rien à voir avec le flash-back que m'a projeté l'If d'Éden. Pictone ne répond pas. L'ours en peluche gît de côté sur sa chaise, inerte, et la pensée du savant est absente de ma tête, évaporée ; je ne ressens plus rien. Il doit être occupé ailleurs, ou en train de se « réinitialiser », comme il dit. Fermé pour inventaire. Je me tourne vers Brenda qui lutte contre le sommeil dans son fauteuil. J'ai vraiment une fine équipe, là.

Revenant vers le ministre, je montre du menton avec une moue sceptique le pot en terre cuite sur la console.

— Et vous pensez que ce gland-là a les moyens de neutraliser le Chêne de guerre ?

— C'est ton spécialiste qui l'affirme, répond Olivier Nox en désignant la peluche avachie. Moi, je fournis le matériel, c'est tout. Dans la situation où nous sommes, aucune solution ne doit être écartée. Quand pourrez-vous partir ?

— Pardon, mais pourquoi c'est à nous d'aller planter ce gland ?

Le ministre de l'Énergie pousse un long soupir en se tournant vers Brenda qui a piqué du nez.

— L'Arbre totem a créé un lien avec ton amie. Il a ouvert un canal qui est l'unique chemin pour lui répondre. Mlle Logan a réactivé son influence en le peignant, et toi, tu as subi cette influence à travers le tableau ; vous seuls pouvez la désactiver.

Il prend le pot dans sa main gauche, creuse légèrement la terre par un mouvement circulaire de l'index droit, comme pour permettre au Gland de la paix de mieux germer. Puis il enchaîne :

— Je faisais fausse route, hier soir chez Brenda, quand je t'ai dit qu'il fallait détruire ce chêne. Il renaîtra sans cesse, encore plus fort et déterminé, chaque fois qu'on le coupera. Ton père a raison.

Je sursaute.

— Vous avez parlé à mon père ? Vous étiez à la réunion de cette nuit ?

— Bien sûr. Il faut toujours prendre l'avis des experts.

Le malaise revient dans mon ventre. J'hésite à dénoncer sa demi-sœur, à lui dire comment elle a réussi à détourner mon père pour son usage personnel. Mais si Nox est au courant, voire s'il est complice, ce n'est pas comme ça que j'en apprendrai plus, que je saurai si c'est juste un jeu, une histoire de coucherie en passant, ou une stratégie dirigée contre moi.

— L'Arbre totem se nourrit de la cruauté qu'il subit, poursuit le ministre comme si de rien n'était. Ce n'est pas par la violence qu'on peut agir sur sa programmation. Uniquement par l'émotion. L'émotion la plus positive, la plus puissante dont un être humain soit capable. L'amour fou d'un père qui se sacrifie pour son enfant. Tu ne crois pas ? Rien de tel pour rappeler à un arbre que l'homme n'est pas qu'un parasite dangereux.

J'acquiesce, une boule dans la gorge. Autant j'éprouve une certaine excitation à me mesurer à lui lorsqu'il est cynique, autant il me perturbe et m'anesthésie quand il joue les gentils. Je ne sais plus sur quel pied danser. Exactement comme avec sa demi-sœur. Sauf que, dans le cas de Lily Noctis, j'arrive à identifier le problème : je suis obsédé par les femmes au-dessus de mes moyens, et c'est normal que je me retrouve à découvert. Lui, en revanche, je ne sais vraiment pas où il va puiser le trouble qu'il m'inspire.

Je me dérobe à son regard attentif, qui semble percevoir en direct et savourer tous les cas de conscience que je me pose. Les yeux plissés, il insiste en me tendant le pot en terre cuite :

— L'amour tout-puissant d'un père pour son enfant perdu… Non ?

— Je ne sais pas.

— Montre-toi le digne héritier de cet amour. En plantant ce gland au pied du Chêne de guerre, réactive la charge émotionnelle de Vigor lorsqu'il a voulu réparer son crime contre les arbres.

Une fois encore, j'essaie d'attirer l'attention de Pictone pour qu'il me dise ce que je dois penser de ce discours, mais rien. Volontairement ou non, il me laisse me débrouiller seul. Faire le tri des intuitions et des a priori, me forger une opinion, arrêter mon choix et prendre mes responsabilités. Moi qui me plaignais de traîner son fantôme comme une casserole, voilà que je me retrouve bien plus alourdi qu'allégé par son absence. Même si c'est pour mon bien, pour m'aider à voler de mes propres ailes. Être émancipé par un mort, je ne pensais pas que ça serait si dur à vivre.

J'attrape le pot en terre cuite. À quoi bon reculer, et pour aller où ? Je soupire, admirable et résigné :

— On est partis.

Olivier Nox entérine ma décision d'un haussement de sourcils, avale son sourire et allonge le bras pour grattouiller mes cheveux. Le contact me glace de la tête aux pieds.

— Je pense qu'auparavant, une bonne nuit de sommeil ne sera pas de trop, murmure-t-il en contemplant mes équipiers hors service.

Il plonge sa main dans la poche de sa veste noire à liseré vert, me tend une carte à puce portant les couleurs et la devise des États-Uniques : rouge, noir, Passe et Manque.

— Je ne loge pas au ministère : les appartements privés de l'aile droite sont à votre disposition. Pour ceux qui aiment la déco d'inspiration sportive, mon prédécesseur avait fait des merveilles.

J'ai dissimulé de mon mieux la décharge d'adrénaline que j'ai reçue en refermant les doigts sur la carte magnétique. Si Pictone est devenu inopérant, peut-être que je pourrai rapatrier sur Terre, dans ses appartements privés qu'il aimait tant, l'esprit de Boris Vigor. Si ça se trouve, c'est lui seul qui a les moyens de m'aider. J'ai l'impression que Pictone a fait son temps : il n'est plus en phase avec moi, il ne correspond plus à mon évolution ni aux événements qui m'attendent. À chaque étape de la vie, il faut sans doute changer d'ange gardien.

— Mais si jamais tu te ravises, enchaîne Olivier Nox en me regardant empocher sa carte d'accès, un chauffeur est à ta disposition pour te conduire où tu veux, chez tes parents ou…

— Chez moi ! beugle soudain la voix de Pictone entre mes oreilles. Chez ma veuve ! Tout de suite !

Non mais ça va, là. Il fait le mort quand je l'appelle au secours, et il revient dès qu'il a besoin d'un moyen de transport. Nos rapports vont rapidement se dégrader, s'il continue comme ça. Par une série d'images mentales violentes, je lui rappelle qu'il n'est qu'une peluche déterrée que je peux très bien aller réinhumer dans le premier terrain vague venu.

— Quand vous serez prêts à partir, demain matin, reprend Nox, tu commanderas l'hélicoptère au numéro que tu trouveras sur ton portable. Vous aurez l'escorte et le matériel nécessaires…

— 114, avenue du Président-Narkos-III, vite ! s'impatiente Pictone en gueulant de toutes ses forces dans ma boîte crânienne. Il faut que je parle à Edna !

Je fais celui qui n'entend pas. Sa femme est veuve depuis cinq jours : on n'est plus à une heure près. Imperturbable, je demande à Olivier Nox une faveur sur un ton d'ultimatum. S'il veut que je supervise son opération Gland, je veux d'abord qu'on libère et qu'on guérisse Jennifer Gramitz.

Sans réclamer de précisions supplémentaires, le ministre de l'Énergie transmet un code au technicien qui saisit les chiffres. Sur l'un des écrans apparaît un logo d'hôpital militaire, puis une mosaïque d'images d'où s'extrait la photo de Jennifer.

Je dois faire un effort pour ne pas détourner la tête. Sanglée sur un lit-cage, le crâne cerclé d'électrodes, elle a les yeux fermés, la peau semée de bourgeons à demi éclos. Un début d'écorce est en train de se former au coin de ses lèvres, et son front est couvert d'un duvet semblable à un semis de gazon.

— Ton père nous a recommandé son cas, murmure Nox. Je l'ai soustraite à la justice pour la confier à la médecine. Mais il n'y a rien à faire, hélas, à part la tondre ou la tailler. Elle est presque entièrement végétalisée, Thomas.

Je déglutis, pour essayer de retenir mes larmes devant cette vision de ma pauvre copine. Elle aura si peu profité de la beauté que je lui ai rendue. À peine trente-six heures. Et je ne l'ai même pas laissée me séduire.

— Je suis désolé, mon grand, reprend Nox d'une voix de condoléances. Le virus de la grippe V a muté d'une façon aberrante chez les jeunes de ton âge. Sans doute à cause de la puberté, cette révolution intérieure qui a amplifié le phénomène jusqu'à l'inconcevable : la modification génétique spontanée des cellules. Le vaccin par Antipoll s'est révélé totalement inefficace. Les médecins seront poursuivis.

— Et pourquoi je n'ai rien attrapé, moi ?

Il me fixe droit dans les yeux. Avant qu'il ouvre la bouche, je sais qu'il va proférer un mensonge, et je prépare déjà une réaction de crédulité.

— Il faut croire que ta puberté n'est pas encore commencée, Thomas. Ou que tu es immunisé naturellement. Ou que les arbres te protègent, parce que tu as su déchiffrer leur message, avant que ce message devienne toxique... Et ils ont besoin de toi pour déchiffrer la suite. C'est la théorie de ton père et, ma foi, pourquoi pas ? Le résultat est là : tu fais partie des 20 % d'ados qui résistent à la pandémie.

Je me contente de hocher la tête avec un air modeste. L'explication à laquelle je crois est moins flatteuse et bien plus inquiétante : c'est le vaccin qui a transmis le virus. Si je résiste à la pandémie, c'est que je ne suis pas vacciné. Mais je préfère garder cette hypothèse pour moi, parce que si ce n'est pas une erreur médicale, c'est une tentative de génocide sur ma tranche d'âge, un véritable adocide, et un membre du gouvernement ne peut pas l'ignorer.

Une idée affreuse me vient d'un coup en fixant ses yeux couleur de golf. Et s'ils étaient dès l'origine, sa demi-sœur et lui, les deux collabos en chef du monde végétal ? S'ils étaient envoûtés par les arbres pour déshumaniser l'espèce humaine ? C'est bien avant la destruction du Bouclier que le processus a débuté, en fait. On commence par nous contrôler avec les puces cérébrales, nous abrutir par le jeu obligatoire, le formatage idéologique, la peur omniprésente, la répression généralisée, l'interdiction de tout ce qui fait plaisir en dehors du bio, du beau et du bien-être, et on finit par nous transformer en légumes verts qui s'entre-tuent.

— Arrête avec ce genre de pensées ! ordonne Pictone dans mon cerveau. Je ne suis peut-être pas le seul à les entendre. Allez, chez moi, vite ! J'ai une urgence absolue !

Son ton finit par m'alarmer. Je me tourne vers le ministre et je lui commande une voiture. Avec une légère inclinaison du buste, un quart de sourire aux lèvres, sans même me demander la destination ni le bénéficiaire, il retrousse sa manche sur sa grosse montre multifonction, et il effleure une touche.

19

Une émotion décalée me ramène en arrière, tandis qu'on descend le perron du ministère. La limousine qui ouvre ses portières à notre approche, c'est la voiture personnelle du ministre de l'Énergie. L'Olive Pression II avec salon-bar et salle de sport. Celle-là même où, lundi, on a rencontré Boris Vigor, après le match de man-ball qu'il venait de perdre. Celle où mon ours lui a délivré le message posthume de sa fille Iris[1].

Le chauffeur demande où il doit conduire Mademoiselle et Monsieur, comme s'il ne nous connaissait pas. Il a changé de ministre, alors il a remis le compteur à zéro.

— 114, avenue du Président-Narkos-III, à Ludiland, merci.

La nuit tombe sur le couvre-feu. L'avantage des guerres, c'est qu'on roule mieux. Tout est lugubrement calme. Les arbres condamnés sur dénonciation nous regardent passer, marqués de leur étoile rouge. À une branche de tilleul est pendu un Toug en costume cravate. Son attaché-case lui a servi de tabouret pour se passer la corde autour du cou. Peut-être un

1. Voir *La fin du monde tombe un jeudi.*

amoureux de la nature, un objecteur de conscience. Un écolo qui ne voulait plus voir ça.

Il y a beaucoup moins de soldats dans les rues. Évidemment, si on a arrêté tous les ados pour cause de grippe, ça sécurise. Le seul véhicule qu'on croise dans le quartier des affaires, c'est la camionnette bleue du Dépuçage, qui va décrocher le pendu et récupérer sa puce. Même si ça ne sert à rien. Même si son âme a déjà quitté le pays, et ne produira pas d'énergie au service de la communauté. L'administration est lente à réagir : on ne va pas changer ses habitudes comme ça, du jour au lendemain, ni mettre au chômage technique tous les récupérateurs de puces. La vie continue.

Brenda dort à mes côtés, sur la banquette en cuir blanc. L'ours a toujours l'air vacant et Pictone se tait, concentré sur je ne sais quoi. J'ai renoncé à trier mes pensées. Mais je n'arrive pas à me détendre, à relâcher la pression pour récupérer. Comme si l'épuisement nerveux de Brenda et les interruptions de conscience de Pictone renforçaient mon énergie malgré moi. Tout l'espoir du genre humain repose sur mes épaules sans le savoir, et tout l'espoir du monde végétal aussi, peut-être. Sans parler des jeunes de mon âge dont je suis l'un des derniers spécimens en liberté, l'un des derniers qui ne soient pas devenus hybrides. Je suis de plus en plus certain qu'ils n'ont pas muté par accident. Tout ça sent le complot, l'expérimentation médicale, le tri sélectif. Mais c'est impossible à prouver.

J'ai beau m'accrocher de toutes mes forces à l'espoir que je représente, le doute gagne du terrain dans la solitude où me laissent mes deux compagnons. Avec, pour seule arme de combat, un gland dans un pot en terre cuite. À part ça, tout va bien.

La limousine traverse le quartier chic de Ludiland, la longue avenue bordant la plage du casino où l'élite du pays, par principe de précaution, a fait bâcher les arbres résidentiels, les haies, les massifs… Fantômes de végétaux qui attendent sous leurs linceuls que les riverains crèvent de peur.

La maison de Pictone est tout illuminée, avec une dizaine de voitures dans l'allée, dont un corbillard à l'ancienne. Des silhouettes en deuil passent derrière les baies vitrées avec des verres, des petits-fours, des mouchoirs. L'ours s'est dressé sur la banquette et regarde sa famille, ses invités. Alors c'était ça, l'« urgence absolue » dont il nous rebattait les oreilles ? Sa veillée funèbre.

— Attendez-nous, dis-je au chauffeur.

J'attrape la peluche par une patte arrière, et je sors violemment.

— Il se passe quoi ? bredouille Brenda, réveillée en sursaut.

Elle regarde autour d'elle. Je suis trop énervé pour répondre. Vraiment, on n'a plus les mêmes valeurs, les morts et nous. Je m'épuise à tenter de sauver mon pays d'une guerre suicidaire, et feu le professeur Pictone ne songe qu'à écouter le bien qu'on dira de lui autour de son cadavre.

— Tu as vu ce corbillard minable ? C'est n'importe quoi ! Et mes funérailles nationales ?

Je ne réagis même pas. La nation a peut-être d'autres priorités que rendre hommage au responsable officiel de la pandémie.

Je sonne.

— Pourquoi il nous ramène chez lui ? s'intéresse tout à coup Brenda. Il veut nous remettre des documents, des dossiers secret défense sur les arbres ?

— Ne rêve pas. Il vient se recueillir sur lui.

— Bon, fait-elle en s'adossant au pilier de l'auvent pour continuer sa nuit.

Au troisième coup de sonnette, un type à lunettes ouvre la porte, trente ans, méfiant, tête d'héritier. Il me jette à peine un regard, hausse un sourcil en dévisageant Brenda qui lui bâille au nez.

— Vous désirez ?

Je me retiens de lui dire que je rapporte l'âme de son défunt dans le plantigrade ci-joint.

— On vient voir Mme Pictone.

Sa bouche en cul-de-poule laisse tomber d'un ton à la fois dissuasif et prudent :

— Vous êtes ?

Brenda et moi échangeons un regard perplexe. Pour aller plus vite, je désigne la limousine au bout de l'allée. Il se tord le cou, aperçoit le fanion du ministère. Aussitôt il radoucit son visage tout en crispant son corps, dans le genre garde-à-vous servile de celui qui n'a rien à se reprocher. C'est pratique, les voitures officielles.

— Je suis le médecin du gouvernement, précise Brenda, dans un effort méritoire pour avoir l'air en forme. Je suivais le professeur pour raisons d'État. Condoléances.

— Merci, docteur. Louis L. Pictone, très honoré. Mais entrez donc. Mon grand-père est une grande perte.

— Faux cul, ponctue l'intéressé dans mon crâne. Et abruti, en plus. Il ressemble à sa façon de parler : radin, pressé, approximatif. Tout ce que j'aime.

On entre dans le grand salon envahi par une marmaille qui braille en s'arrachant des jouets. Un petit en short de deuil a découpé des ronds dans son masque antipollen pour se faire un loup de braqueur, et mitraille les autres avec une statuette en porcelaine, dont le socle fait office de canon.

— Le Ming ! s'affole l'héritier en désarmant vivement son rejeton. Et qu'est-ce que tu as fait à ton masque, Victor, tu es fou ? Victoria, change-le-lui, vite, il a troué ses filtres !

L'arrière-petit-fils ouvre la bouche pour hurler, stoppe net son caprice en découvrant la peluche dans ma main.

— Nounours ! glapit-il en me l'arrachant.

— Comme c'est gentil, me remercie son père. Ça va le calmer. Venez, ma grand-mère est en haut.

Je donne un coup d'œil hésitant à l'ours, que son descendant a transformé aussitôt en avion mitrailleur. Je le laisse en famille, et je rejoins dans l'escalier Brenda qui se fait cuisiner sur la grippe V :

— C'est vrai que Nordville est encore épargnée par la pandémie, docteur, comme le dit la télé ? Vous n'obligez pas votre grand garçon à porter un masque ?

— Les masques ne servent à rien, coupe-t-elle sèchement. La télé vous dira ce qu'il faut faire dans les heures à venir. Laissez-moi avec votre grand-mère : secret défense.

Il reste figé entre deux marches. Je le contourne et rejoins à contrecœur Brenda qui marche vers la chambre de Léo. J'ai beau être un peu remonté contre lui, j'appréhende de me retrouver devant sa dépouille. Je n'ai pas revu le corps depuis que j'ai tenté de le faire disparaître en mer, et ce n'est pas ça qui va me remettre le moral à flot.

— Madame Pictone ? murmure Brenda.

— Docteur Logan ! s'exclame la grande vieille aux cheveux bleus en jaillissant de son fauteuil. J'étais si inquiète ! Où est mon mari ?

Edna Pictone prend aussitôt conscience du caractère incongru de sa question. Vivement, elle se tourne vers la brochette de femmes qui veillent le corps avec elle, serrées sur une banquette dans l'ordre chronologique.

— Vous pouvez disposer ! ordonne-t-elle. Et n'allez pas dire à vos hommes que je perds la boule : je m'interroge sur le devenir de l'âme de mon époux, c'est tout, j'ai le droit, non ? Allez hop, retournez au buffet : je veux être seule avec notre médecin.

La brochette de robes noires se retire avec des acquiescements compréhensifs, qui s'achèvent en haussements de sourcils navrés pour prendre à témoin le corps médical.

— Beau rétablissement, se félicite Edna Pictone en me serrant la main. Ces rapaces ont décidé de me placer en maison de gâteux pour s'installer dans la villa : ce n'est pas le moment de leur donner du grain à moudre. Ça va, Jimmy ?

Vu le contexte, j'évite de lui rappeler que je m'appelle Thomas. Ça va, oui. Ça va mieux. À présent je comprends l'urgence dont parlait le défunt. Ce n'est pas la vanité qui l'a ramené ici, c'est l'amour. En tout cas, le besoin de protéger sa veuve contre ses orphelins.

Je me tourne vers le cadavre, étendu dans son costume d'académicien sur l'un des lits jumeaux. Restylé par des spécialistes après son séjour dans la mer, le professeur Pictone repose entre les cierges d'un air repu, les mains croisées sur le nombril, comme s'il faisait la sieste en fin de repas. Ça me décale vraiment de le revoir sous cette forme. C'est presque un étranger, pour moi, dans sa version humaine. En se croisant sur la plage du casino, dimanche après-midi, on s'est dit quoi, deux phrases ? « Ne joue pas au cerf-volant par un temps pareil, enfin, tu vas le déchirer ! » et « Monsieur, ça va ? », quand il s'est pris l'armature sur le crâne.

Je repense à toute la stratégie que j'ai déployée pour maquiller mon crime involontaire en suicide. Les galets dans ses poches, les ficelles tranchées de mon cerf-volant reliant ses chevilles à un bateau de pêche en partance... Grâce à quoi, pendant quatre jours, on a cherché en vain son corps pour le dépucer, pendant que son esprit apprenait à faire marcher mon ours.

— Où est Léonard ? répète sa veuve, angoissée. Vous l'avez amené, au moins ?

Je réponds qu'il est au salon. Elle se précipite vers le couloir.

— Madame, dit Brenda en la stoppant dans son élan. Je suis désolée de vous demander ça, mais je n'en peux plus. Je n'ai pas dormi depuis deux jours, mon appartement est sous scellés, et je viens de...

— Pas de problème, tranche Edna, vous êtes chez vous.

Et elle trottine avec sa canne vers l'escalier, pressée de retrouver la peluche qui lui a parlé d'amour, avant-hier, comme son époux ne l'avait jamais fait de son vivant[1].

Le temps de voir Brenda s'allonger sans manières sur le lit jumeau libre, à un mètre du cadavre, je fonce rejoindre la vieille dame qui vient de pousser un hurlement :

— Léonard !

Vacillant sur sa canne, elle dévale l'escalier aussi vite qu'elle peut, en direction de l'arrière-petit-fils

1. Voir *La fin du monde tombe un jeudi.*

qui est en train de faire du découpage dans l'ours en peluche. Je la double, me rue sur le môme à qui j'arrache les ciseaux, déclenchant les protestations de ses parents : pour une fois qu'il se tenait tranquille…

— Dehors ! hurle Edna Pictone en se cramponnant à la rampe en fer forgé. Partez, tous ! Léonard vous déteste, on ne veut plus vous voir ! Allez toucher son héritage, si vous avez les moyens : il ne laisse que des dettes. Et ne perdez pas votre temps à essayer de me mettre sous tutelle ou à l'hospice : je suis chez moi ! Il a vendu la villa en viager, vous m'entendez ? Un viager sur deux têtes ! Vous reviendrez à ma mort. Allez, ouste !

Les femmes et les enfants battent en retraite. Le petit-fils, avec une dignité meurtrie, suggère qu'en temps de guerre, on pourrait passer l'éponge. Il baisse la tête pour éviter la canne qui fracasse la statuette sur la cheminée.

— Le Ming ! hurle-t-il, épouvanté.

— C'est un faux, le rassure-t-elle.

La porte claque et le silence revient. La vieille dame descend les dernières marches, boite jusqu'à la peluche éventrée. Elle éclate en sanglots, la serre contre son cœur.

— Mon Léonard… Enfin tu es là !

Les mots se figent sur ses lèvres. Elle vient de découvrir les deux Tougs en gris foncé qui essaient de se faire oublier près du buffet, une assiette de mignardises à la main.

— Vous êtes qui, vous ? attaque-t-elle en cachant machinalement la peluche dans son dos.

— La mise en bière, madame, répond l'un des croque-morts d'une voix pudique, la bouche pleine. Il ne faudrait pas trop tarder non plus, avec le couvre-feu.

— Revenez demain.

— Mais, proteste l'autre, on a un créneau à respecter pour l'incinération… Avec la grippe, il n'y a plus de passe-droit.

— Je m'en fiche ! tonne la veuve. Je le garde ! Il est garanti trois jours, pièces et main-d'œuvre, m'ont dit les maquilleurs.

— Les thanatopracteurs, corrige le croque-mort en chef avec un genre de respect vexé.

— Je le garde cette nuit, j'ai dit ! Rompez !

Les pompes funèbres reposent leurs assiettes et s'en vont, avec un regard de regret pour le buffet plantureux à peine entamé. Dès que la porte s'est refermée, Edna ramène la peluche devant son visage.

— Vas-y, Léonard, tu peux me parler : on est entre nous. Ça va ? Ne t'inquiète pas, je vais te recoudre. Comme tu m'as manqué…

Par discrétion, je vais m'asseoir à l'autre bout du salon, devant la télé. Je remets le son. National Info diffuse un reportage sur le procès des végétalistes. Mais ça n'a rien de semblable avec ce que j'ai vu au Palais de justice. Ils montrent juste les ados mutants jugés dans une cage en verre comme celle de Brenda, puis transférés en douceur vers l'hôpital, avec le témoignage du médecin-colonel qui a bon espoir de les réhumaniser très vite en chambres stériles.

Pas un mot, pas une image sur leur tentative d'évasion, ni la riposte des militaires à coups d'herbicide, ni la manière incroyable dont ils ont réussi à libérer Brenda. On les fait passer pour des légumes sanguinaires, des meurtriers en puissance, des monstres irresponsables, mais moi j'ai vu leur humanité quand ils ont voulu sauver Brenda, j'ai bien senti qu'ils étaient toujours comme nous… Ou alors, c'était juste une illusion de sensibilité ? Comme dans l'expérience que m'a racontée mon père – ces plantes qui réagissent quand on ébouillante des crevettes vivantes à proximité, mais uniquement parce que ça les dérange à la manière d'une musique trop forte.

Sur le plateau des infos, le ministre de la Sécurité assure, avec la douceur convaincante des sadiques rassasiés, que la répression contre les adolescents n'est plus d'actualité : ce n'est pas ainsi qu'on pourra comprendre ni empêcher leur hybridation végétale.

— Les autopsies nous ont fourni suffisamment d'informations, conclut Jack Hermak en dépliant son sourire à cran d'arrêt. Place aux guérisons !

La caméra cadre en plan moyen le ministre des Espaces verts qui fulmine, sous-éclairé. Il bondit en voyant que c'est à lui.

— Quoi qu'il en soit, crache-t-il face public, les parents, les éducateurs et les thérapeutes doivent conduire immédiatement, dans l'intérêt de chacun et sous peine de prison, tous les mineurs au-dessus de dix ans, végétalisés ou non, à l'hôpital le plus proche de chez eux !

— Sans quoi, sourit son homologue de la Sécurité, il sera trop tard pour les sauver, les protéger contre eux-mêmes et préserver la vie des plus jeunes comme des plus âgés…

Je coupe le son, écœuré par ce cirque. Pourquoi passent-ils leur temps à jouer avec les nerfs des gens, à les rassurer puis à les affoler de nouveau par des mauvaises nouvelles aussi fausses, peut-être, que le sont les bonnes ? À nouveau, l'hypothèse que cette guerre des arbres est une manipulation humaine revient me prendre la tête. Mais ce n'est pas ici que j'aurai la réponse.

— Mange ! me dit Mme Pictone. On ne va pas laisser perdre.

Elle me dépose dans les mains une assiette débordant de petits-fours et canapés de toutes les couleurs.

— Toujours la guerre ? enchaîne-t-elle en éteignant la télé.

Je découvre soudain que je suis affamé. Je la remercie et je me mets à dévorer dans le désordre, du sucré au salé en passant par l'aigre-doux. Je trouve ça absolument délicieux. Le meilleur repas de ma vie.

— Pourquoi il ne me parle pas ?

Elle s'est assise dans le fauteuil à côté du mien, son mari déchiré sur le genou droit et sa trousse à couture sur le gauche. J'avale ma bouchée et je réponds :

— À moi non plus.

Ça ne la console pas, au contraire. Quand je pense à sa réaction, la première fois où je lui ai ramené son défunt sous forme de nounours ; la manière dont elle m'a claqué la porte au nez… Et puis la deuxième visite, avec Brenda, lorsqu'elle s'est mise à percevoir sa voix, parce qu'il lui apportait son cadeau d'anniversaire de mariage à titre posthume. Et je n'oublie pas le culot héroïque qu'elle a montré en identifiant à la morgue, devant la police, le corps d'un inconnu pour qu'il soit dépucé à sa place, et que l'âme de Léo puisse demeurer libre de nous aider jusqu'à la destruction du Bouclier.

Il y a chez elle autant de violence dans les situations de refus que dans le bonheur possessif, le sacrifice ou l'état de manque. Il n'a pas dû rigoler tous les jours, de son vivant.

— Réponds-moi, allez ! ordonne-t-elle en lui enfonçant l'aiguille dans le ventre. Je te mets du fil bleu, c'est toujours ta couleur préférée, j'espère. Hein ? Dis-moi quelque chose, allez… Au moins « oui ». Ou « bonjour »… Qu'est-ce qu'il y a ? Tu m'en veux d'avoir invité la famille ? Tu fais la gueule, c'est ça ? Tu es bien toujours le même.

Elle le reprise de plus en plus brutalement, casse le fil et laisse aller sa tête contre le dossier, fatiguée.

— Ne joue pas avec moi, Léonard, gémit-elle trois tons plus bas. Ils vont revenir te mettre en bière demain matin, et je n'aurai plus que cet ours... Restes-y, mon chéri, je t'en supplie... C'était si bon d'entendre ta voix sortir de ces lèvres en peluche..., de te voir bouger les pattes, de chercher ton regard dans des billes en plastique... Ne me laisse pas, Léonard. Ne pars pas avec ce corps qu'on va brûler... Je ne le supporterais pas. Je ne veux pas rester seule.

Elle plisse le front, se met à pleurer en silence. Devant son air désespéré, j'improvise :

— Quand on est mort, madame Pictone, il faut faire son deuil. Au début, on a le droit de s'attarder un peu, de rester avec ceux qu'on aime, mais après ça devient carrément dangereux. Il faut couper le cordon.

Elle s'est tournée vers moi, m'écoute en fronçant les sourcils.

— Dangereux ?

Je me lance, comme si son mari parlait à travers moi, et pourtant je n'entends rien. Rien que des mots qui me viennent du fond du cœur, comme si je les remontais d'une cave où je ne vais jamais :

— Il a trop de regrets, quand il est sur vos genoux... Quand il revoit sa maison, ses affaires, son cadavre, son bureau, vos bons petits plats... Et même ce qu'il n'aimait pas. S'énerver contre vos enfants, ça l'empêche d'évoluer dans le ciel, aussi... Il voulait absolument venir ici pour voir si on n'allait pas vous jeter à la rue. Mais vous êtes drôlement costaud, il est rassuré : vous n'avez pas besoin de lui pour vous défendre.

Elle tire un bout de mousse de la peluche éventrée, le caresse avec une infinie tristesse.

— Tu penses que, pour le salut de son âme, je dois lui lâcher les basques… C'est ça ?

— Un peu.

J'espère surtout récupérer pour moi tout seul le soutien et le savoir de son ex, mais en même temps je n'y crois plus vraiment. Et je sens que je n'en ai plus besoin. Pictone a fini sa mission : on doit lui lâcher les basques, comme elle dit, même si je ne vois pas trop ce que c'est. Il me faut d'autres protections, à présent. J'ajoute :

— Pensez aux beaux souvenirs que vous avez eus avec lui ; c'est comme ça que vous le retrouverez le mieux.

— Il n'y en a pas eu tellement, tu sais, des beaux souvenirs…, soupire-t-elle. Il faut être confronté à la mort pour comprendre à quel point on s'est gâché la vie pour rien. Sois heureux, toi, bonhomme ! ordonne-t-elle en retrouvant son ton normal.

Elle serre mon coude entre ses vieux doigts, ajoute avec un soupir en fixant le plafond :

— Et n'oublie pas d'être égoïste. Ne te sacrifie jamais à tes enfants, sinon tu le leur reprocheras toujours. Ne fais jamais passer la carrière de ton mari avant la tienne, les relations d'affaires avant l'intimité, le « comme-il-faut » avant le plaisir… Ne finis pas comme moi.

J'espère que j'ai encore un peu de marge. Mais je comprends ce qu'elle veut dire. Message reçu. Depuis combien de jours n'ai-je pas pensé à moi, à ce que je veux, à ce qui me fait du bien ? À force de faire passer le genre humain avant soi, on se perd de vue, elle a raison.

Je la regarde lisser du bout des doigts les balafres du vieux jouet mité, pelé, moisi par endroits.

— Tu me le laisses quand même ? demande-t-elle avec une timidité nouvelle. Mais je te promets : juste comme un doudou…

— On peut se partager la garde, dis-je sur un ton de conciliation, pour ne pas avoir l'air trop ému.

— Je t'aime.

Tout mon corps s'est crispé. La voix de Pictone a résonné comme un souffle. Un souffle chaud, léger, un écho prolongé dans ma boîte crânienne et mon cœur. Je ne sais pas si c'est pour moi ou pour Edna mais, dans le doute, je lui fais la passe :

— Je crois qu'il vient de dire qu'il vous aime.

— Merci, ajoute le souffle qui se répand dans tout mon corps à la manière d'une onde de joie.

La vieille m'attrape brusquement par la nuque et me plaque une bise brutale sur le front.

— Tu mens très mal, mais je te crois. Allez, hop, rentre chez toi. Ou dors ici, comme tu veux.

Un instant d'intense hésitation me fait flotter entre trois images. Brenda couchée là-haut dans le lit jumeau de la chambre mortuaire. Jennifer envahie de mauvaises herbes comme une tombe vivante à l'abandon. Et mes parents qui dînent tout seuls en face de ma chaise vide, croyant que je suis en culture de cellules à l'hôpital, isolé du monde pour le bien de l'humanité. Avec entre eux le secret pourri dont ma mère a déjà certainement capté la présence, si elle a quitté des yeux un instant sa télé. Cette autre femme qu'aime son mari, et qui est en train de détruire sa famille à coups d'avantages matériels et de lendemains qui chantent.

Où est ma place ? Où est mon devoir ? Où est mon urgence ? Et comment trouver le chemin de ce bonheur égoïste dont la vieille dame vient de me passer commande ?

— Je ne veux pas t'influencer, reprend Pictone dans ma tête, d'une voix de plus en plus lointaine. Mais si tu as besoin de moi ce soir, dépêche-toi, Thomas… Je ne pourrai plus revenir, ensuite.

Sa veuve se lève et retourne vers le buffet. Elle n'a pas pris sa canne. On dirait qu'elle marche mieux, depuis qu'elle s'est confiée. Je la regarde couper une grosse tranche de foie gras, disposer tout autour des éclairs au yaourt, des oiseaux farcis, de la dinde en gelée, des fruits confits, des cornichons et d'autres choses exotiques que je n'ai jamais vues.

— Je monte une assiette à la jeune femme, dit-elle. Ce n'est pas que je me méfie, mais Léonard était tout de même assez cavaleur. Remarque, je le comprends : entre mon aiguille à repriser et le sommeil d'une jolie blonde, il n'y a pas photo… En tout cas, ça me rajeunit d'être jalouse.

Elle se retourne vers moi avec un sourire décalé dans son visage aux rides noires et bleues, démaquillé par les larmes.

— Alors, jeune homme, pour cette nuit… Qu'est-ce que tu décides ?

SAMEDI

La troisième tentation

20

Ministère de l'Énergie, minuit

Dans la salle de contrôle, une vingtaine d'écrans clignotent avec un signal d'alarme en sourdine. Sur chacun, l'image d'une des centrales de conversion d'énergie réparties sur le territoire. Les techniciens s'activent sur leurs consoles, silencieux, précis, tendus. L'un des écrans redevient normal. Le sourire fier du responsable disparaît trois secondes plus tard, quand la centrale se remet en alerte.

— Ça ne vient pas des convertisseurs, madame. C'est un problème à la source.

— Je sais.

Lily Noctis, les jambes croisées dans le fauteuil de son frère, fixe sa montre dont le cadran lui diffuse ses propres images.

— Terminal d'Impairville en surtension, annonce une voix de synthèse. Risque 3, arrêt conseillé de la centrale dans quinze minutes.

— Dois-je valider, madame la ministre ?

— Attendez un instant. Affichez-moi l'unité de production correspondante.

Un écran vierge s'allume sur une mosaïque d'images.

— Tu reconnais ? murmure Lily Noctis en levant

les yeux vers mon point de vision. Pardon de troubler ton sommeil, mais tu es quand même concerné.

Elle retire une épingle de son chignon noir, et pianote sur le clavier miniature enchâssé dans le bracelet-montre. L'image de Jennifer sanglée sur son lit d'hôpital s'extrait de la mosaïque. Des lettres et des chiffres scintillent au coin de l'écran. L'épingle effleure une dizaine de touches, avec des tonalités harmonieuses. Jennifer bouge la tête, ouvre un œil.

— C'est ce que tu rêves de faire, Thomas, n'est-ce pas ? Fais-le, tu en as les moyens. Mais pas en rêve.

Au bout de quelques secondes, elle se retourne vers les techniciens et laisse tomber dans un soupir :

— Validez l'arrêt de la centrale.

La porte coulisse dans un chuintement, livrant le passage au ministre de la Sécurité et au médecin-colonel des vaccinations.

— Que se passe-t-il ? glapit Jack Hermak.

Il se radoucit aussitôt en découvrant Lily Noctis au fauteuil de commandement. Des pulsions contradictoires se reflètent sur son visage chafouin.

— Ah bon, c'est vous qui m'avez convoqué ? Votre frère n'est pas là ?

— Il n'est pas disponible, ce soir. Je le remplace.

— Je vois, sourit le nabot à moustache. Vous pratiquez le roulement, vous tenez vos ministères en alternance. Un jour vous êtes le Hasard et lui l'Énergie, et le lendemain c'est le contraire.

— Ça vous pose un problème ? s'informe-t-elle en retirant son épingle à cheveux du cadran de sa montre. Vous êtes le numéro trois du gouvernement, nous sommes les numéros un et deux. Je pense que ça répond à votre question, si c'en était une. Faites-moi le point sur les végétalistes.

Jack Hermak baisse les yeux, pour vérifier la brillance de ses chaussures.

— Nous avons un problème, soupire-t-il.

— Je sais.

Il relève la tête en direction des écrans qui clignotent, s'arrête sur la mosaïque de l'hôpital de Jennifer. Il écarte les bras en signe d'impuissance.

— Je ne comprends pas, Lily.

— Moi si. L'organisme de vos adolescents se révolte. Leur dominante humaine entre en conflit avec leur part végétale.

— C'est le but ! Sans conflit, sans chaos, il n'y a pas de production d'énergie !

— Oui, mais les transformateurs n'arrivent pas à la réguler. Dans trois centrales sur cinq, j'ai surtension, débrayage et rupture d'alimentation. Votre avis, colonel Flesch ?

— Ce sont peut-être les méthodes de production…, risque le médecin-colonel, qui avait réussi jusqu'à présent à se faire oublier.

— Mêlez-vous de vos affaires ! réplique Jack Hermak. Je torture les gens depuis trente ans ; je n'ai pas de leçons à recevoir d'un médecin ! Mais je reconnais les limites de la matière première, enchaîne-t-il sur un ton radouci à l'intention de la ministre. Déjà, avec les prisonniers de droit commun, complètement normaux, vous avez vu la difficulté pour fiabiliser les récupérateurs de souffrance…

— C'est pourquoi je vous ai suggéré d'utiliser l'énergie hybride, coupe Lily Noctis. Vous m'avez assuré que techniquement, ce serait d'un rendement très supérieur.

— Je vais virer mon conseiller technique, répond le ministre. Mais moi, ce que je dis depuis le début, c'est que nous faisons du bricolage ! La seule solution rationnelle, c'est de revenir au système précédent. C'est de reconstituer le Bouclier d'antimatière ! Nous avons récupéré l'âme de Pictone : je sais comment le forcer à coopérer. Il suffit de me confier Thomas Drimm ! La menace de la torture suffira à lui…

— Vous savez combien de temps et d'énergie il faut pour fabriquer la quantité nécessaire d'antimatière et la satelliser ? l'interrompt-elle. Pictone a mis dix ans, et à l'époque ce n'était pas un ours en peluche. Alors ne rêvez plus, Hermak. Nous avons développé une source d'énergie chaotique : stabilisons-la.

— Et de quelle manière ?

— Tuons ces jeunes.

Bouche bée, les deux hommes regardent la ministre qui a laissé tomber les trois mots sur un ton anodin, en ajustant une de ses mèches derrière son oreille gauche.

— Mais, balbutie le médecin, c'est… c'est…

Il s'interrompt, dépassé par l'ampleur du qualificatif qu'il cherche.

— C'est ?

— Mal, dit-il pour faire simple.

— Et alors ? sourit-elle. Le Bien procède du Mal.

— C'est surtout économiquement nul, fait remarquer Jack Hermak. Si nous faisons mourir tous ces jeunes pour fournir de l'énergie aux plus vieux, qui financera les retraites ?

— Les mêmes. Sur le plan énergétique, nous avons 80 % d'adolescents hybrides qui servent de fournisseurs, et 20 % qui seront consommateurs. Économiquement, c'est d'une logique et d'un rendement inattaquables. D'autant plus que nous avons sélectionné les meilleurs sur le plan génétique, social et financier. Ça ne changera rien aux ponctions pour les retraites.

— Il est vrai en outre, intervient le médecin pour racheter sa gaffe de tout à l'heure, que lorsque la vaccipuce est implantée, on lui transmet les ordres qu'on veut. Il suffit de modifier l'onde. Pour l'instant, on a unifié le signal pour tous les vaccinés, mais on peut augmenter, réduire ou supprimer l'hybridation. C'est très souple.

— Pardon de jouer les rabat-joie, fait Jack Hermak, mais je vous rappelle une simple évidence : si vous poussez l'hybridation jusqu'à tuer les fournisseurs, maintenant qu'il n'y a plus de Bouclier d'antimatière, leur âme nous échappera.

— Parce que pour vous, dit Lily Noctis d'une voix neutre, les végétaux ont une âme ?

Les deux hommes la fixent en silence. Elle poursuit :

— Si nous végétalisons entièrement nos ados avant de provoquer, disons, leur mort cérébrale, leur énergie restera captive et plus facile à réguler, non ? C'est le facteur psychosomatique qui nous crée de la surtension.

— Vous voulez dire, réfléchit le médecin, prudent, que leur âme partira, mais que les fonctions vitales seront maintenues au niveau de leur ADN végétal ?

— En tout cas c'est une expérience à tenter, il me semble.

Comme elle est numéro deux du gouvernement, ils s'inclinent devant sa suggestion par un acquiescement des paupières, qui ne laissera aucune trace en cas de ratage qu'elle tenterait de leur imputer.

— Démonstration, enchaîne-t-elle. Je vous donne un code au hasard. XX2B12K238.

La scène que j'observe en plongée se distord un instant, puis devient d'une netteté accrue. C'est le code de Jennifer.

— Vous pouvez mettre cette jeune fille en coma dépassé, là, tout de suite ? vérifie la ministre.

— Oui.

— Et vous pourriez la dévégétaliser ?

— Oui. Mais ce serait plus long.

— J'ai tout mon temps. Faites le test.

Elle lui indique un poste de travail. Le claviste se lève vivement pour lui laisser la place.

La langue entre les dents, les doigts raides, le médecin-colonel saisit des lettres et des chiffres que je m'efforce de mémoriser.

— Voyez, il suffit de renvoyer aux cellules de chaque organe la fréquence qu'elles émettent en conditions normales de fonctionnement. Ça supprime, de fait, le codage végétal qui crée l'hybridation.

— Finalement non, décide-t-elle en se tournant vers mon point d'observation. Nous verrons ça demain, à tête reposée. Merci de vous être dérangés, messieurs, dormez bien.

Ils se regardent, décontenancés, et prennent congé avec une froideur respectueuse.

— On ferme ! annonce-t-elle à la cantonade. Passez en mode automatique pour les délestages et coupures de courant.

Le personnel de la salle de contrôle s'exécute et se retire en moins d'une minute.

— Bien, soupire Lily Noctis en se laissant aller en arrière dans son fauteuil. Tu passes une bonne nuit, dans les draps de mon demi-frère ? C'est dommage que tu sois si près, à trois étages d'ici, et que tu ne puisses rien faire… Pourtant, là, mon p'tit chat, je t'ai donné tous les éléments qui te permettraient de contrecarrer nos plans. Quelle tristesse que tu ne saches pas t'en servir.

Elle promène la pointe de son épingle autour de ses ongles avec un soupir déçu.

— Ce n'est pas une franche réussite, jusqu'à présent, la formation permanente que tu suis dans ton sommeil. Nous faisons tout ce que nous pouvons, mais tu patines dans ton évolution, mon chéri, avec tous tes petits tracas amoureux. Au lieu de travailler tes pouvoirs, tu cultives ta vulnérabilité. Le versant lumineux qui t'affaiblit, malgré tous nos efforts… Il faudra bien qu'un jour tu te décides à réveiller en toi la part du diable, Thomas, si tu ne veux pas faire mourir tous ceux qui t'aiment. Eh oui, que veux-tu, ils nous font écran, nous voudrions bien t'avoir un peu à nous… Tiens, justement, j'ai une proposition à te soumettre.

D'un coup d'épingle à cheveux sur sa montre, elle fait apparaître mon père sur un écran de la salle, et ma mère sur un autre. Ils sont attablés devant la guerre télévisée, sans manger, sans rien dire, l'une absorbée dans ses amertumes et l'autre effondré par le bonheur adultère qui est en train d'empoisonner sa vie.

— Pauvre Robert… Avoir résisté à tous les échecs, toutes les répressions, toutes les désillusions, tous les délabrements… Je suis la seule bonne surprise de son existence, et contre cela il est sans défense. Totalement incapable de gérer la situation dans laquelle je l'ai mis. Coupable envers sa femme, désavoué par son fils, et il ne faut pas compter sur moi pour apporter du réconfort… Uniquement du désir et des obsessions. Tu connais. Donc, avec une prévision sur trente jours et un indice de confiance de quatre sur cinq, voilà ce que vous trouverez un matin au petit déjeuner.

Quelques effleurements d'épingle remplacent l'image sur l'écran de gauche. Mon père est couché sur son canapé-lit, bouche ouverte, regard fixe, une plaquette de cachets au milieu de ses bouteilles de scotch vides.

L'horreur de la vision brouille à peine l'image.

— C'est bien, Thomas, tu résistes. Il y a quelques jours encore, tu te serais réveillé en sursaut. Tu aurais eu tort, d'ailleurs, parce que j'ai un moyen d'éviter son suicide. Un seul, mais d'une efficacité absolue.

Elle marque une légère pause, puis reprend :

— Faire mourir ta maman dans son sommeil. Ça supprimera la culpabilité de ton papa, et comme tu n'auras plus que lui, ça lui remettra du plomb dans la tête. Si je puis dire.

Elle revient sur l'écran de ma mère, qui dort à présent en travers de son lit double.

— Je joue quatre notes sur la fréquence de sa puce, reprend Lily Noctis en caressant le clavier de sa montre, et vous êtes tranquilles. Elle ne souffrira même pas.

Les deux images alternent sur les écrans, avec une régularité de métronome.

— Je n'ai malheureusement pas d'autre option à te proposer, Thomas chéri. Laquelle choisis-tu ?

21

Je me réveille en sursaut. Il me faut plusieurs secondes pour me rappeler où je suis, comment j'ai atterri dans ce décor d'un luxe incroyable, au fond de ce lit géant de soie bleue que j'ai trempé de sueur. Il est minuit et demi sur le réveil digital.

Les souvenirs de la soirée me reviennent en vrac. Je les démêle en me levant, les raccorde, les remets en ordre. La veillée funèbre chez les Pictone, le buffet génial, le sommeil de Brenda dans la chambre du cadavre, mon retour en limousine au ministère, mon installation dans les appartements privés…

— Si Monsieur dort la fenêtre ouverte, m'a prévenu la femme de chambre d'un air épanoui, il a la commande des moustiquaires sur la table de chevet gauche, mais attention de ne pas coincer les feuilles.

J'ai regardé les saules immenses qui venaient caresser de leurs lianes le contour des fenêtres. Ils avaient des colliers antigrippe, avec détecteurs intégrés sous alarme pour abattage immédiat en cas de poussée virale, m'a-t-elle expliqué pour que je passe une bonne nuit.

— M. le ministre adore ses saules, a-t-elle ajouté en tapotant les oreillers avant de sortir.

Cette phrase banale m'avait causé un vrai malaise, réveillant les doutes et les soupçons sur Nox que je trimbalais depuis des heures. J'ai attendu quelques minutes, puis j'ai quitté les appartements privés, ma carte magnétique à la main. J'ai suivi le couloir décoré de portraits de la famille présidentielle, jusqu'à une double porte matelassée que j'ai essayé d'ouvrir, en vain. L'écran du lecteur affichait : « Non autorisé ». J'ai fait demi-tour, essayé la porte d'en face. Même réponse. Je n'avais accès qu'à l'ascenseur par lequel j'étais arrivé, manœuvré par un liftier armé.

Je suis revenu me coucher, et j'ai sombré quelques heures dans un sommeil gluant et vide. C'était trop nul d'être à deux pas de la salle de contrôle du ministère, avec le code d'accès à la vidéosurveillance de Jennifer, et de ne rien pouvoir tenter pour elle.

Une angoisse soudaine la chasse de ma tête. Mes parents. Pourquoi mes parents ? Pourquoi je pense à eux, d'un coup ? Ils me croient en observation à l'hôpital, au secret, sous la haute protection de la ministre du Hasard. Il n'y a pas de souci à se faire. Papa doit cuver son histoire d'amour et maman sa journée d'infos. Pourquoi suis-je si mal en les imaginant ? Je me sens anxieux, coupable, en colère.

J'attrape mon portable. Non, je ne vais pas les appeler. Si jamais ils sont aux mains de la police… On ne sait pas, tout est possible dans ma situation. Après tout, la justice recherche Brenda, elle habite en face, on nous a vus ensemble… Ou peut-être que mon père a des ennuis à cause de notre mission foireuse dans la Forêt interdite.

Je compose le numéro de mon chauffeur. Il répond à la première tonalité, le souffle court. Je lui demande si je le réveille. Il répond avec une autorité embrumée qu'il est là pour ça.

— Une course dans l'immédiat, monsieur ?

— Oui, Patrick, merci.

— Parfait, monsieur Thomas. Dans cinq minutes à l'entrée de l'AM.

Je raccroche. AM, ça doit être Accès Ministre. Voilà que le personnel me parle en code, à présent : je fais déjà partie de la famille. En cas de révolution, je suis cuit.

Je parcours cent mètres de moquette pour aller me passer un gant d'eau de Cologne sur le visage. C'est terrible, le pouvoir, comme on y prend vite goût. Sauf que ça ne diminue en rien les angoisses, et que ça en crée de nouvelles.

Le dîner est encore sur la table. Ils n'ont touché à rien. Je vois leurs visages tendus dans la direction de la télé, animés par les sautes d'image, les changements de lumière.

Un coup de vent fait rouler une boîte de conserve sur la chaussée, derrière moi. J'ai arrêté la limousine au coin de l'avenue, j'ai marché dans la rue déserte et je les observe par un trou de la palissade. C'est la première fois que je me dis que je les aime *ensemble.* Peut-être parce que mon père m'a blessé et que ma mère me touche – ce qui ne s'était jamais produit, je crois.

À quoi pensent-ils ? À la guerre qui les réunit devant l'écran, à mon absence, à la femme qui s'est introduite dans notre foyer ? J'essaie de deviner, sur leurs expressions variant avec l'éclairage des infos, si mon père a parlé ou non de sa liaison. Je ne le sens pas. Il a un mouvement vers sa femme, au moment de prendre son verre d'eau, un effleurement de son poignet qui la fait sursauter. Elle le regarde avec surprise, sans hostilité. Il détourne les yeux. Après quelques instants, il prend une grande inspiration. Pour se donner du courage ou de la lâcheté. Mais où est le courage, où est la lâcheté – dans le silence qui fait semblant ou dans l'aveu d'une vérité qui va tout casser ?

Je sors mon portable, appuie sur la touche 2. Mon père se lève d'un bond, renversant le verre d'eau, décroche.

— Thomas ? Ça va ?

— Oui, oui, je peux pas parler fort, j'ai pas le droit de téléphoner.

Ma mère jaillit de sa chaise, lui arrache son portable.

— Mon chéri, j'étais si inquiète… Qu'est-ce qu'ils t'ont fait, tu n'as pas eu trop mal ?

— Non, non, ils m'ont juste pris du sang, ils l'analysent, et ils m'injectent des trucs pour voir comment je réagis. Ils disent qu'ils sont contents.

— Et tu manges bien, c'est bon, tu es bien traité ?

— Super-luxe. Et vous, ça va ?

— Oui, mon chéri, les nouvelles sont bonnes. Les arbres n'ont plus fait de morts, les incendies ont réussi à stopper la progression de la grippe, ils disent qu'on pourra ressortir et mener à nouveau une vie normale d'ici quelques jours. Et ils ont trouvé un traitement pour guérir les végétalistes – grâce à tes anticorps, peut-être.

Je vois que les mensonges continuent à haute dose. Je lui demande de me repasser mon père. Elle m'embrasse, me remercie d'avoir donné des nouvelles mais me dit de n'appeler personne d'autre si je n'ai pas le droit : il faut respecter le secret défense. Elle ajoute qu'elle m'aime et qu'elle est fière de moi. Je réponds moi aussi, déstabilisé par la tendresse inquiète et faussement joyeuse que je sens dans sa voix. Elle tend le portable à papa. Et elle s'effondre sur la nappe, la tête dans ses bras croisés.

— Ta mère a raison : fais attention à toi, mon grand.

— Toi aussi. Fais attention à vous.

Je laisse passer un silence. Je le vois qui s'est crispé, les épaules remontées, rencogné sur le téléphone pour que son oreille étouffe ma voix. Je ne sais pas pourquoi j'ai dit ça. Pourquoi c'est si important, tout à coup.

— Oui, oui, répond-il pour me relancer en toute discrétion. Je vois ce que tu veux dire. Rassure-toi, je m'en occupe.

Mes lèvres tremblent. Je fais un effort terrible en ajoutant :

— Pardon pour ma réaction, papa, dans la forêt… Je m'y attendais pas, c'est tout, ça m'a fait peur… Je suis content si tu es heureux. Et c'est sympa d'avoir un secret, tous les deux. Mais ne fais pas de mal à maman.

— D'accord, mon vieux. Oui, oui, bien sûr, absolument.

— Je ne lui dirai jamais rien, si tu continues à faire semblant de l'aimer.

— Je ne fais pas semblant, Thomas.

Sa voix est nouée, presque inaudible. Il lui a tourné le dos, il est allé coller son front à la fenêtre pour qu'elle ne le voie pas pleurer. C'est moi qui ai droit à ses larmes. Sous l'éclairage du lampadaire de façade, il a pris dix ans, et en même temps il est comme un petit garçon. C'est la première fois qu'il me ressemble. Qu'il ressemble à celui que j'étais avant.

— Rien ne va changer, promet-il avec une douceur ferme. Ça ne sera que du bonheur en plus, tu verras.

Et c'était formidable, ce moment avec toi dans la forêt.

Pour éviter la contagion des larmes, je demande sans transition :

— Le Chêne de Repentance, ça te dit quelque chose ?

— Bien sûr ! Le plus vieil arbre du monde. Le rêve de ma vie, avec tout ce que j'ai lu sur lui… Mais il est en Christianie, hélas : on ne peut pas y aller. J'espère qu'il est toujours vivant.

— Pourquoi ?

Dans son dos, je vois ma mère qui lui fait signe de raccrocher. Elle montre l'heure à son poignet, puis joint les mains contre son oreille pour qu'il me laisse dormir.

— Ça serait un peu long de t'expliquer ça au téléphone, Thomas.

— Dis à maman que tu me racontes une histoire pour que je m'endorme, comme quand j'étais petit, parce que là, tout seul à l'hosto, j'ai quand même un peu les boules.

Il s'exécute, puis il passe dans la cuisine pour ne pas lui gâcher le son de la télé. Et là, debout contre ma palissade, j'entends un récit qui bouleverse tout. Ma vision des choses, mes hésitations, ma stratégie…

— Allô ? Tu es toujours là, Thomas ?

— Oui, oui. Tu parlais d'un rituel. C'est quoi ?

— Je n'ai pas la mémoire infuse, tu sais… Et les livres des chamanes ont tous été détruits. Mais ça commençait par… Attends… C'était une formule rythmique. Il faut que je demande à ta mère. Ça m'avait tellement marqué, à l'époque, que j'en rêvais toutes les nuits. Je chantais en dormant, ça la réveillait, et longtemps elle m'a fredonné la formule comme une espèce de… enfin, de clin d'œil dans l'intimité, entre nous. Je vais lui demander, ne quitte pas.

Je le vois revenir au salon, lui parler à l'oreille. Alors ma mère a une réaction qui me sidère. Elle se lève lentement, lui passe les bras autour du cou, et l'embrasse comme dans les films que je n'ai pas le droit de voir.

— Pardon, ç'a été un peu long, dit-il en reprenant la communication, cinq minutes plus tard. Elle ne s'est pas souvenue tout de suite.

Je souris de ce mensonge. C'est fou comme le bonheur peut se fabriquer à partir des ingrédients les plus glauques : la tromperie, la culpabilité, le gâchis, le désespoir… Le Bien procède vraiment du Mal. Je ne sais plus où j'ai entendu cette phrase, mais elle résonne avec une force qui m'envahit tout entier.

— Tu as de quoi noter ? demande mon père.

Je grave dans ma tête la formule qu'il me fredonne. Par sécurité, je lui demande de répéter et j'enregistre sur mon téléphone, avec une petite grimace. Il chante vraiment faux.

— C'est important, la musique ?

— Bien sûr. C'est aux vibrations mélodiques que les arbres sont sensibles, pas au sens des mots. Le sens est important pour celui qui les prononce, c'est tout. Pourquoi tu m'as demandé ça, au fait ?

— Pour rien, papa. Bonne nuit.

— Et… Thomas…

Il laisse passer trois secondes, puis me dit :

— Merci.

Avec une modulation chargée d'une intensité coquine qu'il croit être le seul à percevoir. Sur le même ton, je réponds :

— Pas de quoi.

Une franchise complice est passée dans nos voix, au-delà de nos cachotteries. Une connivence d'hommes qui le bouleverse autant que moi, j'ai l'impression. Il raccroche.

J'ai décidé ce que je devais faire. Reste à savoir comment m'y prendre.

L'illumination me vient en regardant la fenêtre de ma chambre, où la veilleuse est branchée comme si j'étais là.

22

Je me suis fait reconduire au ministère. À chaque poste de contrôle, les gardes m'ont salué une nouvelle fois, sans se lasser. Seul le vigile en faction devant l'ascenseur des appartements privés a marqué, au niveau du sourcil droit, une réaction de surprise en voyant une jambe en latex dépasser de mon sweat. Je lui ai dit bonne nuit d'un air naturel.

Une fois sorti de l'ascenseur, j'ai extirpé la figurine qui me faisait un faux ventre et je lui ai dit :

— Bienvenue chez vous, monsieur le ministre.

Boris Vigor n'a pas bronché.

Arrivé dans le grand salon blanc, j'ai déposé sur un immense canapé le jouet caoutchouté que m'avait offert ma mère pour mon cinquième anniversaire. Je me suis assis à ses pieds, et j'ai entrepris de le réanimer.

— Vous êtes là, Boris ? On est dans votre ancien ministère, j'ai devant moi votre figurine où vous vous êtes réincarné mardi, vous vous rappelez ? Ensuite ils vous ont dépucé, votre âme s'est retrouvée dans un convertisseur d'énergie et j'ai rangé mon Vigor dans un placard. Mais depuis qu'on a fait sauter le Bouclier d'antimatière, je suppose que vous avez retrouvé votre fille Iris dans l'au-delà et que tout va bien. Simplement, là, j'aimerais que vous reveniez un moment pour m'aider à sauver des milliers d'enfants comme elle. D'accord ?

Je reprends mon souffle, étudie la physionomie béate du grand rouquin débile en tenue de man-ball sous son costume ministériel. Rien ne bouge. Ce n'est pas gagné. Pourtant, j'ai clairement perçu un appel dans ma tête, devant chez moi, au moment où j'allais regagner la limousine. Un appel qui ne venait pas de Pictone. J'ai traversé le jardinet de boue en me cachant, plié en deux, j'ai escaladé la gouttière sans bruit jusqu'à ma chambre, et je suis reparti avec l'ancien ministre en caoutchouc.

— Boris, je suis d'accord pour faire la chose qui vous tient le plus à cœur : aller planter dans le meilleur des endroits symboliques le chêne que votre fille vous a demandé, mais il faut que vous m'aidiez, en échange. Est-ce que vous êtes au courant de ce qui se passe ? Est-ce que vous avez suivi les infos, de là-haut ? La grippe V, les vaccins, les végétalistes…

Aucune réaction à la surface du caoutchouc. C'est vrai qu'il n'a ni l'intelligence ni les connaissances de Pictone ; je me rappelle combien ç'a été laborieux, mardi, de lui apprendre à manœuvrer ce jouet qui est pourtant sa reproduction parfaite en modèle réduit. Laborieux, mais il y est arrivé. Je me suis dit : ce n'est pas le genre de choses qu'on oublie.

À moins qu'il n'ait pas le droit ni les moyens de revenir sur Terre, actuellement. Si Pictone, à son degré d'évolution, a été obligé de se « réinitialiser », comme il dit, j'imagine le boulot pour un neuneu comme Boris Vigor s'il veut se mettre au niveau. D'un autre côté, vu que la majorité des gens qui meurent sont des crétins, peut-être qu'il est le roi du monde, là-haut. Et que ça l'embête de redescendre, avec les mauvais souvenirs qu'il m'a laissés.

Saisi d'une inspiration, je prends le pot du gland et je l'approche de son nez, comme on fait respirer des sels à une personne qui s'est évanouie.

— Faut pas… faire ça…, articulent péniblement les lèvres en latex.

Bingo !

— Monsieur le ministre, bonsoir, ça me fait drôlement plaisir de vous…

— Faut pas… faire ça, répète-t-il plus faiblement.

— Faire quoi ?

— Faut pas, conclut-il.

Et il glisse de côté dans le canapé.

Je le redresse, le secoue, le triture, sans aucun résultat. Qu'est-ce qu'il ne faut pas faire ? Le ramener sur Terre, lui faire sniffer son gland, aller le planter près de l'Arbre totem, sauver les végétalistes ? Je commence à en avoir marre des morts, moi ! Entre l'autre intermittent qui fait la peluche buissonnière et ce nase en latex qui réussit à me faire douter de tout en quatre mots, je suis bien barré. Je ne peux vraiment compter que sur moi. C'est le message qu'ils essaient de me faire passer, d'ailleurs. Je n'ai plus besoin de l'au-delà : je me suffis à moi-même. Tu parles.

Je me relève, prends un grand bol d'air et marche à travers les appartements privés, sur la pure-laine épaisse comme une couche de poudreuse. C'est vraiment rageant d'être au cœur du gouvernement, là où tout se trame, et de rester à tourner en rond sur une moquette. Ma seule action de cette nuit ne va quand même pas se réduire à dormir deux fois de suite dans les draps de soie d'un ministre !

J'entre dans la salle de bains, me passe la tête sous l'eau, m'essuie avec la serviette moelleuse qui porte encore les initiales de Boris Vigor. Mon regard tombe sur la grosse montre en argent que j'ai repérée en arrivant, sur la tablette de marbre. Olivier Nox l'a oubliée. À moins que ça soit un test pour voir si je la pique. Un test… Le mot résonne bizarre, mais par rapport à autre chose.

Un poids écrase ma poitrine. J'ai mal au silence dans ma tête, à force de le creuser pour essayer d'en extraire la voix de Vigor ou Pictone. Il faut que je me décide à agir, que je tente n'importe quoi, sinon je vais devenir fou.

J'attrape la montre, la passe à mon poignet, referme le bracelet, le remonte vers mon coude pour qu'il tienne. Un tournis s'empare de moi, je me raccroche au lavabo, m'assieds sur le rebord de la baignoire. Pendant quelques instants je ferme les yeux, pour dominer le malaise. Puis j'étudie le cadran, les touches, les fonctions. En appuyant au hasard, je fais coulisser un volet d'argent qui découvre un clavier tactile. Il faut être une fourmi pour se servir d'un truc pareil : en effleurant une touche, mon doigt en actionne dix.

Je me relève, cherche un accessoire pointu sur la tablette où s'alignent des dizaines de flacons pour rester beau, jeune et lisse, tous marqués des initiales BV. Je prends un cure-dents et, en retenant mon souffle, je saisis le code que Nox a composé tout à l'heure pour me montrer Jennifer dans son hôpital.

Un bruit de parasites retentit aussitôt, à côté. Je cours dans le salon où l'immense écran mural s'est allumé, comme s'il était relié par wi-fi à la montre. Un voyant clignote sur le clavier du bracelet. Je le touche de la pointe du cure-dents.

Aussitôt, le visage de Jennifer apparaît à la place des parasites. Le même angle que tout à l'heure. Les mêmes bourgeons, le même duvet d'herbe au-dessus des yeux fermés, autour du casque à électrodes, le même début d'écorce au coin des lèvres… Et la même émotion dans ma gorge, la même rage. Si seulement je pouvais faire quelque chose…

Je vais dans le menu de la montre, j'enclenche sans y croire la fonction Info. L'écran mural se couvre aussitôt de lettres et de chiffres, autour du visage végétalisé. Chaque nom d'organe est suivi de deux mesures en hertz, séparées par un slash. À gauche la moyenne de normalité, sans doute, à droite une mesure terriblement éloignée, tantôt à la hausse, tantôt à la baisse. Comme si j'avais accès aux résultats d'analyses de mon amie.

Les dents serrées, je déplace le curseur jusqu'à l'un des chiffres de la deuxième colonne. Le foie. 50 hertz au lieu de 8,7. Mes gestes vont plus vite que ma pensée. Le cure-dents actionne la fonction Sélectionner/Modifier. Le chiffre blanc devient bleu. Le cœur battant, je remplace 50 par 8,7 et je valide. On peut toujours rêver.

Je recule d'un pas en voyant le résultat qui s'affiche. Je ne comprends pas. Qu'est-ce qui s'est passé ? J'ai émis une onde, et elle a modifié la fréquence du foie de Jennifer ? Ou du moins la fréquence nocive qu'ils lui envoient, si mes soupçons se confirment. Mais pour obtenir un tel résultat, il faudrait qu'elle ait une puce dans la tête. Et on a le même âge, à huit jours près : l'Empuçage, c'est dans trois mois. À moins…

Je tombe assis dans le canapé. À moins que la vaccination n'ait introduit des micropuces dans le sang, qui seraient allées se loger dans le cerveau. Des micropuces qui recevraient des ondes. Par envoi groupé. Pour rendre malade toute une génération.

Pour la transformer en forêt. En pépinière d'expériences.

Je ferme les yeux, et presque aussitôt je me retrouve dans un tunnel rouge traversé de boules hérissées, de bâtons blancs, de spirales, d'hélices en mouvement, de machins indescriptibles… Comme si j'étais l'une des puces charriées par le vaccin.

— Il suffit qu'elle ait une densité inférieure à celle du sang, prononce la voix de Pictone dans l'écho du tunnel. Elle ira se coincer dans un capillaire de l'oreille interne, elle sera indélogeable et servira d'antenne, pour recevoir tous les signaux qu'on voudra lui envoyer par micro-ondes pulsées.

Je rouvre les yeux, saute sur mes pieds. Il est là ! Il m'inspire, il me guide. Il m'avait prévenu, tout à l'heure, à sa veillée funèbre : « Si tu as besoin de moi ce soir, dépêche-toi… Je ne pourrai plus t'aider, ensuite. »

Je me branche sur l'image de l'ours en peluche, pour renforcer la connexion, et je reprends mon action sur la montre. Cette fois, je sens clairement le cure-dents se déplacer de lui-même où il faut, comme s'il anticipait mes décisions, guidait ma main.

J'aligne toutes les mesures hertziennes de Jennifer sur les fréquences émises en conditions normales par chacun de ses organes. Une fenêtre s'ouvre pour me demander si je veux continuer. Je confirme. Ça me fait accéder à un autre menu plus complexe, qui donne des analyses ADN, des taux de vibration d'acides aminés… Je ne comprends rien. Et puis soudain c'est l'illumination. L'horreur. Il y a deux colonnes. À gauche : « Protéines sujet », à droite : « Protéines saule ». Les mesures sont quasiment identiques.

Un saule. Ils veulent changer Jennifer en saule ! Réaliser pour de vrai les *Métamorphoses* d'Ovide que me récitait mon père… Mais ils sont complètement dingues ! Ils transforment la poésie en manipulation génétique !

— Le cytochrome C ! clame Pictone. C'est le pigment respiratoire qui reçoit et diffuse l'information virale. C'est lui qui agit sur le métabolisme énergétique. Vire sa fréquence, allez ! Voilà ! Détends tes doigts, maintenant ! il faut qu'on aille plus vite… N'écoute plus, fais le vide, laisse-toi faire. Suite !

Je clique sur l'onglet « Suite ». Et la liste s'allonge, à droite : « Protéines ortie », « Protéines chèvrefeuille », « Protéines laurier », « Protéines droséra »… Des combinaisons de plantes urticantes, grimpantes, vénéneuses, carnivores…

Je pousse un cri entre mes dents serrées, pour évacuer la rage. Puis je sélectionne, dans le menu Outils, la fonction Suivi des modifications. Pour chaque fréquence végétale, je clique à chaque fois sur Afficher, Annuler, Valider, jusqu'au moment où j'ai ramené les protéines de Jennifer à leur état vibratoire d'origine.

Je souffle un instant. Si seulement ça marchait, si je pouvais guérir tous les jeunes à partir de ce poste… Après tout, si la programmation des vaccinés s'est effectuée de manière globale, rien n'empêche de transférer les corrections sur le même mode. J'ouvre une nouvelle fenêtre, je vais dans le menu général de la montre, et je parcours l'Historique des actions. Des liens apparaissent par milliers. Mon bras chauffe sous le bracelet. Je noircis la case Sélectionner tout. Annuler ? Cure-dents. Confirmer ? Cure-dents. Et j'envoie.

Je me laisse retomber dans le canapé, la tête vide, complètement épuisé. Je ne ressens plus la présence de Pictone, cette espèce de renfort dans l'accélération de ma pensée, l'enchaînement de mes gestes. C'est fini. L'écran s'est éteint.

La tension redescend peu à peu, sans diminuer la rage. Refiler aux ados par micro-ondes des gènes de végétaux et faire accuser les arbres, mais c'est dégueulasse ! Quel but ils poursuivent ? Nous réduire au silence, nous transformer en énergie verte ? Après les morts, les jeunes ? Place au tout recyclable ! Mais dans quel monde je vis ?

Je ne sais pas si ma tentative de déprogrammation a marché. En tout cas, le clavier de la montre ne répond plus. Un bug, une fin de batterie, ou une sécurité que j'ai activée sans m'en rendre compte avec mes manips. L'ordre d'annulation a-t-il eu le temps de se transmettre ?

Même si c'est le cas, je ne me fais pas trop d'illusions. Dès demain matin, ils découvriront qu'on a craqué leur système et ils rétabliront la programmation. Sans compter qu'ils verront d'où vient l'attaque : ils remonteront aussitôt jusqu'à la montre d'Olivier Nox, c'est-à-dire jusqu'à moi. Il vaut mieux ne pas trop s'attarder ici.

Je défais le bracelet, me dirige vers le broyeur que j'ai repéré dans le bureau du fond. Ils croiront que c'est la femme de ménage, par inadvertance.

Je me ravise au dernier moment. D'une part, ça ne serait pas très sympa ; elle pourrait avoir des ennuis comme terroriste. Et d'autre part, j'ai mieux. Je reviens vers le canapé, je redresse l'ex-ministre en latex, je le tourne vers l'écran mural, je lui dépose la montre sur les genoux et je lui coince le cure-dents entre le pouce et l'index. Ils en concluront ce qu'ils veulent. Au moins, il aura servi à quelque chose.

J'attrape un fruit confit dans la corbeille de la bibliothèque, pour reprendre des forces, je lèche le sucre sur mes doigts, et je vais chercher mon portable sur la table de chevet.

— Pardon de vous réveiller, Patrick, dis-je en mastiquant la mandarine.

— Non, non, monsieur Thomas, au contraire, se réjouit la voix embrouillée du chauffeur.

— Je n'arrive pas à dormir : il y a trop de silence. Vous êtes libre ?

— Avec plaisir. Nous retournons chez vos parents ?

J'hésite. Je lui dis de venir me prendre à l'AM dans cinq minutes : je déciderai en route.

23

Une lumière est allumée, au premier étage, côté mer. La fenêtre est ouverte. Edna Pictone s'y accoude, regarde le clair de lune, se penche en entendant la voiture. Elle fume. Au-dessus de la voie publique et pendant le couvre-feu : elle risque une double peine.

Un petit geste amical, en me voyant descendre sur le trottoir. Elle n'a pas l'air surprise. Elle me fait signe de patienter, referme la fenêtre.

Je renvoie mon chauffeur, en lui promettant que cette fois je ne le réveillerai plus.

— Je suis en service, monsieur, me répond-il d'un ton presque vexé.

Je regarde la limousine s'éloigner, puis je m'avance vers la porte qui s'ouvre au bout d'une minute.

— Déjà fatigué de la politique ? me lance Edna en robe de chambre, clope au bec. Ça me fait bien plaisir, allez. Il ne faut pas s'approcher de ces hyènes.

J'entre vite, pour éviter qu'un soldat du couvre-feu la voie fumer à proximité d'un mineur – prison ferme.

— Je ne vous dérange pas, madame Pictone ?

— Je n'arrive pas à fermer l'œil, de toute façon. J'envie le docteur Logan.

Elle retourne vers l'escalier, voûtée, mal assurée

sur sa canne. Je demande, aussi neutre que possible, si Brenda est toujours à la même place.

— Non, elle s'est levée d'un coup, il y a deux heures, comme une somnambule, et elle est allée finir sa nuit dans le bureau de Léonard. C'est là où je l'envoyais dormir, les soirs où il ronflait. Il avait gardé son lit d'étudiant, en souvenir : soi-disant qu'il y avait découvert les secrets de l'antimatière. Dans les bras de qui, je préfère t'épargner la liste.

Elle s'appuie un instant contre le mur, pour apaiser les reproches qui sont devenus des beaux souvenirs, maintenant qu'il est mort. Je me demande si Léo est réellement venu me prêter main-forte, tout à l'heure, ou si c'est la mémoire de ce qu'on a vécu ensemble qui travaille en moi, sans qu'il y soit pour rien. Bien sûr, j'ai l'air de connaître des tas de choses que j'ignore, mais de là à être sûr qu'elles viennent de lui… Je ne sais même pas qui je suis, au fond. Parfois j'ai l'impression que mon père, que j'aime le plus au monde, est un étranger, une erreur dans ma vie, que ma mère est un obstacle et les filles de mon âge une perte de temps. C'est juste en présence de Brenda, de Lily Noctis et d'Olivier Nox que, chaque fois, j'ai l'impression de reconnaître dans leurs yeux un reflet qui me ressemble. Mais ce n'est jamais le même reflet. Comme un miroir brisé qui me renvoie des morceaux de moi qui ne vont pas ensemble.

Qu'est-ce qui m'attire, en fait ? L'aventure, les femmes, le pouvoir, le côté inaccessible et mystérieux ? Ou quelque chose de plus glauque, de plus dangereux que j'essaie d'oublier en faisant toujours le gentil.

Bon, je crois qu'il faudrait vraiment que je dorme, là. Je ne tiens plus debout, et j'en viens à douter de tout, même de moi. C'est dire.

— Il y a la chambre des garçons, reprend la vieille dame en me voyant bâiller. C'est ce que j'ai de moins lugubre à te proposer. Quoique… On y a élevé deux générations, et tu as vu le résultat.

Au lieu de la rampe, elle s'accroche à mes épaules et on se hisse avec autant d'efforts l'un que l'autre. En même temps, c'est la première sensation de douceur que j'éprouve depuis longtemps. C'est bon de soutenir une vieille qui vous écrase. La seule grand-mère que j'ai eue, côté maternel, c'était une motarde qui ne supportait pas les plus jeunes qu'elle, et qui s'est fait renverser par un camion à deux cents à l'heure. Sur le journal, ils ont marqué la vitesse à la place de son âge. « Elle doit être contente », a dit mon père en guise d'hommage.

— Tu seras bien ? s'inquiète Edna en m'ouvrant le grenier.

C'est une pièce de rêve, avec cinq lits, des jeux partout, des consoles hypertop et au moins trente livres, même pas cachés. Le fantasme absolu, pour un fils unique élevé dans la dèche.

— C'est ce que j'ai trouvé de mieux dans ta taille, fait-elle en montrant négligemment un pyjama rayé plié sur l'un des lits.

— Vous saviez que j'allais revenir ? dis-je, une boule dans la gorge.

— Non, c'était juste au cas où. Tu m'as dit de faire des projets, de me tourner vers l'avenir au lieu de m'abrutir à questionner une peluche. Moi, je t'écoute. Tu te réveilles à l'heure que tu veux, conclut-elle en refermant la porte.

Je murmure un merci à peine audible. Et je me déshabille, et j'enfile le pyjama qu'elle m'a choisi, et je me glisse dans le lit qu'elle m'a préparé. Comme si j'étais seul au monde et que j'avais enfin trouvé une famille d'accueil.

Mais qu'est-ce qui m'arrive ? C'est fou de se sentir redevenir d'un coup un petit garçon, quand la minute d'avant on était une espèce d'ado en crise essayant de se calquer sur des adultes à haut risque. Pourquoi je n'ai jamais eu quelqu'un comme Edna dans ma vie ? Pourquoi j'ai grandi entre un frigo et une épave ? Un frigo qui avait honte de moi, parce que je n'étais pas montrable. Et une épave que je me forçais à aimer, parce qu'il faut bien être fier de quelqu'un lorsqu'on est rejeté par les autres, sinon à quoi on sert ?

Je ne sais pas pourquoi je suis si dur avec mes parents, d'un coup, alors qu'il y a deux heures à peine j'ai senti de leur part un amour nouveau. Un amour uni autour de moi. Peut-être qu'on est quittes, à présent : je n'ai plus d'efforts à faire, je n'ai plus à prendre sur moi, alors tout ressort.

Je me retourne d'un coup de fesses. Mais jamais ça va se calmer un peu, ma vie ? J'ai assez à faire, avec les missions insensées qu'on me confie et les amours impossibles que je me colle sur le dos, sans en plus remâcher des rancunes de gamin qui n'est pas né où il aurait dû.

Je remonte la couette, et j'éteins la lumière sur ce décor de famille nombreuse qui me parle tellement plus que le luxe froid des appartements ministériels. Il me parle, mais je n'ai rien à lui dire. C'est trop tard. J'aurai peut-être vécu cent vies en une seule, avant d'être majeur, mais je serai quand même passé à côté de l'essentiel.

C'est idiot, cette phrase. Si seulement je savais ce que c'est, l'essentiel. Des parents qui s'entendent, des frères et sœurs, de la joie bête, des amours simples, des plaisirs égoïstes ?

Non, je préfère ne pas savoir, finalement. Pas envie de retourner en arrière pour jouer au jeu des « si ». C'est fini, le passé. Je veux du neuf. Je veux me refaire. Je veux dormir. Et arrêter de rêver. Ça me laisse quoi, les rêves ? Rancune, regrets, ras-le-bol : je reviens sur Terre et je compare. Et je tire un trait, et je garde pour moi. Toujours faire passer les autres avant, toujours me mettre à leur place pour oublier qu'on ne m'a jamais rien donné…

J'en ai marre d'être moi. Sans savoir ce que je suis.

24

Ministère de l'Énergie, appartements privés, 6 h 66

La figurine de Boris Vigor est assise à la même place, tournée vers l'écran éteint, la grosse montre en argent sur ses genoux de latex. Il ne peut pas bouger. Il est prisonnier de ce retour dans son image terrestre. Même la petite Iris n'a plus les moyens de faire revenir son papa dans le paradis qu'elle lui a préparé. Et qu'il ne voit plus. Et qu'il est incapable de retrouver, tellement il n'est occupé que de lui. Il est prisonnier de la matière, du mensonge, du danger auquel il expose malgré lui Thomas Drimm. Et le reste du monde. Ce qui reste du monde, et qui bientôt ne sera plus rien. À cause de lui. De son erreur. De son aveuglement. De sa bêtise.

Le poids de tout ce qu'il découvre depuis qu'il est décédé le paralyse. À quoi bon tout comprendre, si on ne sait rien en faire, si on ne peut rien changer ? Faites que ma mort s'arrête, pitié. Faites que la vie continue pour les autres, et qu'on me laisse disparaître dans le néant. C'est tout ce que je mérite, le néant. C'est tout ce que je suis, le néant. Laissez-moi rentrer chez moi. Me dissoudre. M'oublier.

Olivier Nox revient dans le salon en finissant une mandarine confite. Il écoute d'une pensée distraite la prière qui émane du jouet en caoutchouc. Il ramasse sa montre, la rattache à son poignet. Il prend le cure-dents, sourit, déloge un fragment de sucre.

— Vous êtes parfait, dit-il en attrapant son prédécesseur par un pied. J'ai vraiment bien fait de vous tuer ; votre degré d'évolution est un régal. Le néant que vous appelez de vos vœux n'existe pas, Boris. Il n'y a que l'Enfer, et ça n'a rien d'une fournaise : c'est un garde-manger. Votre détresse est mille fois plus succulente qu'un fruit confit.

Il marche jusqu'au bureau, la figurine au bout du bras.

— Pourtant, je ne devrais pas vous le dire, mais il y a toujours une porte de sortie à mon garde-manger. Il y a toujours une forme de rachat pour liquider ses remords. À condition de trouver l'acquéreur, bien sûr. Vous voyez de qui je veux parler. Vous avez raté la première négo, c'est normal : sous votre apparence d'imbécile – et en plus ici même, dans le décor symbole de votre imposture terrestre, sur le lieu de votre décès, pour ne rien arranger… Vous n'aviez aucune chance d'entamer des pourparlers avec Thomas. Tant que vous ne serez pas libéré de vous-même, Boris Vigor, vous ne serez qu'un poids mort.

Il ouvre la trappe du broyeur.

— Allez, je vous aide.

Il le lâche. Un bourdonnement bref, quelques spaghettis de caoutchouc qui s'enroulent dans la corbeille à papier.

— Mais soyez vigilant : je ne vous laisse qu'une seule chance, ajoute-t-il en retournant vers la salle de bains.

Il se brosse les dents, regarde avec une lueur d'ironie les initiales de feu Boris Vigor sur les crèmes anti-âge. Puis il se rince la bouche et se contemple dans le miroir.

— Je suis très fier de toi, Thomas Drimm.

Avec une répulsion qui s'estompe aussitôt, je constate combien cette phrase me fait du bien, allège l'angoisse que diffusait la scène avec le jouet en caoutchouc. Je me sens pris dans une gangue moelleuse, sucrée, collante. Fruit confit éclaté sous les dents.

Le sourire d'Olivier Nox s'allonge pour prononcer avec gourmandise :

— Je t'aime.

— Nous t'aimons, renchérit dans la glace le reflet de Lily Noctis.

Et les deux visages se renvoient leur image, jusqu'à se confondre dans un seul et même sourire où je me dissous.

25

Le soleil entre à flots dans la chambre des garçons. Un soleil qui joue sur les rideaux, dessine sur le parquet des couples qui dansent. Il doit être au moins midi.

Je me redresse sur un coude. Je n'en reviens pas. Je me suis endormi le moral à zéro, en colère contre tout, et j'ai passé la meilleure nuit de ma vie. Sans ce malaise en creux, ces cauchemars sans souvenir, ce poids vide que je traîne chaque matin jusqu'au petit déjeuner.

Je m'étire en gémissant de bien-être, dans ce lit douillet qui sent le pop-corn et la vieille basket. Un vrai lit d'enfance heureuse, d'adolescence sympa, sans prise de tête ni peine de cœur. Je me sens aimé, ce matin. Par cette maison, cette ambiance inconnue, ce silence accueillant… J'ai oublié les projets, les missions, les soucis. Comme si j'étais un autre, dans ce pyjama trop petit. Comme si tout ce à quoi je tenais m'était tombé du cœur, telle une vieille peau. J'ai fait ma mue, quoi. Si c'est la puberté qui commence, franchement, je n'ai rien contre.

Je prends une douche, je m'habille et je descends.

Edna Pictone est assise à la cuisine, son mari en peluche adossé à la casserole au-dessus de laquelle elle pèle des patates. Deux plateaux de petit déjeuner sont préparés, en attente. J'en conclus que Brenda fait la grasse matinée, elle aussi.

Ça sent le café, le thé au lait, le chocolat chaud, le bacon, les crêpes… Tout à la fois, au choix. Tout ce qui est interdit pour la santé. C'est incroyable, l'atmosphère de cette maison. On n'y fait pas de cauchemar, on se réconcilie avec soi et le monde. La guerre n'existe plus, ce matin, ni les infos, ni les ministres, ni les parents, ni même les arbres. Juste l'impression d'un temps immobile où il fait si bon se laisser aller.

— Uniquement à titre de doudou, rappelle Edna en désignant l'ours de la pointe de son couteau. Je t'écoute, tu vois. Bien reposé ? Tu as meilleure mine.

Je m'assieds près d'elle. J'adore cette mamy revêche qui ne dit jamais bonjour ni au revoir. Peut-être pour avoir l'impression d'être moins longtemps seule.

— J'ai décommandé les croque-morts, enchaîne-t-elle. Pour qu'on vous laisse dormir. Léonard a tout son temps : ils le mettront en bière un autre jour. Profitez de la vie, les enfants. Tu as vu ce beau soleil ?

Je regarde le plateau avec un bol rose. Moi j'ai le bleu, un vieux en porcelaine ébréchée marqué Louis L. Le petit-fils à lunettes qui voudrait la mettre à l'hospice. Pas besoin de boire dans son bol pour connaître ses pensées. Je me demande comment on peut être aussi désagréable et coincé, avec une grand-mère pareille. Peut-être qu'elle n'est bien qu'avec les étrangers, au fond. Elle se rattrape, ou elle compense.

Je me relève pour aller compléter le plateau du bol rose.

— Elle d'abord ? Et galant avec ça. Tu lui montes ?

J'acquiesce. Elle me cligne de l'œil. Je la remercie d'une moue. Elle aurait soixante ans de moins, je serais raide amoureux d'elle.

Faut que j'arrête, moi.

Je gravis lentement l'escalier en faisant attention de ne rien renverser. Après trois toc-toc et ouvertures de mauvaises portes, je finis par trouver le bureau de Léo. J'entre, et je ravale mon bonjour. Elle dormait, la tête dans ses mains. Elle se redresse soudain, en position de karaté.

— C'est moi ! dis-je vivement, pour la rassurer.

Elle fixe le plateau avec un air meurtrier, puis rencontre mon regard et se radoucit. Elle s'étire, me dit que c'est la première fois qu'un homme lui apporte le petit déjeuner au lit. J'adore qu'elle m'appelle un homme. Sauf qu'elle n'est pas au lit. D'une voix courtoise de room service, je me permets de lui faire remarquer qu'elle est assise au bureau de Pictone. Elle paraît découvrir les feuilles chiffonnées sur lesquelles elle a passé la nuit, et le vieux stylo coincé entre ses doigts. Elle le pose, se frotte les yeux.

— Incroyable comme j'ai bien dormi. Ça change.

Elle se lève et s'étire, le corps en étoile, faisant sauter un bouton de son chemisier. Elle croise mon regard, hausse un sourcil, amusée, puis se félicite :

— Aucune courbature, rien ! Ah, on est mieux que dans le corps d'un ours !

Je la dévisage avec horreur. Elle tournoie, les mains sur les hanches.

— Les formes d'une jolie nana, c'est quand même plus sympa à manœuvrer que des pattes en peluche.

Vu de l'intérieur, tu as bon goût, Thomas Drimm. Je comprends que tu aies craqué.

Elle se fige, me toise de côté, savoure ma stupeur en se mordant le sourire. Brusquement elle tape dans ses paumes :

— Je t'ai eu ! Pas mal, non ? Dommage qu'Edna ait raté ça : je pense que j'étais vachement crédible en Pictone.

Je pose le plateau sur le bureau, éponge ce que j'ai renversé en grommelant. Puis je fais semblant de rire jaune, pour ne pas la décevoir. Ni l'inquiéter. Parce que je viens de voir l'écriture sur les feuilles. Et je l'ai reconnue. J'ai bien peur qu'elle soit encore plus « crédible en Pictone » qu'elle ne l'imagine.

Elle revient s'asseoir pour dévorer son petit déj. J'ai tout mis, au choix : café, thé, chocolat, crêpes, confitures, bacon et compote. Tandis qu'elle mélange de bon cœur, j'essaie de déchiffrer en douce, sur les feuilles que j'ai ôtées de sous le plateau, l'écriture microscopique et chevauchée du vieux. Je n'y arrive pas. C'est encore plus illisible que la recette de destruction du Bouclier d'antimatière qu'il m'avait rédigée avec ses doigts d'ours.

Qu'a-t-il voulu dire à Brenda ? Ou me dire à travers elle, en utilisant son canal de médium – comme l'avait fait avant lui l'Arbre totem. Ce qui est bien avec Brenda, c'est qu'elle est comme moi : on se sert de nous sans se gêner, sans un merci, sans même nous dire pourquoi.

Je me demande ce qui empêche Pictone de me parler directement, désormais. Est-ce vraiment la dernière fois que je l'ai entendu, cette nuit ? Je n'arrête pas de penser à sa phrase qui sonne comme un adieu : « Je ne pourrai plus t'aider, ensuite… » Qu'est-ce qui a changé entre nous ? Lui, ou moi ?

— Tu as le pot ? s'informe Brenda, la bouche pleine.

— Le pot ?

— Le pot du gland qu'on va planter à Repentance.

— Non, je l'ai laissé au ministère. Je crois que ce n'est pas une bonne idée.

— Moi si. J'y ai bien réfléchi, cette nuit. Iris Vigor se tue en tombant d'un chêne, son père fait raser la forêt en représailles, l'âme de la petite le supplie d'effacer ce crime en plantant un gland : je reçois toutes ces infos en peignant et ça déclenche une guerre. Alors stop ! Je fais le ménage. Si mon seul moyen de pouvoir à nouveau peindre tranquille sans servir de vide-ordures à l'au-delà, c'est d'aller atomiser l'enfoiré de chêne à pneus qui s'est invité sous mon pinceau pour nous filer ses virus, je prends ! Simplement on y va seuls, toi et moi.

J'ouvre des yeux ronds.

— Et comment on fait ?

— Olivier Nox me file un hélico : j'ai trois cents heures de vol.

Mes yeux s'agrandissent encore.

— Toi ?

— Eh oui, moi, dit-elle en allant se regarder en transparence dans une grande photo sous verre de Pictone jeune.

Elle sort un chouchou de la poche de son jean, attache ses cheveux en queue-de-cheval.

— Je ne suis pas résumable au mannequin sans boulot qui habite dans un gourbi en face de chez toi. Il y a une vie avant la mort sociale, Thomas. J'étais médecin humanitaire, je soignais les plus pauvres que nous dans les provinces de l'Est. Je faisais équipe avec…

Sa voix se lézarde, elle enchaîne en se retournant :

— … avec un Trèm, tu te rappelles ?

— « Très marié », oui.

— Doublé d'un Jteup.

— « J'te prends pour une conne » ?

— Voilà. Je l'aimais comme une dingue, il m'a appris à piloter, et puis au bout de trois cents heures… bonsoir.

— Il est retourné avec sa femme ?

— Il s'est trouvé une assistante plus jeune. J'ai ouvert un cabinet là où j'ai pu, dans ta banlieue merdique ; dès que j'ai eu fini de payer mes droits d'ouverture on me l'a fermé, parce que j'avais refusé de dénoncer mes patients dépressifs – la suite, tu la connais. Bon, on y va. J'ai besoin d'action, moi, mon ange.

Elle m'embrasse sur le front, et sort du bureau en clamant :

— Edna, je peux prendre la salle de b'?

Pendant qu'elle était sous la douche, je suis allé porter à Edna Pictone les feuilles d'écriture automatique reçues par Brenda. La vieille dame m'a serré contre elle dans un élan de gratitude, m'a repoussé pour contempler, incrédule et radieuse, les trois pages de pattes de mouche – comme si c'était une lettre d'amour perdue qu'on reçoit des années plus tard.

J'ai demandé au bout d'un moment :

— Qu'est-ce qu'il dit ?

Elle a replié les feuilles.

— Je ne sais pas. Déjà lui, il avait du mal à se relire. J'essaierai avec une loupe. Ça n'en sera que meilleur.

Elle a enfoui le courrier dans son tablier de cuisine, et elle a regagné sa casserole d'épluchures où l'ours en peluche montait la garde.

— Ça me durera plus longtemps, a-t-elle achevé avec un regard de tendresse pour son doudou.

26

Contre toute attente, Olivier Nox a dit oui à tout. Il a juste ajouté :

— À vos risques et périls. Après tout, c'est une histoire entre vous et l'Arbre totem. Vous serez peut-être plus en sécurité si vous vous présentez à lui sans arme et sans escorte. De toute manière, nous restons en liaison radio.

— Et les équipements de survie ?

— Tout est à bord. Vous verrez ce que vous indiquent les détecteurs de nocivité. Mais, d'après les avions renifleurs de l'armée qui survolent la Christianie depuis deux jours, il n'y a plus de danger.

— Précisez, a demandé Brenda.

— Vous pourrez respirer sans crainte. Quand les arbres n'ont plus d'hommes à tuer, docteur, ils cessent de leur être fatals. Au bout de cinquante ans, leurs émissions de pollens et d'ondes se sont adaptées à leur nouvel environnement. C'est la loi de l'Évolution, je ne vous apprends rien : la nature élimine les fonctions qui sont devenues inutiles. Vous êtes prêts ? Voici votre plan de vol.

Dans la cour d'honneur, à côté de l'hélicoptère du ministre, il y avait un modèle militaire, plus gros, kaki, armé jusqu'aux dents.

— L'Arachide Razor 12 ! s'est réjouie Brenda.

800 CV, dix heures d'autonomie, brouilleur de radars, lance-ogives et détourne-missiles intégrés ! Thomas, je t'adore !

J'aurais préféré que ce soit pour des raisons un peu plus personnelles. Et je me suis quand même demandé, à nouveau, si elle était dans son état normal, ou si Pictone s'était embarqué à son bord en clandestin.

Mes doutes se sont dissipés en vol. C'était bien elle. Chewing-gum à bouche ouverte sous ses lunettes noires et sa casquette de travers, elle enchaînait les confidences vitriolées par-dessus le bruit du rotor. Enfin on avait un peu de temps, entre nous. Même si c'était juste pour échanger nos malheurs. Elle m'a raconté son orphelinat, ses foyers d'accueil, les cours de boxe afin de se défendre contre les pères adoptifs, son engagement dans l'armée pour apprendre la médecine à prix coûtant. Et puis ses amours : les déceptions, les trahisons, les fonds du gouffre. Après le médecin, elle était tombée sur un peintre, encore plus Trèm et Jteup. Sur un photographe de mode, ensuite. Un vrai Troc, celui-là : trop con pour lui briser le cœur à long terme, mais elle avait gardé son carnet d'adresses. D'où son deuxième métier de top model en kit – les pieds, les mains, les seins pour des gros plans de pub –, métier qu'elle estimait aussi raté que sa carrière de médecin. Mais à chaque amour foireux, au moins, elle avait appris quelque chose.

Moi, je lui ai raconté mon enfance. Les bitures de mon père et les amertumes de ma mère, la culture interdite qu'il m'inoculait en douce et les cures de désintox intellectuelle qu'elle m'infligeait pour que je m'intègre dans notre monde. J'ai évoqué, d'un air faussement détaché, mes difficultés à gérer la passion que j'inspirais à Jennifer. Puis je lui ai raconté la Forêt interdite, l'espèce de vision en flash-back que j'avais captée à l'intérieur de l'If d'Éden, pour finir par l'histoire entre mon père et Lily Noctis. Sans trop forcer, je laissais entendre combien ça me fracassait que la ministre soit amoureuse de lui, pour voir si ça rendait Brenda jalouse. Mais visiblement, elle s'intéressait davantage au point de vue de mon père.

— En fin de compte, Thomas, les mecs ont besoin qu'on les trouble, pas qu'on les rassure. Ils reprennent des forces avec les filles claires, et après ils vont se troubler ailleurs, c'est tout.

— Ça dépend des mecs, ai-je dit sans trop me mettre en avant.

Elle m'a demandé de préciser la manière dont mon père m'avait décrit son coup de foudre. J'en ai rajouté dans le côté nunuche poétique et ringard, pour qu'on passe à autre chose. Si elle aussi se mettait à flasher sur l'intello des bois, j'avais du souci à me faire.

Perdue dans sa rêverie, elle a caressé la mitrailleuse du tableau de bord en soupirant :

— Je n'aurais pas détesté inspirer ce genre de passion, dans ma vie…

Je me suis retenu de lui dire que ça lui arriverait, quand je serais en âge, si on sortait entiers de cette aventure. À la place, je lui ai raconté comment j'avais déprogrammé les protéines végétales de Jennifer. Elle n'écoutait plus. Elle croyait que j'inventais, comme un Jteup. Que je voulais juste me faire mousser. J'ai détaillé mes manips informatiques pour être pris au sérieux, et j'ai vu que je commençais à l'intéresser.

Et puis on s'est tus, parce qu'on approchait de la frontière. Les kilomètres de forêt brûlée, les tanks abandonnés, les charniers… J'ai fermé les yeux. Elle aussi, j'ai l'impression, parce qu'on a brusquement piqué du nez. Elle a redressé en me priant de l'excuser.

— Contrôle à Puma Cendré, a grésillé une voix dans la radio. Un problème ?

D'un revers brutal, Brenda a arraché la radio et l'a balancée par son déflecteur ouvert. Sidéré, je lui ai demandé ce qui lui prenait.

— Aucune confiance. L'armée m'a appris une seule chose, Thomas.

J'ai avalé ma salive, je lui ai demandé laquelle.

— Aucune confiance.

Après quelques instants, elle a ajouté :

— On a une mission à remplir, toi et moi. Ensuite, on se barre dans une direction différente de celle du plan de vol.

— Pourquoi ?

— Parce que je n'ai aucune envie d'être arrêtée en me posant à Nordville. J'ai un hélico : je le garde. Il me reste quelques potes dans les camps humanitaires de l'Est, ils sauront me planquer. En plus c'est le désert, là-bas. Ça me changera de la forêt.

J'ai balbutié :

— Et moi ?

Elle a mis ses lunettes noires sur le bout du nez pour me regarder dans les yeux.

— Toi ? Tu es mon otage. Ils voient toujours en toi le porte-mémoire de Pictone : tu es trop précieux pour eux. Ça leur ôtera l'envie de nous balancer une roquette.

Devant mon air catastrophé, elle a nuancé la situation par un coup de coude :

— Tu es mon otage, mais tu restes mon copain. Non ?

— Si, j'ai bredouillé en me jurant que, si je sortais vivant de cette histoire, les femmes c'était fini.

Et puis elle m'a pris la main, et elle a serré très fort. Ça ne m'était pas spécialement destiné en tant qu'otage-copain. C'était surtout parce qu'on venait de dépasser la limite infranchissable : ce qui constituait jusqu'à mercredi matin le Bouclier d'antimatière. À part les avions renifleurs de l'armée, on devait être les premiers autorisés à s'aventurer dans la partie secrète de la planète. Celle qui était sortie des programmes scolaires depuis cinquante ans. Celle d'où l'homme, officiellement, avait disparu.

Pendant une dizaine de minutes, on n'a pas trop vu de différence. C'était la forêt, comme chez nous, beaucoup plus touffue et sauvage, mais c'était la forêt quand même : un décor connu.

Tout a changé quand on s'est mis à survoler ce qui restait d'une civilisation.

27

C'est le plus beau paysage que j'aie vu de ma vie, et il n'a plus rien d'humain. La forêt a envahi, recouvert, digéré la ville. Les arbres poussés dans les immeubles ont fait éclater les fenêtres sous leurs branches. Lierre, vigne vierge, chèvrefeuille et glycine ont colonisé tous les murs. Les chaussées sont craquelées, soulevées par les racines, recouvertes de mousses. Le tracé des rues se perd dans la jungle urbaine. Les voitures rouillées ont disparu sous les feuillages.

On vole à très basse altitude, nos plans sur les genoux, cherchant des repères dans la cité fantôme qui s'appelait Repentance. Tout ce qui reste de la population, c'est le sourire des visages publicitaires aux trois quarts effacés, sur les panneaux de verre étoilés d'impacts. Aucun cadavre n'est visible. Aucun squelette. Les oiseaux, surtout les goélands et les corbeaux, semblent être les seules présences. Ils ont nettoyé le reste.

Brenda s'est mise en rotation lente au-dessus de la station-service identifiée par le satellite. Les branches du grand chêne, baguées de pneus comme sur le tableau, ne portent aucun oiseau, à la différence des autres. Rien ne bougeait dans le feuillage, avant que le souffle du rotor ne s'approche. Je demande, pour rester dans le concret :

— On les lui a accrochés, ces pneus ?

— Non, il a dû pousser à l'intérieur d'un tas. Logiquement, c'était après la disparition des hommes. Sinon le pompiste l'aurait arraché. Enfin, il me semble…

L'hélicoptère oblique vers l'immeuble le moins haut du quartier, se pose sur un toit de gravier envahi d'herbes jaunes. Dès que le moteur s'arrête, on perçoit le bourdonnement. Les abeilles. Des millions d'abeilles qui pollinisent, butinent et font du miel que personne ne mange plus.

On se regarde. On se sent de trop dans ce monde qui prouve que l'être humain ne sert à rien. Nos mains se joignent, comme pour justifier notre présence par la chaleur d'une émotion, d'un contact.

Après avoir vérifié sur les détecteurs la qualité de l'oxygène, on se décide à sortir de l'hélico. Dans son sac à dos, Brenda emporte le gland à dépoter. À part ça, on n'a pas d'arme. Mais on ne va pas non plus passer la nuit : on plante, on fait une prière, et on s'en va.

L'atmosphère est lourde, oppressante, un peu âcre. Pas du tout l'air pur qu'on attend dans un pays sans pollution ni poubelles.

À l'extrémité du toit, derrière une corde à linge où ne restent plus que des pinces, une porte en fer est entrebâillée. On descend un escalier de bois qui est revenu à la vie, entre les champignons, les mousses et les graines germées qui le retransforment en arbre.

Arrivés dans la coulée d'herbes hautes qui a dû être jadis une rue commerçante, on cherche nos repères aériens, et on se dirige vers la station-service. Sur notre passage, les goélands et les corbeaux se posent pour nous observer, à l'affût. Cinquante ans d'absence ont enlevé à notre espèce le pouvoir de la peur. Que sommes-nous, pour les charognards qui ont repris le rôle des éboueurs ? Des cadavres qui marchent.

— Ça va, Thomas ?

— Ça va. Toi aussi ?

Le besoin d'entendre nos voix. De marquer le territoire dans ce silence bruissant de feuilles et d'abeilles.

— Brenda, pourquoi il n'y a pas de squelettes ?

— J'imagine que les gens, quand l'air est devenu toxique, se sont enfermés chez eux. Regarde : tous les stores, tous les volets sont fermés.

On ramasse des branches mortes pour écarter les ronces jusqu'à la station-service.

— Je peux ? demande Brenda à un mûrier.

Elle cueille deux mûres, m'en tend une. C'est fou comme on s'habitue vite. Après quelques minutes de présence dans ce monde post-humain, on se conduit déjà comme des étrangers polis, en situation irrégulière, qui essaient de se faire adopter. On regarde où on pose nos pieds pour écraser le moins d'herbes possible, on salue les fleurs, on demande pardon aux branches qu'on écarte. Comme faisait mon père dans la Forêt interdite.

— Tu sens une hostilité, Thomas ?

Je réponds non. J'ai même l'impression qu'on est *connus*, ici. Qu'on est déjà venus, et qu'on a laissé un bon souvenir. Brenda a capté ce décor à distance devant sa toile, et moi je m'y suis projeté en aimant le tableau. Curieusement, les visions d'attaque qu'il m'avait inspirées n'ont pas lieu d'être, sur place. Je regarde en toute sérénité la bouche d'égout d'où avait jailli la liane pour m'attirer dans le sous-sol, me transformer en casse-croûte pour racines. Peut-être que j'ai désamorcé ma peur. Ou que j'ai su me faire apprivoiser.

On s'arrête à l'entrée de la station-service où le grand chêne, dans l'axe où Brenda l'a peint, étale son ombre au-dessus des pompes descellées et des carcasses de voitures incorporées dans la terre.

— Je l'avais bien réussi, quand même, murmure-t-elle.

Sa réaction me fait sourire. La fierté de l'artiste qui reprend le dessus. Elle ajoute :

— Il n'a pas l'air mauvais.

— Il ne l'est pas, Brenda. Nox a menti ou il se trompe, et j'ai fait semblant de le croire.

— C'est-à-dire ?

— Je ne sais pas pourquoi il voulait absolument que je sois en présence de cet arbre. Que je le considère comme notre ennemi. Ou il est sincère, ou il essaie de m'entuber, ou sa sœur le manipule. Mais ce chêne, c'est notre plus grand allié.

Avec les mots que mon père a employés au téléphone, hier soir, quand je le regardais en cachette, je lui dévoile le scoop que j'ai gardé pour moi tout le long du vol : la véritable histoire de l'Arbre totem. Depuis la nuit des temps, le vieux chêne qui renaît à chaque mort nettoie, désinfecte, convertit la cruauté et la bêtise humaines en pouvoir d'excuse, en force de pardon. C'est pour ça qu'il a toujours attiré les sacrifices religieux, les pendaisons, les bûchers de sorcières. Il accueille. Il soulage les victimes, il purifie les coupables : il prend sur lui. C'est dans ce but qu'il s'est fait peindre par Brenda. Pour que l'œuvre d'art diffuse dans notre monde pourri le message d'amour qui nous a amenés ici.

Là où j'attendais de l'émerveillement, elle réagit avec un mélange de déception et d'impatience :

— Mais qu'est-ce qu'on doit faire, alors ? Si ce n'est pas lui le chef de guerre, à quoi ça sert de lui planter le Gland de la paix ?

— Ça sert au repos d'une âme.

— L'âme de qui ?

— Boris Vigor.

Elle me dévisage, bouche bée, souffle coupé.

— Attends, on a couru tous ces dangers, on a fait tout ce chemin juste pour faire plaisir à ce tocard ?

— Pour lui enlever son remords. Comme ça il sera peut-être plus efficace pour nous aider. Cet arbre, c'est un convertisseur, je t'ai dit, un multiplicateur d'amour. C'est pour ça qu'on est ici, avec toutes nos forces réunies. L'amour de Boris pour sa fille, mon amour pour toi, ton amour pour les choses que tu peins…

— Tu as mis quoi, en numéro deux ?

— C'est pas le moment, Brenda. Hier, dans la salle de contrôle du ministère, tu as dit quelque chose de super important.

— Ça m'arrive. C'était quoi ?

— Tu as demandé comment tu avais pu recevoir l'image mentale de ce chêne d'un pays voisin, quand le Bouclier d'antimatière était encore en activité. Alors qu'il était censé arrêter toutes les ondes à nos frontières, pour éviter que les arbres étrangers nous flanquent la grippe V.

Elle fronce les sourcils.

— Et qu'est-ce que je voulais dire par là ?

— Que si les bonnes ondes sont passées – les ondes de création –, les mauvaises auraient dû passer aussi. Donc les arbres ne nous en ont pas envoyé. Donc ils ne nous ont pas déclaré la guerre.

— Attends, Thomas… La grippe V, elle existe, tu as bien vu…

— Elle existe, oui. Et j'ai vu ce qu'on nous a montré. Mais les reportages à la télé, ça se trafique. Et la maladie, ça peut très bien s'envoyer par les puces cérébrales. Et par le vaccin, pour les moins de treize ans.

— Tu ne vas pas recommencer ton délire avec Jennifer ?

— Si.

Elle s'assied sur la racine apparente qui a descellé la pompe gas-oil.

— Thomas… tu veux dire que le gouvernement rendrait les citoyens malades pour qu'ils détruisent leurs arbres ? Et qu'il transformerait les ados en végétaux hybrides, en légumes dangereux pour pouvoir les arracher à leur famille ? Mais c'est dingue, enfin, pourquoi ? Dans quel but ? Et regarde autour de toi, d'abord ! Tu vois bien qu'il n'y a plus aucune vie humaine, dans ce pays. Tu vois bien que les arbres ont pris le pouvoir !

— Non. Je vois qu'ils ont remplacé les gens parce qu'ils n'étaient plus là, c'est tout. Mais peut-être que c'est notre pays qui a envoyé des bombes végétales pour faire accuser les arbres. Des bombes fabriquées à partir des protéines qu'ils utilisent pour se défendre contre les insectes, et que des savants ont génétiquement modifiées pour qu'elles tuent les humains.

Elle prend son front dans ses mains, crispe la bouche pour ranger mes arguments dans sa tête.

— Mais pourquoi on est là, alors ? Si ce chêne ne nous a rien fait…

— On doit demander pardon aux arbres, Brenda.

— Pardon de quoi ?

— Du mal qu'on a cru qu'ils nous faisaient. On doit nettoyer, Brenda. Nettoyer les pensées de guerre, de peur et de folie qui ont envahi notre pays. Et c'est le pouvoir de cet arbre, si on le lui demande.

Elle relève les yeux, me sonde de son regard un peu moins angoissé. On dirait que je l'ai convaincue. J'aimerais l'être aussi. J'ai éprouvé un bizarre malaise au fil de mes explications. Comme s'il y avait un danger à l'intérieur même des mots. Et si mon père s'était trompé ? Et si le rituel que je m'apprêtais à accomplir était piégé ? Et si la vérité que je croyais avoir découverte n'était qu'une couche supérieure de la manipulation ?

Je confie mes doutes à Brenda. Elle réfléchit, coupée dans son élan de confiance, presque coupable de s'être laissé influencer par ma certitude. Du coup, ça me remotive. Il ne faut pas non plus que la parano nous aveugle dès qu'on se met à y voir clair.

— Fais attention, Thomas. Je ne veux pas que tu prennes de risques à cause de moi.

Je hausse les épaules pour la rassurer, l'air habitué : je n'ai pas besoin d'elle pour prendre des risques. Elle développe : le grand chêne est venu à moi par ses pinceaux ; elle se juge totalement responsable de la relation qu'il a nouée avec moi. Je m'abstiens de protester. Je ne déteste pas qu'elle soit un peu dépendante. Elle enchaîne :

— Je sens que tu as raison, que cet arbre est tout à fait innocent et bénéfique, mais peut-être qu'on risque de le métamorphoser. Tout ce qu'on sait de ce gland, c'est ce que Nox nous en a dit. Boris Vigor l'a planté dans un pot devant lui pour exaucer le vœu de sa fille – mais d'où il vient, ce gland ? Tu paries que c'est Nox qui l'a fourni ? Vigor était un tel crétin buté, de son vivant ; ça ne va pas changer avec sa mort.

Je confirme. Elle insiste :

— Il s'est fait avoir. Ou alors, pire : c'est Nox qui a inventé tout ça. Pour que notre compassion envers la petite Iris nous fasse gober son plan tordu.

Quelque chose s'est figé dans ma tête. Un arrêt sur image. Assis de travers sur le canapé du ministère, le Boris en latex essaie, au prix d'un effort colossal, d'animer le caoutchouc pour me mettre en garde. *Faut pas faire ça.*

— Tu es en train de dire quoi, Brenda ? Que Nox ne veut pas stopper la révolte des arbres, mais la provoquer, la rendre *réelle* après l'avoir inventée ? En se servant de nous ? Son Gland de la paix, ça serait une déclaration de guerre ?

— Demande au totem. Si vraiment tu as développé ce pouvoir d'entendre les arbres de l'intérieur, comme avec l'If d'Éden, vas-y. Moi, tout ce que je ressens, c'est une émotion artistique devant le tableau que je peins, c'est tout. Les arbres ne me parlent qu'en peinture, et on n'a pas le temps. Vas-y, toi, avant qu'on décide quoi que ce soit. Interroge-le. J'ai confiance en toi, Thomas. Tu es la première personne à qui je dis ça. Et j'ai raison de te faire confiance, je le sais.

Je hoche la tête. Je suis bouleversé par ses paroles. Peut-être qu'elle ne m'aime pas vraiment, parce que je suis trop petit, mais elle me comprend, et c'est encore meilleur. Parce que l'amour, ça part en général sur un malentendu et puis ça déraille, ou ça s'use. Mais là, si je reste le même, elle n'arrêtera jamais de me comprendre et de me faire confiance. Et comme je n'ai aucune intention de changer…

Le cœur battant, je m'approche du grand chêne. J'enserre le tronc, je me colle à l'écorce et je ferme les yeux. Je le salue, je me présente : Thomas Drimm, amoureux des arts et des arbres, on s'est parlé dans un tableau et maintenant je suis venu faire connaissance dans la vraie vie – enfin, la « vraie vie », justement, c'est le problème… Avec tous les mensonges qu'on me débite, j'aimerais bien savoir où est la vérité, alors je vous demande l'autorisation d'entrer dans votre mémoire.

Je rassemble ma pensée, je la concentre, je la compacte, je l'enferme dans une bulle de conscience que je projette hors de ma tête, comme un satellite de moi-même, tout en fredonnant le chant rituel que m'a appris mon père la nuit dernière :

— *Toi qui sens, toi qui sais, toi qui aimes, entends-moi et pardonne. / Fais de mon mal un bien, de mes maux un remède. / Pour que nous ne formions qu'un / Et que tout soit dans le Tout pour que rien ne s'arrête.*

Je m'entends répéter trois fois la mélodie qui pulse dans ma voix et mes veines. Puis la sensation de l'écorce contre mon front s'inverse, et la perception s'éloigne à mesure que l'arbre me fait pénétrer en lui. Le temps s'arrête, je m'écoule dans son espace. De cercle en cercle, il me laisse voir tout ce que ses racines ont capté, et les racines de ses racines, et la mémoire de ses mémoires au fil de ses vies successives, depuis l'apparition de l'homme sur Terre. Comme si l'être humain n'était qu'un prolongement de sa pensée, un rêve de l'arbre…

À travers les fibres, je me laisse porter par un chemin de sève qui m'entraîne jusqu'à une tache étoilée, une sorte de moelle où nos pensées fusionnent. À nouveau, je baigne dans cet incroyable courant d'amour qui est plus que de l'amour, comme une sorte de connaissance qui rend tout compatible, nécessaire, lumineux…

Mais soudain une force me tire en arrière, m'expulse de la tache étoilée, m'entraîne dans un tourbillon de souffrance et de haine, de supplication, de sang, de flammes… Des éclairs déchirent le ciel, des gens courent, se tiennent les poumons, s'écroulent, meurent. Et les arbres demeurent. Ils n'y peuvent rien. Leur détresse et leur solitude s'accrochent à moi ; une parole poignante essaie de me retenir dans ma chute :

— N'oublie jamais la vérité… Jamais… Ne laisse pas gagner l'oubli… Sauve l'amour, Thomas… L'amour…

La voix lâche prise, ma chute se poursuit. L'aspiration vers le silence, le noir, la matière vide… Tout s'arrête. Quelque chose de terriblement froid m'emprisonne, me dilue, me fige.

28

Cœur du chêne, temps mort

Bienvenue, Thomas Drimm. Bienvenue dans ce qu'on appelle le « bois parfait ». Le cœur de l'arbre. C'est-à-dire la partie morte, la mémoire qui lui sert de squelette. Aucune émotion, ici, aucun travail de croissance. Le restant du chêne me rejette, refuse de traiter mon information, d'intégrer ma forme d'intelligence. C'est la seule zone à laquelle j'aie accès. La zone du temps figé. C'est là que je t'attendais.

Maintenant que cet arbre t'a révélé sa véritable nature, je n'ai plus de raison de te mentir. Puisque tu procèdes de moi. De nous. Nox et Noctis, les deux faces du Diable, complémentaires et nécessaires. Tu vois tantôt l'une et tantôt l'autre, au gré des tentations qui éclairent le chemin que nous voulons te faire prendre. Car c'est le chemin qui t'est destiné. Celui qui mène à ta raison d'être. Il faut que tu la connaisses, afin de pouvoir éventuellement la refuser et la combattre, si c'est ton choix.

Tu es l'instrument du Mal, Thomas Drimm. Chaque fois que tu crois faire le Bien, tu sers les intérêts du Diable. Mais ça ne marche que si tu demeures libre d'agir selon ta conscience. C'est la règle de mon Jeu.

Donc, je t'ai donné rendez-vous dans ce « bois parfait », la perfection de la mort, pour un petit point d'information. Tu auras tout oublié à ton réveil, comme d'habitude, sauf ce que ton inconscient aura décidé de conserver sous forme d'intuition, de « voix intérieure », pour t'aider à agir sur la réalité.

Nous commençons par le commencement ? Au début était la Lumière. Si aveuglante qu'on ne voyait rien – et de toute manière il n'y avait personne pour voir ce rien, car tout était dans Tout et la notion d'observation n'existait pas, puisqu'il n'y avait pas d'observateur. Aucun esprit critique.

C'est là que j'interviens. L'observateur, c'est le Diable. Celui qui divise pour rendre perceptible. Celui qui donne conscience de l'existence de Dieu. Pour le meilleur et pour le pire. Car avoir conscience de Dieu, c'est avoir conscience de soi, et donc détourner la loi de la Création vers l'accomplissement personnel de chacun. Or tout ce qui vit n'est qu'une seule et même structure, animée par un seul but : l'accroissement de la connaissance à travers l'amour. Enfin, ça, c'était avant que j'arrive. Avant que l'inconscient collectif, comme vous dites si joliment, me donne naissance.

Vos premiers dieux sur Terre étaient des arbres. Ils se sont nourris de vos croyances, de vos prières, de vos rêves et de vos haines. Les arbres amplifient tout ce qu'ils reçoivent, le synthétisent, le restituent… Au début, l'espèce humaine savait les écouter. Mais, au fil de son évolution, elle ne s'est plus intéressée à ce qu'ils voulaient exprimer ; uniquement à ce qu'ils pouvaient produire. Elle n'a plus vu dans les forêts que du bois pour se meubler, se chauffer, cuire son manger, fabriquer ses maisons, ses bateaux, ses travées de chemin de fer… L'homme a oublié l'arbre en se servant de lui. Les dieux de la forêt sont partis en fumée – sauf celui dans lequel nous nous trouvons, le dernier qui s'accroche, qui s'obstine à renaître de ses cendres et à diffuser son message. Ses vieilles valeurs d'amour et de bonté qui n'ont jamais favorisé que le Mal, car l'illusion du Bien fragilise. Tu ne trouves pas, Thomas ?

Comment en est-on arrivé au monde où tu as vu le jour ? Pourquoi ai-je pris le pouvoir, et dans quel but ? L'humanité courait à sa perte. Les religions s'étaient coupées de leurs racines et dérivaient comme des troncs morts, naufrageant toutes les embarcations humaines. Ça devenait lassant, à la longue. La notion de divinité était en train de tuer l'homme, Dieu n'était plus qu'une source de conflits : c'était à moi de réagir. Mais je ne pouvais pas sauver tout le monde. L'Arche de Noé, tu connais. C'est toujours la seule et unique solution, en cas de crise majeure. On réunit quelques spécimens avant de détruire le reste, et on les laisse refaire souche pour régénérer la Création.

C'est ce que j'ai entrepris avec les États-Uniques. Une réserve humaine. Dotée par mes soins des plus bas instincts et des pires intentions, pour prouver une fois de plus que le fumier est le meilleur des engrais pour que naissent et prospèrent des fleurs pures – comme toi. Les plus intéressantes à pervertir.

Je commence donc par créer le chaos universel en poussant les religions à leurs dernières extrémités. Je les dresse les unes contre les autres, tout en favorisant les conflits internes, les luttes fratricides ; j'inspire des attentats suicide, des guerres saintes et de justes représailles – j'adore ce genre de vocabulaire. Bref, je fous le bordel. Et je répands la peur, surtout : la meilleure de mes armes. Bien plus fiable que la haine qui repose sur le sentiment de supériorité. Ça, j'ai eu le temps de méditer sur mon échec d'autrefois, avec les idéologies qui prônaient l'avènement du surhomme. Tous ceux qui se croient les plus forts finissent vaincus par ceux qui font de leur faiblesse une raison de survivre. C'est une loi contre laquelle je ne peux rien, alors je la contourne. Et puis l'autodestruction est tellement plus distrayante à mettre en scène que les rapports de force…

Je me serai bien amusé, Thomas, avec le genre humain. Je n'ai pas toujours été le tout-puissant marchand de puces cérébrales de votre société robotisée. Je m'adapte aux différentes cultures. C'est conseillé, lorsqu'on est immortel. J'ai été sorcier chez les peuples premiers, maître à penser chez les intellectuels, guide révolutionnaire lors des changements de régime, roi des marchés boursiers à l'ère capitaliste, empereur du textile quand les voiles islamiques ont envahi le monde…

Mais le moment était venu de faire du neuf. Par quoi pouvais-je remplacer les religions, pour cimenter une nouvelle civilisation ? Le hasard. Le culte du hasard. La mythologie de la victoire au jeu, conçue comme le produit de la force mentale. Une valeur spirituelle, évaluée par un quotient de puissance ludique qui sélectionnerait les dirigeants. Bref : la ludocratie. Un monde gouverné par la dictature de la chance, de la paix sécurisée, de l'inculture générale, du formatage et de la surveillance au service du bien-être. Votre monde. Les États-Uniques.

Mais il n'y a pas d'Arche de Noé sans déluge. J'ai réussi à persuader le premier des Présidents Narkos que les puissances étrangères voulaient nous envahir, que les nations religieuses alentour avaient lancé une guerre sainte contre le jeu, et qu'il fallait une riposte préventive. Je ne voulais pas d'un conflit nucléaire ou chimique qui aurait affecté l'environnement. J'ai préféré une mort bio. Une mort verte. L'humain serait détruit par le végétal.

Mais, comme tu as fini par le comprendre, ce ne sont pas les arbres qui l'ont voulu. Je me suis servi d'eux, c'est tout. J'ai synthétisé les protéines grâce auxquelles ils éliminent leurs prédateurs, et je les ai adaptées à l'homme. À partir de leurs défenses naturelles, j'ai conçu la bombe V, qui a rendu mortel pour l'organisme humain l'oxygène produit par les arbres à partir du gaz carbonique. Il a suffi d'envoyer les missiles exploser dans la stratosphère, avant de refermer sur ton pays le Bouclier d'antimatière mis au point, grâce à mes crédits de recherche, par ton cher ami Pictone. Un Bouclier qui vous protégerait des retombées comme des contre-attaques.

Ainsi j'ai partagé la planète en deux : les neuf dixièmes réservés à la nature redevenue sauvage, et le reste consacré à ma réserve humaine. Un minimonde sous cloche pour concentrer mes expériences.

Avec les États-Uniques, j'ai recréé le Paradis perdu – c'est-à-dire, pour moi, l'Enfer retrouvé. J'ai joué au jeu des Tentations. Ayant épuisé vos ressources énergétiques traditionnelles, alliez-vous, si je vous en donnais la possibilité technique, emprisonner et recycler l'âme de vos défunts pour en tirer une énergie propre ?

Deuxième Tentation : si je fais saboter le Bouclier et que je vous persuade que vos arbres, contaminés par la flore étrangère, sont devenus dangereux pour la santé, allez-vous les détruire ? Quitte à vous détruire vous-mêmes ?

Et enfin, troisième Tentation : si vos enfants se végétalisent et s'en prennent à vous, allez-vous les éliminer à leur tour ? L'humanité est-elle prête pour le grand suicide ?

C'était juste une expérience, Thomas. Une vérification. Elle a dépassé mes espérances. Ou devrais-je dire mes craintes ? Car vois-tu, le problème, c'est que tout cela m'ennuie. Et me fait dépérir. Si, si. Dans un monde où chacun fait le jeu du Mal, ma puissance s'ankylose par manque de résistance. D'où la nécessité de réveiller les forces du Bien endormies par la peur et le confort, en me créant l'ennemi idéal. Toi. Je te raconterai un jour comment je m'y suis pris : le moment de cette révélation-là n'est pas encore venu.

En tout cas, n'oublie jamais que tu es libre. Je t'ai mis en situation, mais je ne t'ai pas programmé. Sinon, où serait le plaisir, la surprise, l'enjeu ? J'ai organisé ta rencontre avec Léo Pictone, j'ai fait en sorte que ton cerf-volant le tue pour que tu puisses entendre son fantôme et choisir ou non de l'écouter. Allais-tu détruire le Bouclier d'antimatière, afin que nous puissions passer à la suite de mon plan ? Délicieux suspense.

Face à tes pulsions de justicier ballotté par l'amour, j'ai enchaîné les concours de circonstances et les mises à l'épreuve : les vaccins à micropuces, la chute du marronnier sur ton collège, la métamorphose de Jennifer, la résurrection calamiteuse de ton père, l'évasion de Brenda… Tous les défis, les pièges, les tentations que, sous les traits de Nox ou de Noctis, j'ai soumis à ton bon vouloir.

Je te le répète, Thomas, tu es libre de t'opposer à moi. Libre de décider. Vas-tu prolonger l'espèce humaine, ou parachever le grand retour du règne végétal ? L'homme ne sera-t-il pas plus heureux s'il vit enfin en harmonie avec la nature, c'est-à-dire s'il renonce à lui-même ? S'il arrête de détruire pour rien, de se suicider collectivement. S'il redécouvre l'intelligence de l'immobilité, l'harmonie, l'interaction avec son environnement… S'il cesse de se disperser pour retrouver le sens du Tout.

Ce gland que tu es venu planter, c'est celui de la paix car c'est celui de l'oubli. L'oubli de soi, des autres, de l'amour, de la pitié, du pardon… Le retour aux valeurs végétales, où c'est le plus fort qui gagne, et puis voilà. J'ai chargé ce futur chêne de toutes les amnésies qui me livreront enfin la Terre. Car Dieu est amour, d'accord, mais c'est un propriétaire qui n'habite pas l'immeuble. Et moi, pour l'instant, je ne suis que le gardien. Il touche les loyers ; je me contente des étrennes.

Ton père t'a parlé de la Genèse, tu te souviens ? Ève a croqué la pomme ; toi tu planteras le gland. Je l'ai poussée à goûter au fruit de la Connaissance du Bien et du Mal ; toi tu vas faire germer l'oubli de l'amour. Dans l'intérêt général. Car c'est l'amour qui est la cause de toutes les souffrances que l'homme s'inflige, quand il refuse de m'écouter. Tu en sais quelque chose. Imagine ta vie, si tu ne souffres plus à cause de tes parents, de Brenda, de Jennifer… Comme cette vie sera douce, légère et cohérente, si tu ne fais plus qu'assouvir tes besoins pour soigner ta croissance – la morale de l'arbre. Tu ne souffriras plus, et tu ne feras plus souffrir ceux qui t'aiment. Quel soulagement, quelle délivrance pour tout le monde…

Il suffit que tu plantes le Gland de l'oubli au milieu des racines du Chêne d'amour, cet émetteur surpuissant qui n'en finit pas de contrecarrer mes plans, d'arrêter les guerres, de réclamer justice, de susciter l'entraide, de diffuser les fausses nouvelles de l'espoir, de vous sauver pour rien…

Allez, Thomas Drimm, retourne dans ton corps de jeune homme et prends ta décision. En connaissance de cause. Car ma cause est la tienne, mon fils.

29

— Qu'est-ce qui t'arrive, Thomas ? Regarde-moi ! Thomas ! Réponds !

Je reprends mes esprits, je me décolle du tronc. Le Gland. Planter le Gland.

— Que s'est-il passé, dans l'arbre ? Il t'a dit quelque chose ? Réponds-moi, enfin !

Je la repousse. La pelle. Creuser. Des mains retiennent le manche.

— Je n'aime pas cette expression, Thomas. Tu n'es plus toi-même. Rends-moi cette pelle… Non !

Elle recule d'un bond, se protège du coude. J'abaisse la pelle, me retourne, avance au milieu des racines apparentes du chêne. Un coin de terre meuble, entre le bitume crevassé qui s'effrite. Creuser.

Les bras m'emprisonnent. Je me dégage, balance un coup de pelle. Elle tombe. Je recommence à creuser. Oubli. Oubli. Sauver le monde qui meurt d'amour. Qui meurt à cause de l'amour. Oubli. Creuser. Je n'aime plus. Je suis libre. Libre comme l'oubli.

Profond. Assez profond. Là, au carrefour des racines. La place de pousser. Le jeune chêne va épuiser le vieux. En grandissant, il le déracinera. Oubli. Planter.

Je me retourne. Elle a les doigts dans la terre du pot, elle fouille, elle arrache le gland. Non ! Elle se sauve, je cours. Trop vite. Les herbes, les branches… Le mur. Elle s'arrête, s'adosse, me fait face. Elle me défie. Elle sourit. Elle mâche.

Non ! Le chêne ! Mon chêne ! Rends-le-moi ! Crache ! Je me jette sur elle, on roule dans les herbes. Je frappe, elle résiste, elle me bloque. Son poids sur moi. Sa bouche ouverte, à pleines dents. Les derniers fragments qu'elle croque… Le Chêne de l'oubli qu'elle avale…

Non, Brenda… Pourquoi ?

Elle rit. Elle rit, elle me serre. Mordre. Les fragments du chêne sur ses lèvres. Mordre… Elle m'empêche. Oubli… Amour… Oubli…

Le rire se fige. Elle vacille. Les yeux se ferment. Tout son poids sur moi, soudain. Mon souffle s'arrête. J'essaie de me dégager.

— Brenda ! Brenda !

Le manque d'air, l'affolement, et comme une espèce de délivrance, en même temps… Qu'est-ce qui m'est arrivé ? Qu'est-ce qui lui arrive ? Brenda !

Je réussis à me dégager de son corps, je me redresse, je la retourne. Elle ne bouge plus. Elle respire, mais c'est tout. Je lève ses bras, ils retombent. Je soulève ses paupières, elles se referment. Je la secoue, la pince, la gifle. Rien. Ce n'est pas du sommeil. Elle est dans le coma.

Je me relève. Des battements d'ailes, des cris d'oiseaux, tout autour. Ils approchent, ils tournoient, ils se posent. Ce n'est pas possible… Que va-t-on devenir, seuls humains dans ce monde ? À deux heures d'hélicoptère de chez nous – et comment repartir si elle ne se réveille pas ?

Je chasse du bras un corbeau qui est venu se poser sur elle. Et je m'agenouille à son chevet. Brenda. Elle n'a jamais eu l'air si belle et si paisible, son sourire de victoire encore accroché aux lèvres… Comme si elle m'avait sauvé. Et c'est le cas, peut-être. Je ne comprends pas ce qui s'est passé, dans le chêne. Je me suis fait piéger, envoûter, mais par quoi ? Par qui ?

Je verrai plus tard. On ne va pas rester dans cette forêt vierge, avec tout ce qui s'affaire autour de nous pour nous bouffer. Déjà, ce que je vois me glace le sang, les centaines de corbeaux et de goélands qui nous ciblent, mais j'imagine sans peine les serpents et les autres saletés qui rampent vers nous, cachés par les hautes herbes.

Dans cette ambiance, je n'arriverai jamais à me concentrer pour faire entrer ma pensée dans le corps de Brenda, et tenter de la réveiller de l'intérieur. De toute manière, avec ce qui m'est arrivé dans l'Arbre totem et dont je n'ai aucun souvenir, je n'ai plus confiance en mon pouvoir. Si j'ai une chance de sauver Brenda, c'est de l'extérieur.

Je la soulève par les aisselles, j'essaie de tirer. Je ne pensais pas que c'était si lourd, une femme. Je n'arriverai jamais jusqu'à l'hélico. Et pour quoi faire, de toute façon ? On ne s'improvise pas pilote à mon âge. Non, il faut que je la réanime. Que je trouve de l'eau, de l'alcool, des outils, je ne sais quoi. Mais cinquante ans sans personne, j'imagine l'état des fournitures.

Je rassemble des branchages, construis une espèce de hutte au-dessus de Brenda pour la protéger des prédateurs, et je fonce à l'intérieur de la station-service. Voir au moins si elle peut servir d'abri.

Je me fige à l'entrée du garage. Un nuage de frelons tourne autour d'une vieille guimbarde qui leur sert de nid, débordante d'alvéoles, entre les araignées géantes qui ont tissé des hamacs au-dessus du pont élévateur. Un monde sans hommes, c'est beau vu du ciel, mais sur place, merci. Je préférerais encore des rats, des fauves, des chiens-loups… Je me demande s'il ont disparu, eux aussi, parce qu'ils étaient devenus trop proches de l'homme, qu'ils respiraient le même air que lui.

Je suis en train de tourner les talons lorsque mes yeux tombent sur le truc à roulettes qui sert à se glisser sous les voitures. La toile plastique est en miettes, mais l'armature rouillée paraît solide. Je la vérifie du pied, la prends du bout des doigts, rafle au passage des sangles et des sandows plus cuits les uns que les autres, mais la quantité compensera.

Des rapaces sont déjà en train de s'attaquer aux branchages. Je les chasse à coups de sangle, démonte ma hutte de protection. Brenda n'a pas bougé, toujours aussi paisible et belle, malgré les fourmis rouges que j'évacue aussitôt en raclant sa peau et ses vêtements avec la visière de sa casquette. Il faudrait que je la déshabille pour déloger les planquées, mais ce n'est pas le moment ni l'endroit : ça l'exposerait encore plus et ça risquerait de me déconcentrer.

Je fais riper son corps sur le mini-sommier à roulettes, l'attache comme je peux, et je commence à traîner l'engin à travers les broussailles et le bitume défoncé de la station. Ça pèse toujours une tonne, mais ça se manœuvre mieux. Cela dit, je me vois mal monter l'escalier avec cet attelage.

Je m'arrête pour reprendre mon souffle, m'assieds sur un pneu. Je lève les yeux. Les pales de l'hélico dépassent de l'angle du toit, me narguent au soleil de plomb. Qu'importe : j'ai un but, un espoir, et même si c'est de la folie ça m'évite de sombrer dans la panique.

Je me relève, empoigne les montants du traîneau qui se déboîte à moitié. Merci la rouille. Les sangles tiennent, au moins. Je me penche pour déposer un baiser furtif sur les lèvres de Brenda, histoire de profiter quand même un peu de la situation pour me redonner du cœur au ventre, et je reprends ma progression sous la chaleur de bête qui me transforme en fontaine.

Arrivé dans le hall de l'immeuble, je m'effondre sur la première marche. On va dire que j'ai déjà réussi l'impossible. Au moins, ici, il fait frais et il n'y a pas d'oiseaux. Pause.

La tête entre mes genoux, le sang cognant dans mes tempes, j'écoute les battements de mon cœur qui finissent par ralentir. Quand un semblant de silence est revenu, je tends l'oreille à mon cerveau. Léo, s'il vous plaît. Vous êtes là ? Ne me laissez pas tomber, pas maintenant. Je suis peut-être quelqu'un d'exceptionnel, d'accord, mais je n'ai même pas treize ans. Comment ça se pilote, un hélicoptère ?

Pas de réponse. Je me lève soudain, vérifie si Brenda respire toujours. Ça va, le souffle est régulier, mais c'est le seul truc qui marche. Qu'est-ce qui l'a mise dans cet état ? Je ne sais pas quelle saloperie nous a refilée Nox, mais ce n'était pas un gland normal.

J'hésite à fouiller ma mémoire pour comprendre ce qui s'est passé. Je sens que c'est dangereux de trop creuser et que je dois rester disponible, si Pictone daigne enfin se manifester dans ma tête. Peut-être qu'il s'économise, au fond, qu'il attend que je sois installé aux commandes de l'hélico pour être opérationnel.

Cette lueur d'espoir me redonne un coup de fouet. Je reprends le traîneau, calcule la largeur de l'escalier. Ça ne passera pas, même en travers. Dans l'ascenseur non plus. De toute façon, vu les câbles électriques qui pendouillent, rongés de partout, je ne me fais pas trop d'illusions.

J'ôte les sangles et les sandows, et dispose Brenda sur mon dos comme on porte un matelas. Ça cogne sur les marches et la rampe, mais j'arrive à la hisser, mètre après mètre, en gueulant entre mes dents serrées pour me redonner de la force.

Le soleil est déjà bas quand on arrive sur le toit. Encore heureux qu'elle ait choisi l'immeuble le moins haut du quartier. Je m'accorde un moment de repos sur le gravier moussu. Tout mon corps est un énorme lumbago agité de crampes, mais ça va. Reste à hisser les soixante kilos de ma chérie dans le cockpit. Un détail avant le début des vrais problèmes.

30

J'ouvre la portière et je positionne Brenda contre la carrosserie bombée. Cette fois, pour varier les plaisirs, j'essaye de la pousser. Comme je n'arrive à rien, je monte à bord, j'attrape un harnais, une corde que je passe dans la poulie, je mets le contact, et je la treuille à l'intérieur. Voilà. Au niveau des commandes de l'engin, c'est tout ce que je sais faire.

J'attache Brenda sur mon siège de tout à l'heure, je m'installe et je regarde autour de moi. Bon. Des dizaines d'interrupteurs, de tirettes, de leviers, dans tous les coins, et rien n'est étiqueté. Je cherche dans les vide-poches un mode d'emploi, un catalogue, une check-list… Mais c'est un appareil militaire, pas un hélico-école.

OK. En l'absence de doc, laissons faire l'invisible. J'empoigne les manettes façon joy-stick, je ferme les yeux, je m'efforce de faire le vide et j'attends. À vous, Pictone.

Rien. J'éteins, je remets le contact, je bascule deux, trois interrupteurs qui ont l'air importants. Aucun effet. Je les remets en position d'origine et je pousse un soupir, découragé. Et puis soudain, je me rappelle que si j'ai le pouvoir d'introduire mon esprit dans le corps humain et le tronc des arbres, je peux le faire aussi dans les circuits électroniques. Ça a marché, hier matin, avec le portail de la Forêt interdite. J'ai visualisé le verrou magnétique, l'intérieur du câblage, j'ai dit : « Thomas Drimm », et ça s'est ouvert.

Je retente le coup. Raté. J'essaie à l'envers, « Drimm Thomas », ce n'est pas mieux. « Brenda Logan » non plus, ni « Léo Pictone ». Visiblement, ça ne sert à rien de personnaliser. Alors je prononce d'un ton solennel, les yeux fermés, concentré sur les pales du rotor que je pénètre de toute ma force mentale pour les mettre en mouvement :

— Décolle !

Échec. Il faut peut-être que je respecte l'ordre des commandes. Je prends ma respiration, me focalise sur les fils qui vont du contact à l'allumage.

— Démarre.

Pas plus de succès. J'essaie tous les termes disponibles dans ma mémoire, de « Préchauffe » à « Tourne » en passant par « moteur » et « action ». Toujours rien. On n'a peut-être plus de carburant – mais si, je dis n'importe quoi : Brenda a fatalement vérifié qu'on avait de quoi faire l'aller-retour. Moi, en tout cas, je suis en panne d'inspiration.

Je laisse retomber mes mains en gonflant les joues. Abandonné des vivants, des morts et des machines. C'était bien la peine de m'entraîner dans toute cette histoire, de me donner toute cette formation de super-héros de l'invisible, pour me laisser en carafe devant un problème aussi bêtement matériel : j'ai un hélico, je ne sais pas m'en servir, et la pilote a mangé un gland neuroleptique.

Les abeilles et les mouches cognent contre le verre du cockpit. Ça m'étonnerait que ça soit pour proposer leur aide. En plus le vent s'est levé, la carrosserie commence à tanguer très fort. S'il y avait une tour de contrôle, elle me refuserait le décollage. On se console comme on peut.

Je ferme les yeux pour ne pas pleurer. Je suis seul, désespérément seul, à vingt centimètres de la femme de ma vie qui s'arrête ici. On va mourir de faim, de soif, de peur ou de malaria – j'imagine la nuit, dans cette ville fantôme, avec les moustiques géants qui vont se glisser dans les conduits d'aération. Elle encore, elle ne souffrira pas – c'est toujours ça. Et puis les rapaces éclateront les vitres et nettoieront l'habitacle. La version light, c'est qu'une rafale de vent nous balance du toit et qu'on soit tués sur le coup.

J'espère qu'au moins on se retrouvera dans l'au-delà, et que la différence d'âge ne sera plus un problème. Allez, disons-nous qu'en mourant, je gagne du temps. Je t'aime, Brenda. À tout de suite.

Je lui prends sa casquette, je l'enfonce sur mes yeux, et je lâche prise.

Et puis non, ça serait trop nul ! J'ai détruit un Bouclier d'antimatière, j'ai déprogrammé des milliers d'ados végétalisés, je ne vais pas baisser les bras devant un simple hélico sans pilote sous prétexte que je n'ai pas le mode d'emploi ! Léo Pictone, réponds ! C'est mon dernier avertissement, sinon tu auras notre agonie sur la conscience et tu pourras toujours te « réinitialiser », comme tu dis, on te fabriquera un enfer tellement pourri que tu regretteras d'être mort. Réponds ! Si tu m'entends, s'il te reste un gramme d'humanité et de reconnaissance pour mes services rendus, fais quelque chose… Tout de suite ! Matérialise-toi, prends les commandes de mon corps pour faire décoller ce foutu engin, ou alors téléporte-nous – ça doit être dans tes cordes, non ?

Allez, sois pas salaud. Je me livre à toi, Léo. En souvenir de ce qu'on a vécu depuis que je t'ai tué, ne me laisse pas tomber. OK ? Je n'ai plus que toi…

— Fallait pas.

Je fais un bond sur mon siège. Le coup de joie machinal en entendant parler dans ma tête retombe aussi sec. C'était à peine audible, mais j'ai bien peur d'avoir reconnu la voix.

— Fallait pas… faire ça…

Ah non, pas lui ! Soyez sympa, au standard, passez-moi Léo Pictone, pas Boris Vigor ! On n'arrivera jamais à décoller, avec cette andouille.

— À cause de moi… Le gland…

— Oui, d'accord, Boris, mais c'est fait : c'est fait. On passe à l'avenir, OK ? Vous savez piloter ?

— Non.

— Ben foutez le camp, alors ! Laissez la place à ceux qui savent ! Passez-moi Pictone !

— À cause de moi…

Je tape du poing sur le tableau de bord, excédé. Mais qu'il libère la ligne, ce con !

— Aie… confiance, Thomas… On est tous connectés…

C'est ça, oui. J'imagine son équipe de man-ball, qui pousse dans les vestiaires de l'au-delà pour donner un coup de main : « Moi aussi j'veux essayer, les mecs ! Où c'est qu'j'appuie ? » On va se crasher au bout d'un mètre.

— En… dors-toi… Laisse faire l'équipe… Laisse-nous prendre ton corps.

J'hésite. Trente-sept billes humaines rembourrées qui ont passé leur temps sur Terre à rebondir de case en case sur une roulette géante pour se loger dans le numéro misé par le public, ça donne moyennement envie d'être possédé. Mais après tout, c'est ce que j'ai demandé. Évidemment, je serais plus en confiance avec Pictone ; chaque fois qu'on a bossé en binôme, ça a plutôt bien fonctionné, même si ensuite ça s'est fini en cata. Mais si le vieux n'est pas dispo, je ne vais pas non plus refuser l'aide de ses semblables pour lui laisser l'exclu.

— *Fais dodo… Thomas, mon p'tit frère…*

Et allons-y pour la berceuse. On ne peut pas vraiment dire qu'il évolue dans l'au-delà, celui-là. Mais c'est plutôt gentil, et peut-être que, dans un sauvetage de ce genre, la gentillesse est plus efficace que la compétence…

Je me tourne vers Brenda. Ma Belle à l'hélico dormant… Si je n'arrive pas à te réveiller, je vais essayer de te rejoindre dans le sommeil, et on va leur laisser une chance, qu'est-ce que tu en penses ? Au pire, si Vigor et son équipe n'arrivent pas à nous faire démarrer, j'aurai toujours gagné une sieste, et récupéré des forces pour tenter l'impossible : enclencher toutes les commandes à la fois pour trouver au hasard le système de décollage, quitte à larguer les missiles sous nos fesses. Et si je me plante, on reviendra au programme précédent : nos retrouvailles dans un autre monde.

Je viens, ma Brenda. Un dernier baiser pour la route, dans la paume de ta main, comme les grands. Je resserre ta ceinture de sécurité, je boucle la mienne, et allons-y.

Je pose les doigts sur les commandes, je cale ma nuque sur le dossier, et j'attends le sommeil pour livrer mon corps à leur science – c'est l'espoir qui fait vivre.

— Merci de me faire confiance, Thomas, murmure dans mes pensées qui s'engourdissent la voix de Boris.

Elle est beaucoup plus dense et précise, comme si, en m'en remettant à lui, je le rendais moins nul. Je voudrais lui répondre, mais je ne peux pas. Je suis tétanisé, paralysé. Calme et plus vraiment là. J'entends au loin, par-dessus le souffle étouffé de l'allumage :

— Tu sais, le Gland de l'oubli, ce n'est pas moi... C'est Nox qui l'a sorti de sa poche pour que je le plante dans le pot, avant de me tuer. Il avait besoin de le charger avec trois énergies contraires : mon désespoir, ma force d'amour et ma puissance d'aveuglement.

La voix s'emballe, joyeuse, monte en régime avec la poussée des moteurs.

— Mais tu as effacé tout ça, Thomas ! Tu as gagné... Pour ma petite Iris, pour nous tous ! Tu entends ? Toute l'équipe est derrière toi ! Allez, mon pote, on s'arrache !

Un bruit lointain de ventilateur m'accompagne tandis que je perds connaissance.

DIMANCHE

L'avenir s'écrit au passé composé

31

Officiellement, tout cela n'a pas eu lieu.

Je m'appelle Thomas Drimm, j'ai toujours treize ans moins le quart et je viens de sortir de l'hôpital. Après trois semaines d'isolement en chambre stérile, on a réussi à fabriquer à partir de mes anticorps, d'après National Info, le vaccin idéal contre la grippe V. Sauf qu'entre-temps, elle a disparu.

La paix est revenue. Les végétalisés sont en convalescence, ils reprennent figure humaine. Jennifer ne veut pas encore se montrer, mais, vu les textos qu'elle m'envoie, elle est déjà redevenue boulet comme avant. Et encore, elle ignore qu'elle me doit sa guérison.

Mon père est venu me chercher à la sortie de l'hôpital, dans sa limousine de fonction. Il est entré au gouvernement, sur proposition de Lily Noctis. J'ai appris qu'elle a remplacé son demi-frère qui va passer en Cour martiale, paraît-il, pour entente avec l'ennemi pendant la Guerre végétale. Je ne vois pas trop ce qu'il a pu faire, à part coucher avec un saule. De toute manière, elle et lui, c'est du pareil au même. La révolution qu'elle nous promettait, c'est quoi ? du développement personnel. À présent, elle est à la fois ministre de l'Énergie et du Hasard, et elle a fait de mon père son secrétaire d'État aux Ressources naturelles. De sa fenêtre, il voit le bureau de ma mère, au ministère d'en face. Elle est directrice de la Moralité à l'Inspection générale des casinos. Souvent, ils déjeunent ensemble à la table de Lily Noctis. Ça se passe très bien.

J'ai trouvé mon père profondément changé. Serein et charmeur, équilibré et content de soi. Il a commencé par me dire qu'il avait eu très peur, il y a trois semaines, en entendant sur National Info que les gardes-côtes venaient de retrouver, au large de Ludiland, l'épave d'un hélicoptère avec à son bord un ado inanimé aux commandes. Va savoir pourquoi, il avait tout de suite pensé à moi. Mais sa ministre l'avait rassuré : j'étais toujours au secret à l'hôpital. Et d'ailleurs le fait divers s'était conclu le soir même ; on avait retrouvé le pilote, et l'ado était hors de danger. Tout est bien qui finit bien.

Comment lui dire la vérité, si cette version officielle lui convient à ce point ? Mes trois semaines d'isolement sont un tunnel dont j'émerge avec peine. On m'a donné plein de médicaments, de reconstituants, de drogues qui ont brouillé mes repères. Je me souviens de tout, mais je ne sais plus ce qui est réel ou non. En tout cas, je suis redevenu maître de mes pensées. Ni la voix de Léo Pictone ni celle de Boris Vigor n'ont plus fait d'intrusion dans ma tête. Un seul mot, en revanche, me revenait chaque matin au réveil, de manière obsessionnelle. Je ne l'avais jamais entendu, il ne m'évoquait rien, et pourtant je sentais que c'était terriblement important.

— Papa, c'est quoi, un chronographe ?

— *Chronos*, le temps ; *graphein*, écrire. Étymologiquement, je dirais : un appareil qui écrit le temps. Pourquoi ?

Je suis resté évasif. Après avoir isolé par la séparation blindée le compartiment chauffeur, il a ajouté, avec des éclairs dans les yeux, qu'il m'avait écouté et qu'il était parfaitement heureux dans sa nouvelle double vie. Et même, il était retombé amoureux de ma mère, depuis qu'il avait trouvé le bonheur ailleurs.

J'étais content pour elle. Pour lui aussi. Pour moi, c'était autre chose. J'avais quitté l'hôpital, mais Brenda y était restée. Les médecins disaient qu'elle ne sortirait pas du coma. C'était plus qu'un coma, d'ailleurs. Personne ne comprenait. D'après les scanners et les analyses, elle était en train de s'embaumer toute seule, comme si elle n'avait mangé depuis des années que de la résine et des glands. En voulant sauver le Chêne d'amour, elle s'était condamnée.

Je vais la voir, souvent. Au début, j'essayais de la soigner de l'intérieur, mais mes capsules de pensée concentrée s'engluaient dans sa résine ; je n'arrivais à rien et ça me flanquait le bourdon. J'avais beau me démener, son état restait stationnaire.

Alors maintenant, je me contente de lui parler. Je lui donne de mes nouvelles et de celles du monde, en forçant dans les deux cas sur l'optimisme. La seule chose vraie, c'est que la cote de ses tableaux grimpe de jour en jour, parce qu'elle est morte ou tout comme. Les collectionneurs sont sûrs qu'elle ne peindra plus, m'a expliqué mon père, alors c'est un bon investissement. Mais quand même, les galeristes attendent qu'on la débranche avant de l'exposer. Alors dans l'immédiat, sur mon conseil, il a fait acheter quarante-cinq toiles par le ministère. Pour qu'elle ait de quoi payer ses frais de coma, vu qu'elle n'a pas de mutuelle.

Sans lui, je ne sais pas comment j'aurais traversé cette période. Le bonheur de mon père soulève des montagnes – en tout cas, des collines. La seule chose qui lui manque, c'est de ne pas pouvoir trinquer à sa résurrection. Mais l'alcool c'est le passé, alors il fait la fête à l'eau gazeuse.

Toute la semaine, il parcourt les bois et les champs avec des orchestres symphoniques, des formations de jazz et des groupes de rock. Il sonorise les forêts et les cultures, pour améliorer la croissance et le rendement. Je l'accompagne, souvent, comme je suis en vacances et que c'est une idée à moi.

Je me suis dit que, si l'on avait pu modifier nos protéines par des ondes végétales nocives, on pouvait le faire aussi, mais de manière bénéfique, en direction des végétaux. Les chercheurs du ministère m'ont écouté d'une oreille distraite, puis, tout à coup, ils se sont mis à me traduire en langage compliqué ce que je venais de leur expliquer de façon claire.

En gros, chaque acide aminé émet une fréquence particulière ; il suffit donc d'assembler ces notes pour en faire une musique, qui sera celle de la protéine complète. Du coup, lorsque les plantes captent les vibrations de cette mélodie, elles se mettent à produire par résonance la protéine en question. Suivant l'air qu'on leur joue, ça stimule leur croissance, leurs défenses naturelles ou leur saveur.

Les résultats ont été spectaculaires sur les tomates, qui se sont mises à pousser plus vite, plus belles et meilleures, sans arrosage ni engrais ni attaques de parasites. Quant aux haricots, ils ont clairement préféré le rock à la lumière, choisissant de pousser vers les enceintes plutôt qu'en direction du soleil.

Adapté aux arbres, ce procédé permet de décupler leur activité électrique et, du coup, le surplus de production qui ne leur est pas nécessaire est récupéré par nos centrales et nos usines. Fini de recycler les morts ou les ados : désormais, ce sont les arbres qui sont nos producteurs d'énergie.

Avec le feu vert de Lily Noctis, mon père voulait appliquer tout de suite à l'échelon planétaire cette nouvelle industrie écolo-musicale, baptisée par lui « Système Orphée ». Auparavant, j'ai tenu à demander son autorisation au Chêne d'amour, sur le tableau de Brenda.

Il m'a dit OK, par une série d'images mentales assez rassurantes sur le futur que nous allions inventer. C'est ainsi que, symboliquement, les arbres et les hommes ont signé un traité de coopération économique. Sur un tableau pas tout à fait achevé qui, lui, ne verrait peut-être jamais la signature de Brenda.

L'avenir s'était remis à sourire, sauf le sien. Pourtant l'espoir allait revenir, mais par un chemin du passé.

32

Un dimanche matin, je suis allé rendre visite à la veuve Pictone. Comme si elle m'avait quitté la veille, elle m'a dit d'aller me faire une tartine dans la cuisine. Elle était très occupée par le vernissage de Léonard, qui serait exposé à partir de la semaine prochaine au musée privé de la Colline Bleue, réservé aux membres du gouvernement et à leur famille. J'ai fini par comprendre qu'elle avait fait don à l'État de son mari – du moins de l'ours en peluche, afin d'éviter ce qu'elle appelait son « excès de fétichisme ».

— Tu vois, Thomas, je t'ai écouté. Je le connais : il ne reviendra jamais dans ce doudou. Il préfère mener la grande vie chez les morts, alors, comme tu me l'as conseillé, je lui lâche les basques. Mais je n'allais pas non plus le jeter.

J'ai quand même demandé, pour la forme, ce que c'était exactement, des basques.

— Les pans d'une queue-de-pie.

Ça ne m'a pas vraiment avancé, mais j'étais content de la revoir. Et puis j'aimais bien imaginer mon vieil ours rafistolé trônant sur un coussin derrière une vitre, avec l'étiquette : « Ici a séjourné après sa mort l'âme du Pr Pictone, inventeur du Bouclier d'antimatière ». On oublierait vite son côté terroriste. Ça me faisait plaisir pour sa mémoire, même s'il m'avait oublié.

C'est là qu'Edna Pictone m'a fait, sans le savoir, le plus beau cadeau de ma vie. Le plus terrible, aussi.

— Tiens, à propos, j'ai déchiffré le message. Tu sais, les gribouillis que la pauvre Brenda avait notés dans le bureau de Léonard, le soir de sa veillée funèbre.

Elle est allée chercher les feuilles et une recette de cuisine, au dos de laquelle elle avait rédigé la traduction d'une écriture tout aussi illisible. Elle m'a fait la lecture, en imitant à s'y méprendre la voix aigrelette de son défunt :

— « Réécris ton histoire, Thomas. Reviens au point de départ, et essaie autre chose. Une autre version, une autre gestion de ta vie, qui conduira à une fin différente. Chacun de nos choix, chacun de nos actes crée un futur possible que nous pouvons ouvrir et développer. Le tout est de trouver le carrefour important de ton existence, afin de changer d'embranchement au bon endroit. »

Elle abaisse la recette du lapin à la moutarde, m'interroge d'un coup de menton. J'acquiesce. Je vois très bien le carrefour, oui.

— « Rappelle-toi le vieux stylo, dans le carton à souvenirs sous le lit de ta mère, entre ta timbale et ta tétine. Le premier cadeau que t'avait fait ton père, quand il a renoncé à écrire. Ta mère te l'avait confisqué, de peur que tu te blesses. Rappelle-toi comme je l'ai configuré. »

Edna relève les yeux avec une moue de curiosité. Pressé d'avoir la suite, je lui décris rapidement les deux excroissances en corne qui avaient jailli du stylo, sous les pattes de l'ours. Un T et un D, mes initiales, utilisant la même barre verticale. Il avait parlé du T comme d'une coupelle pour recevoir les ondes d'en haut, et le D serait une serpe qui me couperait des mauvaises influences. Puis il avait remis le stylo dans le carton, en me disant que le moment n'était pas encore venu[1].

— C'est bien lui, ça ; toujours des promesses, commente Edna.

Elle pose la recette sur une tablette de radiateur, et attrape sa canne pour aller au salon. Je la talonne en demandant :

— Je peux avoir la fin ?

— Oh, tu as le temps, c'est le cas de le dire.

Elle prend une cigarette dans un coffret, l'allume, regarde avec nostalgie la fumée descendre vers moi, et retourne lentement à la cuisine.

— « Ce stylo, reprend-elle, a désormais le pouvoir d'arrêter le temps actuel, et d'en créer un autre. Du moins, c'est toi qui as ce pouvoir. Le chronographe n'est qu'un instrument… » Quoi ?

Elle m'a senti sursauter en entendant le mot qui hante mes rêves. Je lui fais signe de poursuivre.

— « … un instrument qui te permet de fixer ton intention, de canaliser ton inspiration et de la mettre en forme. Toutes les découvertes que j'ai faites de mon vivant sur la matière et le temps, réactualisées depuis l'au-delà, je les ai transférées dans ton stylo. Ce sera notre seul contact, à présent, notre seul trait d'union, la seule manière dont je pourrai t'aider, si tu en découvres le mode d'emploi. À toi de jouer, Thomas Drimm. À toi d'écrire. C'est ton seul moyen de ramener Brenda à la vie. »

J'étais partagé entre l'espoir et la consternation.

1. Voir *La fin du monde tombe un jeudi*.

D'abord, j'espérais que ma mère n'avait pas balancé mon carton à souvenirs, pendant le déménagement. On habitait maintenant une villa en marbre à piscine débordante, et il n'y avait plus que du neuf autour de nous.

Cela dit, là, sur le moment, c'est la consternation qui gagnait. Si seulement Brenda avait pu déchiffrer le message qu'elle avait reçu en écriture automatique, elle aurait su qu'elle courait un danger, elle se serait méfiée, et elle ne serait pas dans le coma, aujourd'hui.

Mais si l'avenir est écrit, peut-on le changer ? À moins que justement, pour le changer, il faille l'écrire.

C'est ce que je fais, depuis ce matin. Au passé composé.

Je recompose.

Tout a commencé un dimanche, à cause de XR9. C'était mon seul copain, et c'était un cerf-volant. Le plus sauvage de toute la plage, avec ses couleurs violette et rouge zébrées de bandes noires. Il filait comme un éclair, se cabrait au moindre coup de vent, et je sentais toutes ses vibrations dans mon corps à travers les ficelles qui le reliaient à mes manettes de contrôle. Il était libre comme l'air, et pourtant j'étais son maître. J'adorais.

J'avais la plage pour moi tout seul, à cause du vent force 8. À travers le brouillard de pluie qui me collait aux yeux, j'ai deviné une silhouette qui marchait dans ma direction. C'était un vieux.

— Ne joue pas au cerf-volant par un temps pareil, enfin, tu vas le déchirer !

Pour avoir la paix, j'ai réduit la voilure et j'ai actionné l'enrouleur qui a fait descendre XR9. Mais brusquement le vent a changé de sens, l'aile s'est rabattue et a foncé en piqué vers le sol. Schblog ! Le vieux s'est écroulé sous le choc. XR9 a rebondi, et

Je relève les yeux, ma phrase en suspens. Je crois bien que c'est là, le carrefour. Qu'est-ce que je décide ?

Je passe le T du stylo sur le bout de mon nez, je me gratte la joue avec les pointes du D. Le papier m'hypnotise, tout imprégné du décor que je reconstitue. Les mots tracés comme des vagues m'appellent ; j'oscille sous le vent de la scène entre le présent qui me raccroche à la table et les phrases qui vont refaire l'avenir.

et s'est planté dans le sable à côté de sa tête.

— Monsieur, ça va ?

Je me suis agenouillé au-dessus de lui. Il y avait un trou dans son crâne, et la marée venait diluer les gouttes de sang qui s'en échappaient.

Je barre les sept dernières lignes.

— Ne joue pas au cerf-volant par un temps pareil, enfin, tu vas le déchirer !

Je regarde sur le papier Léo Pictone enroulé dans sa veste à carreaux, avec son parapluie qui lui sert de canne, ses trois mèches trempées et ses lunettes tordues au bout du nez. Par-dessus les verres couverts de buée, il regarde le préado à bourrelets qui réduit sa voilure.

Que se passera-t-il si je ne le tue pas ? Est-ce que nos chemins se recroiseront ? Est-ce que je resterai ce gros flan sans intérêt ni avenir, qui essaie d'oublier son poids en faisant voler un bout de toile ? Dois-je renoncer au héros que je suis devenu pour que Brenda se réveille ? Mais dans ce cas, lorsqu'elle ouvrira les yeux, on ne se sera pas rencontrés, et elle ne me reconnaîtra plus.

— Ne joue pas au cerf-volant par un temps pareil, enfin, tu vas le déchirer !

Je crispe la main sur mon stylo pour retenir XR9 qui piquait droit sur son crâne. Le déchirer, oui. C'est la solution. Quelqu'un le dirige à distance, j'en ai eu la preuve le surlendemain. Quelqu'un a donné rendez-vous à Pictone ici même à midi cinq, pour qu'il soit tué par mon cerf-volant. Mais si je commande au vent de déchirer la voilure, ça neutralisera le système de téléguidage.

Je rature, je me concentre sur la description de la tempête, l'usure de la toile, le point de rupture. Voilà. Reprenons.

À travers le brouillard de pluie qui me collait aux yeux, j'ai deviné une silhouette qui marchait dans ma direction. C'était un vieux.

— Ne joue pas au cerf-volant par un temps pareil, enfin, tu vas le déchirer !

La plume s'immobilise sur le point d'exclamation.

Que sera ma vie, si je renonce à le tuer ?

FIN

Thomas Drimm revient dans :
Le temps s'arrête à midi cinq

Table

Site internet : thomas-drimm.com

Didier van Cauwelaert dans Le Livre de Poche

L'Apparition n° 15481

Le 12 décembre 1531, l'image de la Vierge Marie apparaît devant témoins sur la tunique de Juan Diego, un Indien aztèque. Quatre siècles plus tard, des scientifiques découvrent, dans les yeux de cette Vierge, le reflet des témoins de l'apparition.

Attirances n° 30875

Un écrivain harcelé par l'étudiante qui lui consacre une thèse ; un peintre qui s'accuse de tuer les femmes à distance avec ses pinceaux ; une maison qui envoûte jusqu'à la folie ceux qui s'y attachent... Faut-il résister à l'attirance ?

Cheyenne n° 13854

On peut tomber amoureux à 11 ans, et pour la vie. C'est ce qui est arrivé au héros de ce livre. Dix ans plus tard, il a retrouvé Cheyenne, le temps d'une nuit trop brève à l'issue de laquelle elle a disparu.

Cloner le Christ ? n° 30797

C'est la plus grande énigme du monde, ou la plus belle arnaque de tous les temps. De la quête du Saint-Graal aux manipulations génétiques, le sang de Jésus n'a jamais nourri autant de fantasmes qu'à notre époque.

Corps étranger n° 14793

Peut-on changer de vie par amour, devenir quelqu'un de neuf sous une autre identité, sans sacrifier pour autant son existence habituelle ? C'est ce que va oser Frédéric.

La Demi-Pensionnaire n° 15055

Que faire lorsqu'on tombe amoureux d'une jeune femme au cours d'un déjeuner, et qu'on découvre au dessert qu'elle se déplace en fauteuil roulant ?

L'Éducation d'une fée n° 15326

Comment sauver le couple de ses parents quand on a 8 ans ? Une fille à la dérive peut-elle devenir une fée parce qu'un petit garçon a décidé de croire en elle ?

L'Évangile de Jimmy n° 30639

« Je m'appelle Jimmy, j'ai 32 ans et je répare les piscines dans le Connecticut. Trois envoyés de la Maison Blanche viennent de m'annoncer que je suis le clone du Christ. »

Hors de moi n° 30280

J'ai tout perdu, sauf la mémoire. Il m'a volé ma femme, mon travail et mon nom. Je suis le seul à savoir qu'il n'est pas moi. Qui va me croire ?

Karine après la vie n° 30002

Karine a 27 ans. Elle s'apprête à partir en vacances avant d'entrer dans la vie active. Un accident de voiture en décide autrement. Ses parents sont brisés par le drame. Jusqu'au jour où ils commencent à recevoir des messages…

La Maison des lumières n° 32199

À 25 ans, Jérémie Rex, boulanger à Arcachon, est entré dans un tableau de Magritte. Là, il a retrouvé pendant quatre minutes trente la femme de sa vie. Mais comment recréer le bonheur dans la réalité ?

La Nuit dernière au XVe siècle n° 31759

Comment vivre une histoire d'amour avec une jeune femme du XVe siècle, quand on est contrôleur des impôts de nos jours à Châteauroux ? C'est tout le problème de Jean-Luc, qui était un homme normal et rationnel... jusqu'à la nuit dernière, où tout a basculé.

Le Père adopté n° 31240

En révélant ses rapports avec son père, Didier van Cauwelaert nous offre son plus beau personnage de roman et un irrésistible appel à inventer sa vie en travaillant ses rêves.

Rencontre sous X n° 30094

Elle est la star montante du X. Il est une gloire déchue du foot. À 19 ans, ils ont tout connu, tout défié, tout subi. Au milieu des marchands d'esclaves qui transforment les êtres humains en produits dérivés, ils vont se reconnaître.

Les Témoins de la mariée n° 32525

Cinq jours avant son mariage, notre meilleur ami meurt dans un accident. Sa fiancée arrive de Shanghai, elle n'est au courant de rien. Nous nous apprêtions à briser son rêve, et c'est elle qui va bouleverser nos vies.

THOMAS DRIMM

1. *La fin du monde tombe un jeudi* n° 32798

Thomas Drimm vit dans une société « idéale » où le bio, le diététiquement correct et la chance font loi. Mais un beau jour, cet ado ordinaire d'un coup de cerf-volant tue accidentellement le Pr Pictone, qui se réincarne dans l'ours en peluche de Thomas.

Un aller simple n° 13853

Né de parents inconnus et recueilli par les Tziganes des quartiers nord de Marseille, Aziz a grandi sous la nationalité marocaine n'ayant pas les moyens de s'offrir un faux passeport français. Un jour, le gouvernement décide une opération médiatique de retour au pays. Voilà Aziz confié à un jeune et idéaliste « attaché humanitaire ».

Un objet en souffrance n° 9708

Simon, vendeur de jouets, est désespéré de ne pouvoir donner d'enfant à sa femme. François, homme d'affaires impitoyable, a toujours refusé d'être père. Quelle relation s'établit entre ces deux hommes qui n'auraient jamais dû se rencontrer ?

La Vie interdite n° 14564

« Je suis mort à sept heures du matin. Il est huit heures vingt-huit sur l'écran du radio-réveil, et personne ne s'en est encore rendu compte. » Ainsi commence l'aventure de Jacques Lormeau, 34 ans, quincaillier à Aix-les-Bains.

Du même auteur :

Romans

Les Seconds Départs :

VINGT ANS ET DES POUSSIÈRES, *1982, prix Del Duca, Le Seuil et Points-Roman*

LES VACANCES DU FANTÔME, *1986, prix Gutenberg du Livre 1987, Le Seuil et Points-Roman*

L'ORANGE AMÈRE, *1988, Le Seuil et Points-Roman*

UN ALLER SIMPLE, *1994, prix Goncourt, Albin Michel et Le Livre de Poche*

HORS DE MOI, *2003, Albin Michel et Le Livre de Poche*

L'ÉVANGILE DE JIMMY, *2004, Albin Michel et Le Livre de Poche*

DOUBLE IDENTITÉ, *2012, Albin Michel*

LA RAISON D'AMOUR :

POISSON D'AMOUR, *1984, prix Roger-Nimier, Le Seuil et Points-Roman*

UN OBJET EN SOUFFRANCE, *1991, Albin Michel et Le Livre de Poche*

CHEYENNE, *1993, Albin Michel et Le Livre de Poche*

CORPS ÉTRANGER, *1998, Albin Michel et Le Livre de Poche*

LA DEMI-PENSIONNAIRE, *1999, prix Fémina Hebdo, Albin Michel et Le Livre de Poche*

L'ÉDUCATION D'UNE FÉE, *2000, Albin Michel et Le Livre de Poche*

RENCONTRE SOUS X, *2002, Albin Michel et Le Livre de Poche*

LE PÈRE ADOPTÉ, 2007, *prix Marcel-Pagnol, prix Nice-Baie des Anges, Albin Michel et Le Livre de Poche*

LES TÉMOINS DE LA MARIÉE, *2010, Albin Michel*

Les Regards invisibles :

LA VIE INTERDITE, 1997, *Grand Prix des lecteurs du Livre de Poche 1999, Albin Michel et Le Livre de Poche*

L'APPARITION, 2001, *Prix Science-Frontières de la vulgarisation scientifique, Albin Michel et Le Livre de Poche*

ATTIRANCES, *2005, Albin Michel et Le Livre de Poche*

LA NUIT DERNIÈRE AU XVe SIÈCLE, *2008, Albin Michel et Le Livre de Poche*

LA MAISON DES LUMIÈRES, *2009, Albin Michel*

LE JOURNAL INTIME D'UN ARBRE, *2011, Michel Lafon*

THOMAS DRIMM :

LA FIN DU MONDE TOMBE UN JEUDI, *t. 1, 2009, Albin Michel et Le Livre de Poche*

LA GUERRE DES ARBRES COMMENCE LE 13, *t. 2, 2010, Albin Michel et Le Livre de Poche*

LE TEMPS S'ARRÊTE À MIDI CINQ, *t. 3, à paraître aux éditions Albin Michel*

Récit

MADAME ET SES FLICS, *1985, Albin Michel (en collaboration avec Richard Caron)*

Essai

CLONER LE CHRIST ?, *2005, Albin Michel et Le Livre de Poche*

Beaux livres

L'ENFANT QUI VENAIT D'UN LIVRE, *2011, tableaux de Soÿ, dessins de Patrice Serres, Prisma*

J. M. WESTON, *2011, illustrations de Julien Roux, le Cherche-Midi*

Théâtre

NOCES DE SABLE, *Albin Michel*

LE RATTACHEMENT, *Albin Michel*

L'ASTRONOME, *prix du Théâtre de l'Académie française* – LE NÈGRE – LE PASSE-MURAILLE, *comédie musicale (d'après la nouvelle de Marcel Aymé), Molière 1997 du meilleur spectacle musical. À paraître aux éditions Albin Michel.*

PAPIER À BASE DE FIBRES CERTIFIÉES

Le Livre de Poche s'engage pour l'environnement en réduisant l'empreinte carbone de ses livres. Celle de cet exemplaire est de :
300 g éq. CO_2
Rendez-vous sur
www.livredepoche-durable.fr

Composition réalisée par NORD COMPO

Achevé d'imprimer en octobre 2012 en France par
CPI BRODARD ET TAUPIN
La Flèche (Sarthe)
N° d'impression : 70639
Dépôt légal 1re publication : novembre 2012
LIBRAIRIE GÉNÉRALE FRANÇAISE
31, rue de Fleurus – 75278 Paris Cedex 06

31/7412/5